刘 亮 程 作 品

虚 土

刘亮程 —— 著

译林出版社

图书在版编目（CIP）数据

虚土 / 刘亮程著. —南京：译林出版社，2022.1（2024.2重印）
（刘亮程作品）
ISBN 978-7-5447-8775-8

Ⅰ.①虚… Ⅱ.①刘… Ⅲ.①长篇小说 – 中国 – 当代
Ⅳ.①I247.5

中国版本图书馆CIP数据核字（2021）第126224号

虚土　刘亮程／著

责任编辑　　管小榕
装帧设计　　朱赢椿　杨杰芳
封面绘画　　大唐卓玛
校　　对　　戴小娥　孙玉兰
责任印制　　颜　亮

出版发行　　译林出版社
地　　址　　南京市湖南路1号A楼
邮　　箱　　yilin@yilin.com
网　　址　　www.yilin.com
市场热线　　025-86633278
排　　版　　南京展望文化发展有限公司
印　　刷　　苏州市越洋印刷有限公司
开　　本　　850毫米×1168毫米 1/32
印　　张　　12.375
插　　页　　4
版　　次　　2022年1月第1版
印　　次　　2024年2月第4次印刷
书　　号　　ISBN 978-7-5447-8775-8
定　　价　　68.00元

版权所有·侵权必究

译林版图书若有印装错误可向出版社调换。质量热线：025-83658316

我们在未来遇见的,

全是自己的过去。

目 录

开头	**我居住的村庄**	001
壹	**我五岁时的早晨**	003
	度过我一生的那个人	
	五岁的早晨	
	我不长大行吗	
贰	**一个人要出生**	017
	一个人要死	
	一个人出生	
	一朵云	
	烧荒	
叁	**虚土庄的五个人**	031
	刘扁	
	张望	
	冯七	
	韩拐子	
	王五	
肆	**不认识的白天**	051

伍	**桥断了**	065
	桥断了	
	谁的叫声让一束花香听见	
	我正一遍遍经历谁的童年	

| 陆 | **守夜人** | 079 |

柒	**马老得胡子都白了**	093
	夜晚的咳嗽	
	马老得胡子都白了	
	有几茬粮食我没吃上	
	月光也追过来	
	好多人没有老年	

| 捌 | **瞎了** | 107 |

| 玖 | **赌徒** | 121 |

| 拾 | **报复** | 131 |

| 拾壹 | **我的妻子** | 141 |

拾贰	**生命开花的夜晚**	151
	那个生命开花的夜晚	
	冯三	
	树上的孩子	
	一朵花向整个大地开放自己	

拾叁	**我经过的七个村庄**	171

沙门子

荒舍

高台

一户人

虚土庄子

克里亚

黄沙梁

拾肆	**胡长的榆树**	185

开头：我在黄沙梁的一间房子醒来

那条路很久没人走了

钉在云头下的木橛子

虚土庄人要来报复了

西北风得了势

虚土庄人没来

马车丢了

八分地

风刮来的几个人

叫莲花的女人

胡长的榆树

往天上跑的车

这驾马车终于要做成了

结尾：虚土庄人全变成老鼠

拾伍	**虚土梁上的事物**	217

天空的大坡

村庄的劲
村长
把时间绊了一跤
给太阳打个招呼

拾陆　**我当村长那些年**　　　　　　239
我当村长那些年
能人又成堆出来
一脚踏空的大坑

拾柒　**我独自过掉的两种生活**　253
墙洞
老鼠

拾捌　**谁都没有走掉**　　　　　　277
他们要扔下我
谁都没有走掉
无边无际的麦子

拾玖　**麦子熟了**　　　　　　　　291
麻绳
卖磨刀石的人
那块麦地是谁的

贰拾　**车户**　　　　　　　　　　307

贰拾壹	**虚土庄的最后一件事（上）**	317
	我们都在等你回来	
	弄清村里的事	
	这个村庄长着二百零七只眼睛	
	梦就像一座一座的高大坟墓	
	我又听到那群女人说话	

贰拾贰	**一个早晨人全走光**	337
	我从外面回来	
	留在去年	
	一个人的影子长成黑夜	

贰拾叁	**虚土庄的最后一件事（下）**	347
	我听到了七阵哭喊声	
	天亮了又亮了	
	家里早就没人了	
	我想给他们说说晚上的事	

贰拾肆	**终于轮到我说话了**	363
	终于轮到我说话了	
	我在远方哭我听不见	

结尾	**我看见一百年的岁月开花**	379

	后记	381

开头

我居住的村庄

我居住的村庄,一片土梁上零乱的房屋,所有门窗向南,烟囱口朝天。麦子熟了头向西,葵花老了头朝东,人死了埋在南梁,脚朝北,远远伸向自家的房门,伸到烧热的土炕上,伸进家人焐暖的被窝。

一场一场的风在梁上停住。所有雨水绕开村子,避开房顶和路。雨只下在四周的戈壁,下在抽穗的苞谷田。

白天每个孩子头顶有一朵云,夜晚有一颗星星。每颗星星引领一个人,它们在天上分配完我们。谁都没有剩下。至少有七八颗星照在一户人家的房顶。被一颗星孤照的是韩三家的房顶。有时我们家房顶草垛上也孤悬着一颗星星,那样的夜晚,母亲一个人在屋里,父亲在远处穿过一座又一座别人的村庄,他的儿女在各自的黑暗中,悄无声息,做着别人不知道的梦。

壹

我五岁时的早晨

度过我一生的那个人

你让我看见早晨。你推开门。我一下站在田野。太阳没有出来,我一直没看见太阳出来。一片薄光照着麦地村庄。沙漠和远山一样清晰。我仿佛同时站在麦地和远处沙漠,看见金色沙丘涌向天边,银白的麦子,穗挨穗簇拥到村庄,要不是院墙和门挡住,要不是横在路边的木头挡住,麦子会一直长上锅头和炕,长上房。

那是我永远不会尝到的眼看丰收的一季夏粮。我没有眼睛。母亲,我睁开你给我的小小心灵,看见唯一的早晨,永远不会睡醒的村庄,我多么熟悉的房顶,晾着哪一个秋天的金黄苞谷,每个棒子仿佛都是我亲手掰的。我没有手,没有抚摸你的一粒粮食。没有脚,却几乎在每一寸虚土上留下脚印。这里的每一样东西我都仿佛见过无数次。

母亲,是否有一个人已经过完我的一生?你早知道我是多余的,世上已经有过我这样一个人,一群人。你让我流失在路上。你不想让我出生。不让我长出身体。世上已经有一个这样的身体,他正一件件做完我将来要做的所有事情。你不想让我一出生就没有事情,每一步路都被另一个人走过,每一句话他都说过，每个微笑和哭都是他的，恋爱、婚姻、生老病死，全是他的。

我在慢慢认出度过我一生的那个人，我会知道他的名字，看见他的脚印，他爱过的每样东西我都喜爱无比。当我讲出村子的所有人和事，我会知道我是谁。

或许永远不会，就像你推开门，让我看见早晨，永远不向中午移动的早晨。我没有见过我在太阳下的样子。我可能一直没有活到中午。那些太阳下的影子都是别人。

五岁的早晨

我五岁时的早晨，听见村庄里的开门声，我睁开眼睛，看见好多人的脚，马腿，还有车轱辘，在路上动。他们又要出远门。车轮和马蹄声，朝四面八方移动，踩起的尘土朝天上飞扬，我在那时看见两种东西在远去。一个朝天上，一个朝远处。我看一眼路，又看天空。后来，他们走远后，飘到天上的尘土慢慢往回落。一粒一粒地落。天空变得干干净净。但我总觉得有一两粒尘土没有落下来，在云朵上，孤独地睁开眼睛，看着虚土梁上的村子。再后来，可能多少年以后，走远的人开始回来，尘土又一次扬起来。那时我依旧是个孩子，我站在村头，看那些出远门的人回来，我在他们中间没看见我，一个叫刘二的人。

我在五岁的早晨，突然睁开眼睛。仿佛那以前，我的眼睛一直闭着，我在自己不知道的生活里，活到五岁。然后看见一个早晨。一直不向中午移动的早晨。看见地上的脚印，人的脚和马腿。村子一片喧哗，有本事的人都在赶车出远门。我在那时看见自己坐在一辆马车上，瘦瘦小小，歪着头，脸朝后看着村子，看着一棵沙枣树下的家，五口人，父亲在路上，母亲站在门口喊叫。我的记忆在那个早晨，亮了一下。我记住我那时候的模样，那时的声音和梦。然后我又什么都看不见。

我是被村庄里的开门声唤醒的。这座沉睡的村庄，可能只有一个早晨，剩下的全是被别人过掉的夜晚和黄昏。有的人被鸡叫醒，有的人被狗叫醒。醒来的方式不一样，生活和命运也不一样。被马叫醒的人，在远路上，跑顺风买卖，多少年不知道回来。被驴叫醒的人注定是闲锤子，一辈子没有正经事。而被鸡叫醒的人，起早贪黑，忙死忙活，过着自己不知道的日子。虚土庄的多数人被鸡叫醒，鸡一般叫三遍，就不管了。剩下没醒的人就由狗呀，驴呀，猪呀去叫。苍蝇蚊子也叫醒人，人在梦中的喊声也能叫醒自己。被狗叫醒的人都是狗命，这种人对周围动静天生担心，狗一叫就惊醒。醒来就警觉地张望，侧耳细听。村庄光有狗不行，得有几个狗一叫就惊醒的人，白天狗一叫就跑过去看个究竟的人。最没出息的是被蚊子吵醒的人，听说梦的入口是个喇叭形，蚊子的叫声传进去就变成牛吼，人以为外面发生了啥大事情，醒来听见一只蚊子在耳边叫。

被开门声唤醒的，可能就我一个人。

那个早晨，我从连成一片的开门声中，认出每扇门的声音。在我没睁开眼睛前，便已经认识了这个村子。我从早晨的开门声里，清晰地辨认出每户人家的位置，从最南头到北头，每家的开门声都不一样，它们一一打开时，村子的形状被声音描述出来，和我以后看见的大不一样，它更高，更大，也更加喑哑。越往后，早晨的开门声一年年地小了，柔和了，听上去仿佛村庄一年年走远，变得悄无声息，门和框再不磨出声音，我再不被唤醒。我在沉睡中感到自己越走越远。我五岁的早晨，看见自己跟着那些四十岁上下的人，去了我不知道的远处。当我回来过我的童年时，村子早已空空荡荡，所有门窗被风刮开，开门声像尘土落下飘起，没有声音。

我不长大行吗

他们说我早长大走了，我不知道。我一个人在村里游逛，我的影子短短的，脚印像树叶一片片落在身后。我在童年待的时间仿佛比一生还久。村子里只有我一个五岁的孩子，不知道其他孩子去哪了，也许早长大走了。他们走的时候，也没喊我一声。也许喊了我没听见。一个早晨我醒来，村子里剩下我一个孩子。我和狗玩，跟猫和鸡玩，追逐飘飞的树叶玩。

大人们扛锨回来或提镰刀出去，永远有忙不完的事。我遇见的都是大人。我小的时候，人们全长大走了，车被他们赶走了，立在墙根的铁锨被他们扛走，牛被他们牵走，院门锁上钥匙被他们带走。他们走远的早晨，村子里只剩下风，我被风吹着在路上走。他们回来的傍晚风停了，一些树叶飘进院子，一些村东边的土落在村西，没有人注意这些，他们只知道自己一天干了些什么，加了几条埂子，翻了几亩地，从不清楚穿过村庄的风干了些什么，照在房顶和路上的阳光干了些什么。

还有我，一个五岁的孩子干了什么。

有时他们大中午回来，汗流浃背。早晨拖出去的长长影子不见了，仿佛回来的是另一些人。我觉得我是靠地上的影子认识他们的，我从没看清他们的脸，我记住的是他们走路的架势、后脑勺的头发和手中的农具，他们的脸太高，像风中的树梢，我的眼睛够不到那里。我从肩上的铁锨认出扛锨的人。听到一辆马车过来，就知道谁走来了。我认得马腿和蹄印，还有人的脚印。往往是他们走远了，我才知道走掉的人是谁。我没有长大到他们用旧一把铁锨，驶坏一辆车。我的生命在五岁时停住了。我看见他们一岁一岁地往前走，越走越远。他们从我身边离开的时候，连一只布鞋都没有穿破。

我以为生活会这样不变地过下去，他们下地干活，我在村子里游逛。长大是别人的事，跟我没关系。那么多人长大了，又不缺少大人，为啥让所有人都长大，去干活。留一个没长大的人，不行吗？村里有好多小孩干的活，钻鸡窝收鸡蛋，爬窗洞取钥匙。就像王五爷说的，长到狗那么大，就钻不进兔子的洞穴了。村子的一部分，是按孩子的尺寸安排的。孩子知道好多门洞，小小的，遍布村子的角角落落。孩子从那些小门洞走到村子深处，走到大人从来没去过的地方。后来，所有人长大了，那些只有孩子能进去的门洞，和门洞里的世界，便被遗忘。

大人们回来吃午饭，只回来了一半人，另一半人留在地里，天黑才回来。天黑也不一定全回来，留几个人在地里过夜。每天都有活干完回不来的人，他把劲用光了，身子一歪睡着在地里，就算留下来看庄稼了。其实庄稼不需要看守，夜晚有守夜人呢。但这个人的瞌睡需要庄稼地,他的头需要一截田埂做枕头,身体下需要一片虚土或草叶当褥子。就由着他吧。第二天一早其他人下地时,他可以扛着锨回家。夜晚睡在地里的人,第二天可以不干活。这是谁定的规矩我不清楚。好像有道理,因为这个人昨天把劲用完了,又没回家吃饭。他没有劲了。不管活多忙,哪怕麦子焦黄在地里,渠穿帮跑水,一个人只要干到把劲用完,再要紧的事也都跟他没关系,他没劲了。

我低着头看他们的鞋、裤腿。天太热了,连影子都躲在脚底下,不露头。我觉得光看影子不能认出他们,就抬头看裤腿、腰。系一条四指宽牛皮腰带的是冯七,一般人的腰带三指宽。马肚带才四指宽。有人说冯七长着一副马肚子,我看不怎么像,马肚子下面吊一截子黑锤子,冯七却没有。

两腿间能钻过一只狗的是韩三,他的腿后来被车轧断,没断的时候,一条离另一条就隔得远,好像互不相干,各走各的。后来一条断了,才拖拉着靠近另一条,看出相互的关系了。我好像一直没认清楚他们腰上面那一截子。我的头没长过他们的腰。我做梦梦见的也都是半截子的人,腰以上是空的。天空低低压下来,他们的头和上身埋在黑云中,阳光贴着地照,像草一样从地上长出来。

"呔,你还没玩够。你想玩到啥时候。"

我以为是父亲,声音从高处灌下来。却不是。

这个人丢下一句话不见了，我看看脚印，朝北边去了，越走越小，肩上的铁锨也一点点变小，小到没办法挖地，只能当玩具。最后他钻进一个小门洞，不见了。他是冯三，我认识他的脚印，右脚尖朝外撇，让人觉得，右边有一条岔路，一只脚要走上去，一只不让。冯三总是从北边回来，他家在路右边，离开路时，总是右脚往外撇，左脚跟上，才能拐到家。这样就走成了习惯，往哪走都右脚外撇。要是冯三从南边回来几次，也许能把这个毛病改了。可是他在南边没一件事情，他的地在北边，放羊的草场在北边，连几家亲戚都住在北边。那时我想给他在南边找一件事，偷偷把他的一只羊赶到村南的麦地，或者给他传一句话，说王五爷叫他过去一趟。然后看他从南边回来时，脚怎样朝左拐。也许他回来时不认识家了，他从来没从那个方向回来过，没从南边看见过家的样子。

这个想法我长大后去做了没有，我记不清楚。

天色刚到中午，我要玩到傍晚，我们家的烟囱冒烟了再回去，玩到母亲做好饭，站在门口喊我了再回去。玩到天黑，黄昏星挂到我们家草垛顶上再回去。

大人们谈牲口和女人，买卖和收成。他们坐在榆树下聊天时，我和他们一样高。我站在不远的下风处，他们的话一阵阵灌进耳朵，他们吐出的烟和放的屁也灌进我的嘴和鼻子。他们坐下来时说一种话，站起来又说另一种话。一站起来就说些实实在在的话，比如，我去放牛了；你把车赶到南梁，拉一车石头来。我喜欢他们坐下时说的话，那些话朝天上飘，全是虚的，他们说话时我能看见那些说出的事情悬在半空，多少年都不会落下来。

我听人们说着长大以后的事。几乎每个见到的人都问我："你长大了去干什么？"问得那么认真，又好像很随便，像问你下午去干什么，吃过饭到哪去一样。

一个早晨我突然长大，扛一把铁锨走出村子，我的影子长长的，躺在空旷田野上，它好像早就长大躺在那里，等着我来认出它。没有一个人，路上的脚印，全后跟朝向远处，脚尖对着村子，劳动的人都回去了，田野上的活早结束了，在昨天黄昏就结束了，在前天早晨就结束了。他们把活干完的时候，我刚长大成人。粮食收光了，草割光了，连背一捆枯柴回来的小事，都没我的份。

我母亲的想法是对的，我就不该出生。出生了也不该长大。

我想着我长大了去干什么，我好像对长大有天生的恐惧。我为啥非要长大。我不长大不行吗。我就不长大，看他们有啥办法。我每顿吃半碗饭，每次吸半口气，故意不让自己长。我在头上顶一块土块，压住自己。我有什么好玩的都往头上放。

我从大人的说话中，隐约听见他们让我长大了去放羊，扛铁锨种地，跑买卖，去野地背柴。他们老是忙不过来，总觉得缺人手，去翻地了，草没人锄，出去跑买卖吧，老婆孩子身边又少个大人。反正，干这件事，那件事就没人干。猪还没喂饱，羊又开始叫了。尤其春播秋收，忙得腾不开手时，总觉得有人没来。其实人全在地里了，连没长大的孩子也在地里了。可是他们还是觉得少个人。每个人都觉得身边少个人。

"要是多一个人手，就好了。"

父亲说话时眼睛盯着我。我知道他的意思，嫌我长得慢了，应该一出生就是一个壮劳力。

我觉得对不住父亲。我没帮上他的忙。

我小时候，他常常远出。我没看见他小时候的样子。也许没有小时候。我不敢保证每个人都有小时候。我一出生父亲就是一个大人。等我长大——我真的长大过吗？——他依旧没有长老，我在那些老人堆里没找到他。

在这个村庄，年轻人在路上奔走，中年人在一块地里劳作，老年人在墙根晒太阳或乘凉。只有孩子不知道在哪。哪都是孩子，白天黑夜，到处有孩子的叫喊声，他们奔跑、玩耍，远远的听到声音。找他们的时候，哪都没有了。嗓子喊哑也没一个孩子答应。不知道那些孩子去哪了。或许都没出生。只是一些叫喊声来到世上。

我还不会说话时，就听大人说我长大以后的事。

"这孩子骨头细细的,将来可能干不了力气活。"

"我看是块跑买卖的料。"

"说不定以后能干成大事呢,你看这孩子头长得,前奔楼,后瓦勺,想的事比做的多。"

我母亲在我身边放几样东西:铁锨、铅笔、头绳、铃铛和羊鞭,我记不清我抓了什么。我刚会说话,就听母亲问我:呔,你长大了去干什么?我歪着头想半天,说,去跑买卖。

他们经常问我长大了去干什么,我记得我早说过了。他们为啥还问。可能长大了光干一件事不行,他们要让我干好多事,把长大后的事全说出来。

一次我说,我长大去放羊。话刚出口,看见一个人赶羊出村,他的背有点驼,翻穿着毛皮袄,从背后看像一只站着走路的羊,一会儿就消失在羊踩起的尘土里。又过了一阵,传来一声吆喝,远远的。那一刻,我看见当了放羊人的我就这样走远了。

多少年后,他吆半群羊回来,我已经不认识他。他也不认识我。

这个放一群羊长老的我,腰背佝偻,走一步咳嗽两声。他在羊群后面吸了太多尘土,他想把它咳出来。

每当我说出一个我要干的事时,就会有一个我从身边走了。他真的按我说的去跑买卖了,开始我还能想清楚他去了哪里，都干了些什么。后来就糊涂了，再想不下去，我把他丢在路上，回来想另外一件事。那个跑买卖的我自己走远了。

有一年他贩一车皮子回到虚土庄，他有了自己的名字，我认不出他。他挣了钱也不给我。

我从他们的话语中知道，有好多个我已经在远处。我正像一朵蒲公英慢慢散开。我害怕地抱紧自己。我被"你长大了去干什么"这句话吓住了，以后再没有长大。长大的只是那些大人。

貳

一个人要出生

一个人要死

他们没打算在虚土梁上落脚。一种说法是，梁上的虚土把人陷住了。要没有这片虚土梁，还能朝前走一截子。但也走不了多远。人确实没力气了，走到这里时，一脚踩进虚土，就不想再拔出来。

另一种说法是，因为有一个人要死，一个人要出生，人们不得不停下。原打算随便盖几间房子住下来，等这个人死了，埋掉，出生的孩子会走路，再继续前行，找更好的地方安家。其间种几茬粮食，土梁下到处是肥沃的荒地，还有一条河，河的名字好几年后才知道，叫玛纳斯河。是从河上游来的买卖人说出来的。当时他们没敢给河起名字，就直接叫河。这么大的河，一定有名字，名字一般在上游，上游叫什么名字，下游跟着叫。就像一个人，他的头叫刘二，不能把腿叫成冯七。虚土梁的名字是他们自己起的，梁上的虚土陷住脚的那一刻，这个名字就被人叫出来。后来有了房子，又叫虚土庄。再后来梁上的虚土被人和牲口踩瓷，名字却没办法被踩瓷。村子里的生活一年年地变虚，比虚土更深地陷住人。

说要死的人是冯大，我听说本来头一年人们就准备好来新疆了，硬被冯大挡住。冯大说，我眼看要死了，你们等我死了，把我埋掉再走行不行。你们总不能把一个快死的人扔下不管吧。

冯大的死把人吓住了。

人们等了一年，冯大没死掉，饥荒却在夺其他人的命。几千年的老村庄，本来坟已经埋到墙根，又添了些死人，院墙根都开始埋人了。那场饥饿，就不说了，谁都知道。到处是饿睡着的人，路上、墙根、草垛，好多人一躺倒再睁不开眼睛，留给村庄的只有一场一场别人不知道的梦。人们再也等不及，就带上这个快死的人上路了。

在老一辈留下的话中，冯大在走新疆路上说的话，以后多少年还被人想起来。

冯大说，"真没想到，我从六十六岁到六十七岁，是拖着两条老腿走到的。我要留在老家，坐在炕上喝着烫茶也能活到这个岁数。躺在被窝里想着好事情也能活到这个岁数。"

王五反驳说，"你要不出来，早死在炕上了。走路延长了你的命，也延长了所有人的命。"

走新疆的漫长道路，把好多人的腿走长，养成好走远路的毛病。

在我的感觉里，虚土庄只是一座梦中的村庄。人们并没有停住，好多人都还在往远处走，不知疲倦地穿过一座又一座别人的村庄。虚土庄空空地撂在土梁上。路把人的命无限延长。好多人看不到自己的死亡。死亡被尘土埋掉了。

冯大又一次看见自己的死，是人们在虚土庄居住下来的第五年。人人嚷嚷着要走的事，连地上每一粒土都在动，树上每片叶子都在动，仿佛只要一场风，虚土梁上的人和事，就飘走得干干净净。

这时冯大又出来说话了。

冯大说："你们不知道我在怎样死。到今天下午，太阳照到脚后跟上时，我已死掉十分之七。我在一根头发一根头发地死，一个指头一个指头地死。

"我活下来的部分也还在死。已经死掉的还在往更深处死，更彻底地死。"

冯大的死又一次把人吓住，他说头发时每个人的头发仿佛都在死。他说到手指时，所有人的手指都僵硬了。

"你们光知道一个劲往前走，不知道死会让你们一个个停住。

"走掉的人也会在不远的前方死。走远的人也会在更远处死。

"远处没有活下来的人。我们看到的都是背影。"

冯大的话并没有止住人们往远处走。跑顺风买卖的人每天都在上路。人的命被路和风无限拉长。连留在村里人的命，都无限延长了。以后我没看见冯大的死。也许他背着我们死掉了。

我活的时候，谁都没有死掉。人们都好好的，一些人在远处，顺风穿过一座又一座别人的村子。更多的人睡在四周的房舍里做梦。梦把天空顶高，把大地变得更辽远。

我也没有死掉，我回去过我的童年了。

死亡是后来的事了。它从后面追上来，像一桩往事，被所有人想起。人从那时开始死，一个接一个，像秋天的叶子，落得光光了。

一个人出生

那个要出生的人可能是我，听母亲说，父亲担心去新疆的路会把腿走坏，把腰走断，把浑身的劲走完，到那时再没有气力生出孩子，就让母亲在临走前怀了身孕。

扔了好多东西。母亲说。几辈子的家产，都扔掉了。你是我们家最轻的一件东西，藏在我的身体里带上了路。

好多男人让女人怀了孕。那些男人，生活无望时就让女人怀孕。遇到挫折和过不去的事情，也让女人怀孕。女人成了出气筒。几乎没有一个孩子在好年成出生。一路上带的粮食越来越少，女人的肚子却一天天变大。不断有女人哭喊，许多孩子流产在路上，那一茬人不知道最后谁出生了。我听人说，人们刚在虚土梁上落住脚，我就出生了。他们因为等我才在这片虚土梁上停住，只是听人这样说。也许出生的那个孩子不是我，是别人。我和好多孩子一起流产在路上，小小的，没有头，没有眼睛和手，也没有身子，人们走远后我远远尾随在后面。我感觉到身后有一群和我一样的孩子，我没回头看他们。我那时没有头。不知道跟在我身后的人都是谁。

人们在虚土庄落脚后的好多年间，那些孩子一个一个走进村子，找到家和亲生父母，找到锅和碗。夜里时常响起敲门声，声音小小的，像树叶碰到门上。

那样的夜晚，一村庄人在无法回来的遥远梦中，村子空荡荡地刮着风，一个丢失的孩子回来，用小小的手指敲门。虚土庄的门，最早被一个孩子的手指敲响，一扇门咯呀一声，像被风刮开一个小门缝。

风给孩子开门。月亮和星星，给孩子掌着灯。

这个孩子来到世上时，所有孩子长大走了，没有一个和他同龄的人。他和风玩，和风中的树叶玩。他长大以后，所有大人都老了，更年小的一茬人都不懂事。村里就他一个成年人。

以后我想起远路上的事情，好像我没出生前，就早早睁开眼睛。我在母亲腹中偷偷地借用了她的眼睛。那时候我什么都知道，在我没长出脚和耳朵时，我睁开眼睛。

后来有一阵，我模糊了，不知道自己是否真的出生。好像已经出生了，却一直没长大。

更早，当我是一片树叶、一缕烟、一粒尘土时，我几乎飘过了整个大地。

我在那样的飘浮中渐渐有了意识。我睁开眼睛，看见我出生的村庄，一片虚土梁上零乱的房子，所有门窗向南，烟囱口朝天。看见我的母亲，我永远说不出她的模样。她生出了我，她是多么的陌生，我出生那一刻，我一回头，看见隆隆关上的一扇门。从那一刻起，我就永远地不能认识我母亲了。

我闭住眼睛。

整整一年的奔波我都看见了。

我一会儿在后面，隔着茫茫的尘土追赶他们，眼看都追不上了，突然地，我又蹲在前面的土包上，看着一群人远远走来，衣衫褴褛，疲惫不堪的样子。我从中认出我的母亲，挨个地认出以后我才认识的那些人：王五、韩三、刘二爷、冯七、刘扁。我不知道正在走过荒野的落魄人群中，哪个是我父亲，我不认识他。我在一阵风中飘过他们头顶，好像知道他们要经过哪个路口，在哪落脚。他们还在遥遥路途的时候，我便已经在虚土梁上落地扎根。我长出茎和叶子等他们，开一朵小黄花等他们，枯黄着枝干等他们。多漫长的路啊，我都快等不到头，突然地，一个傍晚他们踏上这片虚土。

一朵云

他们盯着天边的一朵云走到这里。我听说，一路上经过许多村庄和城市，有的地方他们看上了，人家不接受，不给落户。有的地方人家想留住他们，他们却没看上，到处都缺劳动力，到处是没人开的荒地，或者开出来没人手种又撂荒的土地。路上有几个村庄，险些留住他们，村里人给他们腾出房子，做好饭端到嘴边。他们就要答应留下了，好多人已经走得没有力气。逃荒出来，就是想找一个有地种有饭吃的地方。这个村庄什么都有，连房子都不用盖了，该满足了。

可是，王五爷不愿意。王五爷说，我们走出来的是一村庄人，不是一两户人。这片土地正在开发中，我们为啥不开一块地，建一个自己的村子。一旦住进别人的村庄，就是人家的村民了。

后来，多少年后我才知道，他们或许并不害怕变成别人的村民。从老家被坟墓包围的老村子逃出来时，他们只有一个想法，走得远远的，找一个看不见坟的村子，住下。

那应该是一个新村子，人还没开始死，都活得旺旺的。

可是一路经过的那些新村庄周围，也零星地出现新坟。这片新垦地已经开始埋人。他们只好往更远处走。

结果走到一片没人烟的荒漠戈壁。

当最后一个村庄消失在身后，路不知不觉不见了，荒野一望无际，天也空荡荡的，只有西边天际悬着一块云。人们不知道该往哪去，像突然掉进一个梦里，声音被荒野吸去，什么声音都没有了，人人大张嘴，相互张望，好像突然变得互不认识。这时就听王五爷说，我们得找一块云下面安家。云能停住的地方就有雨，有雨就会生长粮食。

他们在中午时盯着一块云朝西北走，开始云是铅灰色，走着走着慢慢变红，整个天空都红了。一直走到脚被虚土陷住，天上已经布满星星。瞌睡和疲乏更深地陷住人。后来我听他们说起这个夜晚的星空，低低的，星星都能碰到眼睛。我没看见那样低矮的星空。我睁开眼睛时，梁上的房子、草垛、直戳戳的拴牛桩，还有人的叫喊和梦，已经把夜空顶高。

第二天一早，人们醒来发现自己躺在一片虚土梁上，头顶一朵一朵地往过飘云，漫长的西风刮起来了。

那时他们还不知道西风的厉害，这场风一直刮到开春，他们新栽的拴牛桩、树木扎起的院墙，还有泥巴糊的烟囱，都被吹得向东斜。风停时地也开冻了，有人想把篱笆墙扶直，把歪斜的拴牛桩挖出来栽直，王五爷出来说话了。

王五爷说，凭我的经验，西风刮完就是东风。东风会帮我们把西风做过头的事做回来。天底下的风都差不多，认识了一个地方的，也就认识了天下的。

果然没过些天，东风起了，人们忙着春种，早出晚归，等到庄稼出苗，草滩返绿，树叶长到一片拍打上另一片时，所有歪斜的东西都被东风吹直。尤其篱笆墙，都吹过头，又朝西歪了。连冯二奶去年秋天被西风刮跑的一块蓝花手帕，也被东风刮回来。

这个地方的风真好。冯二奶说。

人们在虚土庄喜欢上的第一个东西是风。风让人懂得好多道理。比如，秋天丢掉的东西春天会找到。这些道理在别处可能没有用。风成了人们生活的一部分。人们说一个地方有多远，会说，有一场风那么远。

一场风到底有多远，跑顺风买卖的那些人可能也说不清。反正，跟着一场风跑一趟就清楚了。比如到六户地，人们会说，有半场风远。

烧荒

我最早记忆的夜晚，我应该出生了，却并不知道，只是觉得换了一个地方。以前，那些声音远远的，像一直没有到来。或者到来了又被挡在外面，我被喊唤，又被抛弃。突然地，四周的声音大了。我被扔在后来我才一一认识的声音和响动中，我惊恐，不知所措，一下就哭喊出了声音。

那时他们刚落住脚，新盖的房子冒着潮气。许多人迷向了，认不出东南西北。长途奔波留给人无穷的瞌睡。瞌睡又使人做了无穷的梦，这些梦云一样悬在虚土庄上空，多年不散，影响了以后的生活。到处是睡着的人，墙根，树下，土坡上。人似乎分不清早晨下午的太阳。新房子刚盖好，都不敢住进去，一来湿墙的潮气会让人生病。二来人对虚土中打起的新墙不放心。得让风吹一阵，太阳晒些日子，大雨淋几场。

然后老年人先住进去，仰面朝天躺在炕上，察看檩子的动静，椽子和墙的动静。

新房的椽子檩子在夜里嘎叭叭响。墙也会走动，裂开口子。老年人不害怕被墙压死。房子真要塌，一家人总得有一个人舍上命。旧房子裂几道口子不要紧，不会轻易倒塌，尽管门框松动，房顶也下折了，但年月让整个房子结为一体。不像新房，看似结合紧密，但那些墙和木头互不相识。做成门框的那棵榆树和当了檩子的胡杨树相距数十里，陌生得很。椽子之间相互别劲，门和框也有摩擦。它们得经过一段时光的收缩、膨胀、弯曲、走形，相互结合认识后，才会牢牢契合其中，与房子成为一体。这个过程中房子也最容易出麻达。

一般是爷爷辈的先进去住半个月，没事了父亲辈的再进去住十天，母亲带着儿女睡在院子。直到爷爷父亲都觉得这房子没事了，一家人全住进去。

房子盖好了，剩下的事情是烧荒。开地前先要把地上的草木烧光。可是季节不到，草木还没完全干黄，火烧不起来，剩下的事情就是睡大觉。

一场一场的睡眠，没明没暗。多数人躺在梁上的虚土中。老人睡在新盖的房子里。老人做着屋顶下的梦，年轻人做着星光月光下的梦。那个秋天就这样睡过去了，直到入冬，第一场寒风冻疼脚指头，才有人醒过来。

醒来的是一个孩子。好多人在梦中听见一个孩子的喊声。

他满村子喊。好像从很远处跑到村子，看见所有人在沉睡。他找不到家，找不到父母。他一个名字一个名字地喊。好多人听见了，从更远的梦中往回赶。我睁大眼睛，仿佛那个喊声是我的。又不是。我在母亲怀抱中，白天睡觉，晚上醒来。夜里所有的声音被我听见。我几乎没有看见过白天，以后我记忆的好多事情也全在夜里。我不清楚这个村庄的白天发生过什么。

现在已不清楚那个半夜回来的孩子是谁。人人在沉睡。他跑遍虚土梁，嗓子喊哑了，腿跑软了。可能跑着喊着突然发现自己已经长大，愣愣地站在黑夜中。也可能被一个睡着的人绊倒，一跟头栽过去，趴在地上睡着了。绊他的人醒过来，发现季节变凉，该起来烧荒了。他接着喊。

那已是一个大人的喊声。

他以为梦中听见的那个声音是自己的。他跑遍村子，一样没喊醒一个人。这个只被我听见的喊声云一样悬在虚土庄上空，影响到以后的生活和梦。

后来他跑到村外，把东边西边南边北边的荒野全点着。火从村边的虚土梁下向远处烧。最远的天边都烧亮了。他回来看见火光照亮的那些沉睡的脸，落了一层草灰。

一个早晨人们都醒了。什么都没有耽误，因为瞌睡睡足了，剩下的全是清醒。大家没日没夜地干，那点开荒的活在落雪前也就干完了。整个冬天人没有瞌睡，沿着野兔的路，野羊和野骆驼的路，把远远近近的地方走了一遍。后来这些路变成人的路，把虚土庄跟远远近近的村庄连在一起。

叁

虚土庄的五个人

刘扁

刘扁说，儿子，我们停下来是因为没路走了。有本事的人都在四处找出路，东边南边，西边北边，都有人去了。我们不能跟着别人的屁股跑。我越走越觉得，这片大地是一堵根本翻不过去的墙，它挡住了我们。从甘肃老家到新疆，走了几千公里的路，其实就像一群蚂蚁在一堵它们望不到边的墙上爬行一样，再走，走多远也还在墙这边。我们得挖个洞过去。

井架支在院子，靠牛棚边。开始村里人以为父子俩在挖一口井。父亲刘扁在底下挖掘，儿子往上提土。活大多在晚上干，白天父子俩下地劳作，一到晚上，井口那只大木辘轳的咯唧声响彻村子。

后来井挖得深了，父亲刘扁就再不上来，白天黑夜地蹲在井底，儿子吊土时顺便把吃喝的吊下去。父亲有事了从底下喊一句话，很久，瓮声瓮气的回声从井口冒出来，都变了音。儿子头探进去，朝下回应一句，也是很久，听见声音落到井底。

儿子根据吊上来的土，知道父亲穿过厚厚的黄土层，进入到沙土地带。儿子把吊上来的土，依颜色和先后，一堆堆摆在院子，以此记忆父亲在地下走过的道路。

有一阵子，父亲刘扁在下面没声音了。儿子耳朵对着井口久久倾听。连一声咳嗽都没有。儿子知道父亲已走得很远，儿子试探地摇摇井绳，过了很久，父亲从底下摇动了井绳，一点动静颤悠悠地传到绳的另一头。儿子很惊喜，又赶紧连摇了两下。

从那时起，大概半年时间里，儿子吊上来的全是卵石。石堆已高过院墙，堆向外面的荒草滩。儿子开始担忧。父亲陷在地深处一片无边无际的乱石滩了。那石滩似乎比他们进新疆时走过的那片还大。那时儿子还在母亲肚子里，作为家里最轻小的一件东西被带上路。儿子时常踏上父亲在地下走过的路途，翻过堆在院子里的大堆黄土，再翻过一小堆青土，直到爬上仍在不断加高的沙石堆。儿子在这个石堆顶上，看不见父亲的尽头。

又一段时间，有半个冬天，父亲刘扁在地下一块岩石上停住了。他无法穿过去。儿子在上面感到了父亲的困苦和犹豫。儿子下地回来，睡一觉起来，父亲在下面仍没有动静。父亲坐在地深处一块岩石上想事情。儿子每天把饭菜吊下去，又把空碗吊上来。这样停滞了几个月，冬天过去，雪消后快要春耕时，父亲又开始往下挖了。这次儿子吊上来的不是石头，而是一种从没有见过的铁黑粉末。儿子不知道父亲怎样穿过那层厚厚的岩石。似乎那块岩石像一件事情被父亲想通想开了。

另外一次，父亲刘扁遇到了一条地下河流，要搭桥过去。父亲在底下摇了五下绳子，儿子在上面回摇了三下，父亲又摇了两下，儿子便明白父亲要一根木头。儿子不清楚那条地下河的宽度和水量，就把家里准备盖房的一根长椽子吊了下去。儿子和父亲，通过摇动绳子建立了一种只有他俩知道的语言方式。可是，随着绳子不断加长，这种交流也愈加困难。有时父亲在地深处摇三下绳，井口的绳子只微微动一下。儿子再无法知道父亲的确切意图。

况且，家里的绳子全用尽了。村里也已没绳子可借。每隔几天，儿子就要满村子跑着借绳子，麻绳、皮绳、草绳，粗细不一地接在一起，木轳辘的咯唧声日夜响彻村子，已经快把全村的绳子用完了。儿子记得王五爷的话：再大的事也不能把一个村庄的劲全用完。村庄的绳子也是有限的，尽管有绳子的人家都愿给他借，但总有人会站出来说话的。绳子是村庄的筋，有这些长短粗细的绳子绑住、拴住、连住、捆住、套住，才会有这么多不相干的东西汇集在一起，组成现在的村子。没有绳子村庄就散掉了，乱掉了。

最后一次，已经不知道时间过去了几年，儿子用自己唯一的一条裤子，拧成布绳接上，给父亲吊下去一碗饭。那根疙疙瘩瘩的井绳，放了一天一夜才放到头。

可是，下面没有一点反应。

儿子又等了两天，把绳摇上来，看见吊下去的饭丝毫未动。

儿子慌了，去找王五爷。

王五爷说，你父亲大概一个人走了。他已经找到路了，那条路只能过去一个人。许多人探求到的路，都像狗洞一样只能钻过一个人，无法过去一个家、一个村子。你父亲走得太深远，已经没力气回来。

一开始他把挖掘的土装进筐让你吊上来。他想让你知道脚下的地有几层，树和草的根扎到了第几层。蚁、鼠、蛇蝎的洞打到了哪一层。后来他知道你的绳子和筐再无法到达那里，他便一个人走了。他挖前面的土，堵后面的路。那是一条真正的不归路。

你父亲现在到达什么位置我不清楚，但他一定还在村庄底下。夜深人静时耳朵贴地，就会听到地底下有个东西在挖洞。我一直在听。村里人也一直关心着这件事，不然他们不会把绳子全借给你。

早几年，我听到你父亲的挖掘声有点犹豫，挖挖停停。这阵子他似乎认定方向了，挖掘声一刻不停，他挖了那么深，其实还在村庄底下，说不定哪一天，在哪个墙角或红柳墩下，突然开一个洞，你父亲探出头来。但他绝不会走到地上。

你父亲在地下挖掘时，也一定倾听地面上的动静。地上过一辆车、打夯、劈柴、钉橛子，你父亲都能听见。只要地上有响动，你父亲就放心了，这一村子人还没走，等着自己呢。

有时我觉得，你父亲已上升到地表的黄土层中。或者说，就在草木和庄稼的根须下乘凉呢。我们抚摸麦穗和豆秧时，总能感觉到有一个人也在地下抚摸它们的根须。又是一个丰年啊！你父亲在地下看见的，跟我们在地上看见的，是同一场丰收。

有一个人管着村庄的地下，我们就放心多了。他会引领粮食和草木的根须往深处扎，往有养分和水的地方扎。他会把一棵树朝北的主根扭过头来，向东伸去。因为他知道北边的沙石层中没水，而东边的河湾下面一条条暗河涌着波澜。我们在地上，只能看见那棵树的头莫名其妙向东歪了，成片的草朝东匍匐着身子。

听了我的话，孩子，你不要试图再挖个洞下去找你父亲。你找不到的，他已经成了土里的人。每人都有一段土里的日子。你父亲正过着自己土里的日子，别轻易打扰他。你只有在夜深人静时耳朵贴地去听，他会给你动静。就像那时他在井底摇动绳子，现在，他随便触动一棵树一株草的根须，地上面就会有动静。

孩子，你要学会感应。

张望

"除了我，没人知道虚土庄每天早晨出去多少人，傍晚又回来多少人。这一村庄人，扔在荒野上没人管过。"

我五岁时，看见一个人整天站在村头的大沙包上，像一截黑树桩。我从背后悄悄爬上去，他望路上时我也跟着望路上，他看村子时我也学他的样子看着村子。

"看，烟囱冒黑烟的那户人家，有一个人在外面，五年了没回来。这个村庄还有七十六个人在外面。"

只要我在身边，他就会一户一户说下去。从村南头的王五家，说到北头的赵七家。还指着路上的人和牲口说。我只是听，一声不吭。

他从没有说到我们家："看，门口长着一棵大沙枣树的那户人家……"我一直等他说出这句话。每次快说到我们家时他就跳过去。我从来没从他嘴里，听到有关我们家的一丝消息。虚土庄的许多事情都是这个人告诉我的。他叫张望。

张望二十岁时离家出走过一次。"那时我就觉得一辈子完蛋了。能看见的活都让别人干完了，我到世上干啥来了我不清楚。我长高了个子，长粗了胳膊腿，长大了头。可是没有用处。"

在一个春天的早晨，张望夹在下地干活的人中间，悄无声息出了村子。

"我本来想走得远远的再不回来。其实我已经走得足够远。我担心人们找不到我着急。他们会把活全扔下四处找我。至少我的家人会四处找我。村里丢了一个人，应该是一件大事情。"

将近半年后的一个下午,张望从远处回来,人们已开始秋收。他夹在收工的人中间往回走,没人问他去哪了,见了面只是看一眼,或点点头,像以往见面时一样。往回走时他还在想,他经过的那些村镇的土墙上,一定张贴着寻人启事,有关他的个头、长相、穿着,都描述得清清楚楚。那些人一眼就会认出他。说不定会有人围过来,抓住他的胳膊领回家。因为寻人启事上,肯定有"谁找到这个人重谢一头牛或两麻袋麦子"这样的许诺。

可是,什么都没发生。这个村庄少一个人就像风刮走一棵草一样没人关心。

"我从那时开始干这件事情。每天一早一晚,我站在村头的沙梁上,清点上工收工的人。村里人一直认为我是个没找到事情的人,每天早早站在村头,羡慕地看别人下地干活,傍晚又眼馋地看着别人收工回来。他们不知道我在清数他们。我数了几十年的人数,出入村子的人数全在我的账簿里。

"你看,这活儿也不累人。跟放羊的比,我只干了他一早一晚做的那件事:点点头数。连一个牧羊人都知道,早晨羊出圈时数数头数,傍晚进圈时再数一遍。村里那个破户口簿,只简单记着谁出生了,谁死了。可是,每天出去的人中谁回来了,谁没有回来,竟然没一个人操心。

"我一天不落数了几十年,也没人来问问我,这个村里还剩下多少人。多少人走了,多少人回来。

"本来,这就是我自己的事情。我一直都担心早晨天蒙蒙亮,一个一个走出村庄的那些人中,肯定有一些不会回来。我天天数,越数越担心。每隔一段时间,就会有一个人不回来。多少年后,村里就没人了。谁都不知道谁去了哪里。人在不知不觉中丢失了。当人们觉察到村里人越来越少,剩下的人仍没有足够的警惕,依旧早出晚归,依旧有人再不回来。

"到那时仍不会有一个人来问我,人都去哪里了。他们只有丢了牲口才想到我,站在沙梁下喊:呔,张望,看见我的黑牛娃子跑哪去了?我们家白绵羊丢了,你见了没有?

"直到有一天,剩下的最后一个人清早起来,发现所有房子空了,道路空了,他满村子喊:人哪去了?人都到哪去了?他跑出去找他们,同样一去不回。"

我五岁时村子里还有许多人。我最想知道的是我们家的人去哪了。我经常回去房子空空的。我喊母亲,又喊弟弟的名字。喊着喊着我醒来,发现自己躺在一片荒地。家里发生了许多事,两岁的弟弟被人抱走。父亲走丢了,接着是大哥,母亲带着另一个弟弟妹妹去找,我一个人回到家。我在那时开始记事。我知道了村子的许多事,却始终无法弄清楚我们家的一个夜晚。他们全走掉的那个夜晚,我回到家里。

冯七

最早做顺风买卖的人，是冯七。秋天西风起时他装上虚土庄的麻和皮子，向东一路运到玛纳斯，在那里把货卖掉，再装上玛纳斯的苞谷和麦子，运到更东边的老奇台，人马在那里过一个冬天，春天又乘着东风把奇台的盐和瓷器运到虚土庄。这个人七十岁了，看上去年纪轻轻。他的腿好好的，腰好好的，连牙都好好的，没掉一颗。

他的车轱辘换了一对又一对，马换了一匹又一匹。风只吹老了他脊背上的皮，把后脑勺的一片头发吹白了。

他一辈子都顺风，不顺风的事不做，不顺风的路不走。连放屁撒尿都顺着风。后来他不做顺风买卖了，干啥事也还顺风。

冯七住在村北边的大渠边，有时刮东风他向西走二百米，到韩老大家谝一阵串子，等到西风起了再晃悠悠回来。如果东风一直不停，刮一天一夜，他就吃住在那里。刮北风时他会朝南走半里，到邱老二家坐上一天半日。这个人有讲不完的一肚子好故事，一直讲上三天三夜，外面的北风早停了，东风又起，都没有一个人散去。

这个人的走和停全由风决定。没风时人就停住。

他拿鞭杆在风中比画儿下，就能量出一场风能刮多远，在什么地方停住。他还知道风在什么地方转向。

早先村里也有人学着他做顺风买卖，装一车皮子，西风起时向东一路赶去。可是，走不了几十里风突然停了，车马撂在戈壁滩上，走也不是，回也不是。后来这门技术被虚土庄的好多男人学会，在一场一场大风里，虚土庄的车马和漫天的树叶尘土一起，顺风到达一个又一个远地，又飘回来。

冯七爷说，有些大风往往是从一个小地方刮出去的。
一个农妇趴在灶口吹火吹起一场大风。
一条公狗追一条母狗在野滩上奔跑带起一场大风。
一个人一掀被窝撩起一场大风。
天地间的事情就是这样，有个引子，就能引发一件惊天动地的大事。这个引子不需要多大，一点点就够了。

冯七就是一个引子。我觉得许多风就是他引起的。他知道什么时候吹口气，什么时候抖抖衣服或者咳嗽一声，就会引起一场大风。

有时刮东风，好多人围在韩老大家，等他顺风过来讲故事，等半天不来，人们出去，准会看见他站在屋顶，举根长竿子从天上往下钩东西。他似乎能算出这场风肯定能刮来好东西，那场风肯定是空的。他的长竿子头上绑着铁钩。能刮来东西的大风昏昏沉沉，云压得很低，把飘向高空的东西全压到低空。一团一团的黑东西飘过房顶。冯七爷跳着蹦子，长竿子朝天上一伸，往下一缩，钩下一片树叶。又一伸一缩，钩下一团毛。

听说他还钩下过一块红头巾。在另一场相反的风中，他带着红头巾和一车羊毛上路，在远处村庄留下一桩风流美事。

韩拐子

村里有三个人的身体，能预测天气：韩拐子的腿，冯七的腰，张四的肩肘拐子。

三人分住在西东北三个角上。下雨前，要是从西边来的雨，韩拐子的腿便先疼，这时天空没有云，太阳明亮亮的，一点没下雨的意思。但韩拐子的腿已经疼得坐不住，他拄起拐子朝村子中间的大木头跟前走，路过冯七家的院门，走过张四家的牛圈棚，只要韩拐子出门，就会有人问，是不是要下雨？韩拐子从不轻易吭声。他在大木头上顶多坐十口气的工夫，就会看见冯七和张四捂着腰抱着肩肘来了。三个人在木头上一坐，不出半天，雨准会下。下的大小要看三个人皱眉的松紧。

要是从东边来的雨，冯七的腰就会先疼。先走到木头跟前的就是冯七。

有时冯七在木头上坐了半天，也不见张四韩拐子来，也不见雨下来，冯七的腰好像白疼了，但东边天际一片黑暗。他感受到的雨没有落进村子。还有时冯七张四都坐在木头上了，不见韩拐子，这时人们就会疑惑，摊在院子的苞谷要不要收回去，縻在地边的牛要不要拉回来，半村庄人围在木头旁等。起风了，凉飕飕的。云越压越低。

到底下不下雨？

有人着急了，问坐在木头上的冯七张四。

两个人都木头一样，不说话。

风刮得更大了，也更凉飕飕了。还不见韩拐子来。

是不是睡着了？天一阴他的腿就疼得睡不着。天都阴成这样了，他的腿咋还不疼？

人们七嘴八舌地说着。云在天上七高八低地翻腾。突然，一阵风——我们都没觉出来，云开始朝四周散，村子上空出现一个洞，一束阳光直照下来，落在木头上，洞越来越大，直到整个村庄被阳光照亮。被挤到四周的阴云，越加黑重了。

这时冯七张四从木头上起来，一东一北，回家去了。

冯七张四坐在木头上时，其余人就只能在一边站着。老年人坐在木头上时，年轻人就只能蹲在地上。当然，没有大人时，娃娃在上面玩，鸡狗猪也爬上跳下。

村子最重要的话都是站在木头上说出来的，有重要的事都把人召集到木头旁宣布。在渠边和麦地埂子上说的事情都不算数。在路上说的事也不算数，人在走，尘土在扬，说的话往后飘。非要认真说事，就得站在路上，面对面地说，说定了再走路。最不算数的是晚上说的话，胡话都是晚上说的。男人骗女人的话也多是晚上说的。话说完事做完人睡着了。或者话说到一半事也做到一半时人已经半醒半睡。我感觉虚土庄一直在半醒半睡中度年月，它要决定一件真实事情时，就得抓住一根大木头。他们围在木头旁说事情时，我看见时间，水一样漫上来，一切都淹没了，他们抱着一根木头在漂，从中午，漂到下午，好像到岸了。时间原沉到尘土以下。我在虚土庄看见时间，浸透每一件事物。它时而在尘土以下，在它上面我们行走、说话。我们的房子压在它上面，麦子和苞谷，长在上面。那时候，时间就像坐在我们屁股下面的一块温暖毛毡。有时它漫上来，我们全在它下面，看见被它淹死的人，快要淹死的人，已经死掉的麦子，一茬撂一茬，比所有麦垛都高，高过天了，还在时间下面。那时我仰起头，看见那根大木头，在时间上面漂。

大木头躺在马号院子门口，旁边一口井。

以前马号在村东北角，人和牲口各住一边，常年的西北风不会把马粪味吹进村子。后来出生了一些人，又盖了些房子，马号就围在中间。晚上人放的屁和马放的屁混在一起，村子有一种特别的味道。马号盖起后，人都喜欢围着马号，有事没事靠着马号墙晒太阳，坐在草垛上聊天，人喜欢和牲口在一起。这一点从后来人围着牲口圈盖房子就可以证明。人离不开牲口，牲口也离不开人。

王五爷说，人和狼都吃羊，为啥羊甘心让人吃，不让狼吃？

狼吃羊时羊恐惧。狼是生吃，羊活活被吃死。人吃羊是煮熟吃，那时候羊已经没有疼痛和恐惧。人宰羊时羊也不害怕，羊见人拿刀子过来，就像见人拿一把草过来一样，咩咩叫。对不会宰羊的人，羊会自己伸长脖子，脸朝一边仰起，喉咙咕噜咕噜地发出声，好像意思是说：往这里捅刀子。

王五爷说，人和家养的牲畜都是命绑着命，认了的。

王五

到达虚土梁的第五天，人刚缓过气来，王五就让每人背一麻袋和自己体重相等的土，朝来的方向走，走到走不动了，把土倒掉。

王五说，我们一下来这么多人和牲口，虚土梁这一块已经显得比别处重了，必须背出去一些土，让地保持以往的平衡。

别看这地方是片高土梁，如果我们不停地往村里搬东西，多少年后，它就会被压下去，变成一个大坑。

如果那样我们就再走不掉了。

有时地会自己调整，增加一个人和牲口，就会多踩起一些土。风把我们踩起的土刮到别处。但那些静止的东西不会掀起尘土。桌子、磨盘、砧铁，它们死死压在地上，把地压疼了，地不会吭声。地会死。

这些重东西，过三年要挪一次。挪动几米都行。让压瓷的地松口气。被磨盘压僵的一块地，五年能缓过来。土会慢慢变虚。这期间雨水会帮忙，草和虫子也会帮忙。如果一下把地整死了——每一粒土都死掉，它就再缓不过来。一块死地上草不长，虫子不生，连鸟都不落。

有一年，村子大丰收了，从南边来的人一车一车地买走我们的麦子苞谷。村人满怀高兴，因为有钱了，村子里到处是钱的响声。后来卖到只剩下口粮和种子，再没什么可卖时，人们突然觉得村子变轻了，我们的几十万斤粮食，换成了轻得能被风吹走被水漂走的纸票子。而买去我们粮食的沙湾镇，一下重了几十万斤。

从那时起尘土无缘无故扬起来，草叶子满天飞，房顶也像要飞走。人突然觉得自己压不住这块土地。那年秋天，人们纷纷外出买东西，买重东西，没东西买的人也不闲住，从南山拉石头回来，垒在墙根。这样才又把地压住。

又一年，村子晃动了一次。好像是秋天，下了一天一夜雨，天快亮时地突然晃起来，许多人还在梦里。坐在房顶的守夜人看见地从西北角突然翘起，又落下。

我们村的西北角有点轻，得埋七块八十斤重的石头，这样村庄才会稳。王五又出来说话了。

从那时起有关地的事情就归王五爷管了。在虚土庄，找到事情做的男人，被人称爷。像冯七、张望、韩拐子、刘二这些人，都被人叫了爷。没事做的男人，长多老都不会有人叫爷。

在这地方，只有风知道该留下什么，扔掉什么。也只有风能把该扔的扔到远处。人不行。人想留的留不住，要扔的也扔不远。顶多从屋里扔到屋外，房前扔到房后。几十年前穿破的一只鞋，又在墙角芦草中被脚碰见。

风带走轻小的，埋掉重大的。埋掉大事物的是那些细小尘土。

我们从地里收回来的，和我们撒到地里的，总量相等。别以为我们往地里撒十斤苞谷种子，秋天收回八百斤苞谷，还有几大车苞谷秆，就证明我们从地里拿回的多了。其实，这些最后全还到地里。苞谷磨成面，人吃了，粪便还到地里。苞谷叶子牲口吃了，粪便也还到地里。苞谷秆烧火，一部分变烟飘上天，一部分成灰撒向四野。

人和牲口最后剩下一股子劲，也全耗在地里。

甚至牛吃了野滩的草，把粪拉在圈里，春天也都均匀地撒在田地。

更多时候，牛把粪拉在野滩，再吃一肚子草回来。

地的平衡是地上的生灵保持的。

按说夜晚的村庄最重，人和牲口全回村，轻重农具放在院子。可是，梦会让一切变轻。压在地上的车，立在墙角的镢头和锨，拴在圈棚的牲口，都在梦中轻飘起来。夜晚的村庄比白天更空荡，守夜人夜夜守着一座没有人的村庄。其实什么都不会丢失，除了梦里的东西。

以前在老家村里死了人，都是东边埋一个，西边埋一个。后来死去的人多了，就数不清。先是荒地上埋死人。荒地埋满了，好地也开始埋人。人都埋到了墙根。晚上睡在炕上，感到四周睡满人，人挤人。已经没有活人的地方。

死亡会把地压得陷下去，压出一个坑。王五说。

一个人的死亡里包含着他一生的重量。人活着时在不断离开一些事情，每做一件事都在离开这件事。人死亡时身体已经空了，而周围的空气变得沉重无比。这是一件好事情，说明人在身体垮掉前，把里面的贵重东西全搬出来了。那些搬出来的东西去了哪里，我们不清楚，只知道在死亡来临前，人的生命早已逃脱。死掉的只是一个空躯体。

我们都知道死和生之间有一个过道。人以为死和生挨得很近，一步就踏入。

其实走向死亡是很漫长的,并不是说一个人活到八十岁就离死亡近了。不是的。一些我们认为死掉的人,其实正在死亡的路上。

那时整个一村庄人也都在死亡路上。我在的时候村里没开始死人。死是后来发生的。听说他们被一个流产在路上的死孩子追上,从那时起,死亡重新开始了。

肆

不认识的白天

一个我叫舅舅的男人，秋收后在家里住过几天，隐约听他和母亲说，要从我们家抱一个孩子过去。

舅舅家五个女儿，没有儿子。

舅舅答应换一个女孩过来。母亲说，她自己会生，下一个就是女孩了。

他们说话时我站在下风处，耳朵朝着他们。我担心母亲会让舅舅抱走我。

最后抱走的是我弟弟。我看着他被抱走，我头蒙在被子里，从一个小缝看见他们。我没有喊，也没有爬起来拦住。

弟弟脸朝西侧睡着，我也脸朝西，每晚一样，他先睡着，我跟在后面，迷迷糊糊走进一个梦。听刘二爷说，梦是往后走的，在梦中年龄小的人在前面。

那时弟弟一岁半，不到两岁。我的梦中从没出现他，只是夜夜看着他的后脑勺，走进一个没有他的梦里。白天他跟在我后面，拉着我的手和衣襟。他什么路都不知道，才下地几个月。哪条路上都没有他的脚印。不像我，村里村外的路上，没路的虚土梁上，都能遇到自己的脚印。以前我撒过尿的地方，留下一片黄色的硬碱壳子。在虚土梁上撒一泡尿，比一串脚印留的时间长。脚印会被风吹走。尿水结成的硬碱壳子，却可以原样保留好多年，甚至比人的命还长。人后半生里遇见最多的，是自己前半生撒尿结的硬碱壳子。不光狗和狼认识自己撒的尿，人也认识自己撒的尿。每个人撒尿的习惯不一样，冲出的痕迹就不一样。有人喜欢对准一处，在地上冲出一个洞。有人不这样。听说王五爷撒尿时喜欢拨动球把子，在地上写一个连笔的"王"。我偷看过王五爷的尿迹，确实这样。刘二爷撒尿会不会写一个连笔"刘"，我没有跟去看过。这些聪明人，脑子里想法多，肯定不会像一般人老老实实地撒尿。即使撒尿这样的小事情，也会做得跟别人不一样，做成大事情。多少年后，这片荒野远远近近的芨芨草和红柳墩后面，到处能看到结成硬碱壳子的连笔"刘"或"王"字。连空气中似乎都飘着他们的尿臊味。这片天地就这样被他们牢牢占住。

我快睡过去了，听见被子动。

"睡稳了，抱起来。"我父亲的声音。

我一动不动，心想如果他们要抱走我，怎么办。我睁开眼睛，哭闹。把全家人叫醒。有什么用呢，下一个晚上我睡着时还会被抱走。那我一声不吭，假装睡着，然后我认下回来的路，自己跑回来。

被抱起来的是弟弟，他们给他换了新衣裳，换上新鞋。

我不知道为什么假装睡着。如果我爬起来，抱住弟弟不放，哭着大喊，喊醒母亲和大哥，喊醒全村人，他们也许抱不走他。也许守夜人会拦住。但我没爬起来，也没听到母亲的声音，也许她和我一样，头蒙在被子里，假装睡着。

过了一会，我听见母亲低低的哭泣，听见马车驶出院门，从西边荒野上走了。我记住这个方向，等我长大，一定去把弟弟找回来。我会找遍西边所有的村子，敲遍每户人家的门。

我一直没有长大。

以后我去过那么多村庄，在这片荒野中来回地游走，都没想到去找被抱走的弟弟。长大走掉的是别人，他们没为我去做这件事情。

那个早晨，我弟弟走进一场不认识的梦中。他梦见自己醒来，看见五个姐姐围在身边，一个比一个高半头，一个比一个好看。他不好意思地笑了笑，又闭着眼睛。她们叫他另外一个名字：榆树。让他答应。他想说，我不叫榆树，叫刘三。又觉得在梦中，叫就叫吧，反正不是真的，醒来他还是刘三。

两个大人坐在旁边，让他叫爸爸妈妈。他认得那个男的，是舅舅，到过自己家，还住了几天。怎么变成爸爸了？自己有爸爸妈妈呀，怎么又成了别人家的儿子。他想不清。反正是梦。梦里的事情，怎么安排的就怎么做，跟演戏一样，一阵子就过去了。他刚会听话时，母亲就教他怎样辨别梦。母亲说，孩子，我们过的生活，一段是真的，一段是假的。假的那一段是梦。千万别搞混了。早晨起来不要还接着晚上的梦去生活，那样整个白天都变成黑夜了。

但我弟弟还是经常把梦和现实混在一起。他在白天哭喊，闹。我们以为他生病了，给他喂药。以为饿了，渴了，给他馍馍吃，给水喝。他还是哭闹。没命地哭喊。母亲问他，他说不出。

他在早晨哭，一睁眼就哭。哭到中午停下来，愣愣的朝四处望，朝天上地上望。半夜也哭，哭着哭着又笑了。

母亲说，你弟弟还没分清梦和现实。他醒来看不见梦里的东西了，就哭喊。哭喊到中午渐渐接受了白天。到晚上睡梦中他认识的白天又不见了，又哭喊，哭着哭着又接受了。我们不知道他夜夜梦见什么。他在梦里的生活，可能比醒来的好，他在梦里还有一个妈妈，可能也比我好。不然他不会在白天哭得死去活来。

弟弟被抱走前的几个月，已经不怎么爱哭了。我带着他在村里玩，那时村里就他一个这么小的孩子，其他孩子，远远地隔着三岁、五岁，我们走不到跟前。我带着他和风玩，和虫子树叶玩，和自己的影子玩。在我弟弟的记忆里，人全长大走了，连我也长大走了，他一个人在村子里走，地上只剩下大人的影子。

他刚刚承认睁开眼看见的这个村子，刚刚认牢实家里的每个人，就要把梦分开了，突然地，一个夜晚他睡着时，被人抱到另一个村庄。

他们给他洗头，剃光头发，剪掉指甲，连眉毛睫毛都剪了。

"再长出来时，你就完全是我们家的人了。"让他叫妈妈的女人说。

他摸摸自己的光头，又摸摸剪秃的指甲，笑了笑。这不是真的。我已经知道什么是真的了。我的弟弟在心里说。

多少年后，我的弟弟突然清醒过来。他听一个邻居讲出自己的身世。邻居是个孤老头，每天坐在房顶，看村子，看远远近近的路。老头家以前七口人，后来一个一个走得不见了。那个孤老头，在自己家人走失后，开始一天不落清点进出村子的人。只要天边有尘土扬起，他就会说，看，肯定是我们家的人，在远处走动。

他说"看"的时候，身后只有半截黑烟囱。

那时我的弟弟站在房后的院子。在他的每一场梦中都有一个孤老头坐在房顶。他已经认得他，知道关于他的许多事。

一个早晨，我弟弟爬梯子上房，站在孤老头身后，听他挨家挨户讲这个村子，还讲村子中间的一棵大树。说那棵树一直站着做梦，反反复复地梦见自己的叶子绿了，又黄了。一棵活着的树，谁都看不清它。只有把它砍了，锯掉根和枝，剩下中间一截木头，谁都能看清楚了。

讲到舅舅家时，老头停住了。停了好久，其间烟囱的影子移到西墙头，跌下房，房顶的泥皮被太阳晒烫，老头的话又来了。

你被马车拉到这一家的那个早晨，我就坐在房顶。老头说。我看见他们把你抱到屋里。你是唯一一个睡着来到村庄的人。我不知道你带来一个多么大的梦，你的脑子里装满另一个村庄的事。你把在我们村里醒来的那个早晨当成了梦。你在这个家里的生活，就这样开始了。你一直把我们当成你的一个梦，你以为是你梦见了我们。因为你一直这样认为，我们一村庄人的生活，从你被抱来睁开眼睛的那一刻，就变虚了。尽管我们依旧像以前一样实实在在地生活，可是，在你的眼睛中我们只是一场梦。我们无法不在乎你的看法。因为我们也不知道自己活在怎样的生活中。我们给了你一千个早晨，让你从这个村庄醒来。让你把弄反的醒和睡调整过来。一开始我们都认为这家人抱回来一个傻子，梦和醒不分。可是，多少年来，一个又一个早晨，你一再地把我们的生活当成梦时，我们心里也虚了。难道我们的生活只是别人的一个遥远睡梦？我们活在自己不知道的一个梦里。现在，这个梦见我们的人就走在村里。

从那时起，我们就把你当神一样看，你在村里做什么都没人管。谁见了你都不大声说话。我们是你梦见的一村庄人。你醒了我们也就不见了，烟一样散掉了。不知道你的梦会有多长。我们提心吊胆。以前我看远处路上的尘土，看进出村子的人。现在我每天盯着你看。我把梯子搭在后墙，让你天天看见梯子。有一天你会朝上走到房顶。我等了你好多年，你终于上来了。我得把前前后后的事给你说清楚，你肯定会认为我说的全是梦话。你朝下看一看，会不会害怕眼前的这个梦太过真实？

我弟弟一开始听不懂孤老头的话，他两眼恍惚地望着被老头说出来的村子，望着房顶后面的院子，他的姐姐全仰头望他，喊榆木，榆木，下来，吃午饭了。

他呆呆地把村子看了一遍又一遍。又看着喊他下来的三个姐姐，另两个怎么不见了。怎么少了两个姐姐，他使劲想。突然地他惊醒过来。像一个迷向的人，回转过来。村子真实地摆在眼前，三个姐姐真实地站在院子里，他不敢看她们，不敢从房顶下来。以前他认为的真实生活，原来全是回忆和梦。他的真实生活在两岁时，被人偷换了。他突然看见已经长大的自己，高高晃晃，站在房顶。其间发生了多少他认为是梦的事，他一下全想起来。

有一天，那个让他叫爸爸的男人去世了，他的五个姐姐抱头痛哭，让他叫妈妈的女人泣不成声。他站在一边，愣愣地安慰自己：这是梦中的死亡，不是真的。

另外一年大姐姐远嫁，娶她的男人把马车停在院门口，车上铺着红毡，马龙套上缀着红樱。他依稀记得这辆马车，跑顺风买卖的，去年秋天，一场西风在村里停住，这辆马车也停下来，车户借住在姐姐家里，半个月后西风又起了，马车却再没上路，赶车的男人自愿留下来，帮姐姐家秋收，姐姐家正好缺劳力，就让他留下了。他看上了二姐姐，一天到晚眼睛盯着二姐姐看，好像他的目光缠在二姐姐身上，结了死疙瘩。最后，姐姐的母亲说把大姐姐给他拉走，因为二姐姐还没成人，赶车人说愿意住下等，等到二姐姐成人。姐姐的母亲好像默许了。不知为什么，没等到几年，只过了一个秋天、一个冬天和春天，他又决定娶大姐姐了，他不等二姐姐成人了，可能等不及了，也可能发生了其他事，赶车人忍不住，摘了先熟的桃子。这些我的弟弟全看见，但他没认真去想，去记。赶车人把大姐姐抱到车上，在一场东风里离开村子。出门前家里人都难过，姐姐的母亲在哭。另几个姐姐也围着车哭。当了新娘的姐姐，抱着弟弟哭，弟弟也想流泪，放开嗓子哭，又想这只是梦里，不必当真。

他的五个姐姐，一个比一个喜欢他。那两个让他叫爸爸妈妈的大人，也特别喜欢他。但他一想到这只是梦，也就不留心了。他从不把他们的喜欢当回事。

这么多年，在他自认为是梦的恍惚生活中，他都干了些什么，做了多少荒唐事。

我弟弟在得知自己身世的第五天，逃跑了。这五天他一直没回村子，藏在村外的大榆树上，眼睛直直地盯着进出村子的人和牲口，盯着姐姐家的房顶和院门。这真是我真实生活的村庄吗？我一直认为是梦，一场一场的梦，我从没有认真对待过这里的人和事情，我由着性子，胡作非为。我干了多少不是人干的事情。我当着人的面亲姐姐的嘴，摸姐姐的乳房。我以为他们全是梦中的影子，我梦见这一村庄人，梦见五个姐姐。我醒来他们全消失。可是，醒来后他们真真实实地摆在面前。

弟弟失踪后，整个荒野被五个姐姐的呼喊填满，远嫁的两个姐姐也回来了，她们在每条路上找他。在每个黄昏和早晨对着太阳喊他。每一句他都听到了，他一句不回应。他没法答应。他找不到他的声音。

整个村子都乱了。地上到处是乱糟糟的影子。梦见他们的人醒了，一村庄人的生活，重新变得遥远。

我弟弟沿着他梦中走过的道路找到虚土庄。自从抱走了弟弟，舅舅再没来过虚土庄。他把两个村庄间的路埋掉。他担心我弟弟长大了会找回来。弟弟还是找回来了。

弟弟回来的时候，家已经完全陌生，父亲走失，母亲变成白发苍苍的老人，哥哥们长成不认识的大人，他被抱走后出生的妹妹，都要出嫁。他被另一个村庄的风，吹得走了形。连母亲都认不出他。多少年他吃别处的粮食，呼吸另一片天空下的空气，已经没有一点点虚土庄人的样子。说话的腔调，走路的架势，都像外乡人。

母亲一直留着弟弟的衣服和鞋，留着他晚上睡觉的那片炕。尽管又生了几个弟弟和妹妹，他睡过的那片炕一直空着，枕头原样摆着。夜里我睁开眼，看见一坨月光照在空枕头上。

我每夜感觉到他回来，静静地挨着我躺下，呼出的鼻息吹到我脸上。有时他在院子里走动，在院门外的土路上奔跑叫喊。他在梦中回来的时候，村子空空的，留给他一个人。所有道路给他一个人奔跑，所有房子由他进出，所有月光和星星，给他照明。

我从谁那里知道了这些，仿佛我经历了一切，我在那个早晨睁开眼睛，看见围在身边的五个姐姐，一个比一个高半头，一个比一个好看。也许那个晚上，我的一只眼睛跟着弟弟走了。我看见的一半生活是他的。

我弟弟像一个过客，留在虚土庄，他天天围着房子转几圈，好像在寻找什么。村里没有一个他认识的人，他们也不认识他。他时常走到村外的沙包上，站在张望身边，长久地看着村子。那时张望已经瞎了眼，他从我弟弟的脚步声判断，一个外乡人进了村。我弟弟是夜里走失的，在张望的账本里，这个人多少年没有动静，好像睡着了。当我弟弟走到跟前时，他才听出来，这双脚多年前，曾经踩起过虚土梁上的尘土，那些尘土中的一两粒，一直没落下来，在云朵上，睁开眼睛。

我弟弟站在我当年站的地方，像我一样，静静听已经瞎了的张望说话。他一遍又一遍说着村里的人和事，一户挨一户地说。

"看，房顶码着木头的那户人家，有五口人不在了。剩下的三口人出去找他们，也没回来。"

"门口长着沙枣树的那户人家呢？人都到哪去了？这么些年，那棵沙枣树下的人家都发生了什么事？"我弟弟问。

不知道张望向他回答了什么。也许关于自己家的事，他一句话都问不到。和我那时一样。这个张望，他告诉我村庄的所有事情，唯独把我们家的事隐瞒了。也许身后站着另一个人时，他说的全是我们家的事。

"看，门口长一棵沙枣树的那户人家。"

他会怎样说下去，在他几十年来，一天天的注视里，我们家到底发生了什么事，谁走了，谁在远处没有回来。我们家还有几口人在外面。我又在哪里。

在别处我也从没听到过有关我们家的一丝消息。仿佛我们不在这个村庄。仿佛我们一直静悄悄地过着别人不知道的生活。

我弟弟回来的时候，我只是感觉他带回来我的一只眼睛。我的另一只眼睛，又在别处看见谁的生活。我什么都记不清，乱糟糟的。也许那时候，我刚好回到童年，回到他被人抱走的那个夜晚，我头蒙在被子里，从一个小缝看着他被抱走，我依旧不知道该怎么办。

伍

桥断了

桥断了

我原以为，会比他们先走到村子。

那时天没有全黑，头顶的云还是红的。我们一长溜人，朝西边日落处走。一件什么事让我们走到这么晚，我记不清了。正好走到一个沙沟沿上，路分成了两条。

"右边这条路很难走。"

我听见有人在背后说。前面的几个人，已经走上左边的路。我一扭身踏上右边的这条。

难走的路通常是捷径。我心里想着。后面有脚步声跟了上来，我没有回头，不知道哪几个人跟我走上这条路。

穿过一片玉米地后，我们发现大渠上的桥断了。几根木头斜插进水里，渠水黑黑地向远处流。我听见另一条路上的说话声。夜晚使远处的声音显得很近。田野已经变得灰沉沉。星星出来了。星星像一些走远的灯，让地变得更加黑沉。

我们被挡住了。

离村子还有一大段路，要穿过一片碱地，再过一个沙沟。能清晰地听见那条路上的说话声，听见村子里的狗叫，说明他们进村了。我们全默默站在渠边。过了一会儿，前面的村子安静下来，先到家的那些人应该睡觉了，或许不会睡着，全躺在炕上，侧耳听我们的动静，听着听着睡过去。他们知道我们走上另一条路，还知道这条路走不通。

我一直没朝后看，也没往左右看。不知有几个人站在我身边，他们都是谁。我们全黑黑的，站着，没谁说一句话。

多少年后我回想这个夜晚，我的记忆到此中断了。不知道那以后我们去了哪里。

渠水又深又急，无法蹚过去。天黑得什么都看不见。我们是否黑摸着退回去，在沙沟沿下找到分岔的另一条路。是否顺着渠沿，一直向下游走，找到他们刚刚走过的那座桥。有没有人在那个夜晚，走出村子找我们。我们中间谁的父亲，半夜发现儿子没回家，提着马灯，或举着火把，从那片荒野上呼喊着找过来。那以后的事我全记不清，像一个梦做到那里醒了。我回想一同往回走的那些人，好像全是同村的，又好像一个都不认识。再回想水渠那边，响起人声狗吠的村子，我的家并不在那里。

我回忆那个晚上我的模样。我好像站在对面，清楚地看见那个夜晚渠边的我，大概十几岁，又好像只有五岁的样子。我看不清我的衣服，或许皱巴巴的，很旧。看不清融在夜色中的头发。但我清楚地看见那就是我，瘦削的脸庞，一双眼睛黑亮黑亮的，望着什么都望不见的远处。

我问过我母亲，在我小的时候，有没有一个夜晚我没回来。有没有这样一件事,村里出去好多孩子,一些回来了,一些被一渠水挡住。

那个晚上一过,村里少了许多人,好多母亲没有了孩子,过去多少年后,这种缺少愈显得大。村庄越来越空荡,那时走失一个人,多少年后就少一个家,子子孙孙少下去,这种缺失在时间中无限扩大。迟早有一天,会有人走入那片荒芜的时间。几乎没有谁能穿过它。

有时我又觉得,我的家就在渠对面那个村子。我常常在黑夜回去,走进一间没灯的房子。我从来没有在那间房子里醒来过,只是一次次地回去,睡着。接下来的记忆全是黑夜。我不知道以后的早晨是什么样子。和我睡在一起的那一村庄人,最后谁听到了鸡叫,醒过来。又开始春播了。土地冒着热气。或许我跟人们一起醒来,日复一日地生活,我长大,娶妻生子,只是我不知道。我早已忘记模样的女人,在哪个村庄里抚养着我的一群儿女。他们等我回去。

可是,连我都不知道我在哪里。我也在等自己回来。除了那座桥断了,那以后的生活又发生了什么。

那个晚上,我好像就睡在村里。哪都没去。我只是看见我从远处回来,被一渠水挡住。我安安静静,没有喊一声,也没起身,提一盏灯走出去。我的记忆在那一刻中断了。以后我去了哪里,回到哪个村庄,我记不清了。我老了以后,时常靠在墙根，晒着太阳，想不清曾经的哪一种生活，使我变成现在的样子。我的腿是在梦中跑老的，还是现实的一件小事把腿跑坏了。我真正的生活我从来没有看见过。

谁的叫声
让一束花香听见

一些沙枣花向着天上的一颗星星开，那些花香我们闻不见。她穿过夜空，又穿过夜空，香气越飘越淡。在一个夜晚，终于开败了。

可能那束花香还在向远空飘，走得并不远，如果喊一声，她会听见。

可是，谁的叫声会让一束花香听见。那又是怎样的一声呼唤，她回过头，然后一切都会被看见——一棵开着黄白碎花的沙枣树，枝干曲扭，却每片叶子都向上长，每朵花都朝天开放。树下的人家，房子矮矮的，七口人，男人在远路上，五岁的孩子也不在家，母亲每天黄昏在院门外喊，那孩子就蹲在不远的沙包上，一声不吭，看着村子一片片变黑，自己家的院子变黑，母亲的喊声变黑。夜里每个窗户和门都关不住，风把它们一一推开。那孩子魂影似的回来，蹲在树杈上，看着空荡荡的房子。人都到哪去了？妈妈。妈妈。那孩子使劲喊。却从来没喊出一句。

另外一个早晨，这家的男人又要出远门，马车吱出院子，都快走远了，突然听见背后的喊声。

"呔。"

只一声。他蓦然回头，看见自己家的矮土房子，挨个站在门前沙枣树下的亲人：妻子一脸愁容，五个孩子都没长大，枯枯瘦瘦的，围在母亲身边。那个五岁的孩子站在老远处，一双眼睛空空荡荡地望着路——这就是我的日子。他一下全看见了。

男人满脸泪水地停住。

他是我父亲，那个早晨他没走成，被母亲喊住了。我蹲在远远的土墙上，看见他转身回来。车上的皮货卸下来，马牵进圈棚。那以后他在家待了三年，或是五年，我记不清。我以后的生活被别人过掉了，我再没看见这个叫父亲的人。也许他给别人当父亲去了。我记住的全是他的背影，那时他青年接近中年的样子，脊背微驼，穿一件蓝布上衣，衣领有点破了，晒得发白的后背上，落着尘土和草叶，他不知道自己脊背上的土和草叶，他一直背着它。那时候我想，等我长大长高一些，我会帮他拍打脊背上的土，我会帮他把后脑勺的一撮头发捋顺。我一直没长大。我像个跟屁虫，他走哪我跟哪，却从没走到前头，看见过他的脸。我想不起他的微笑，不知道他衣服的前襟，有几只纽扣，还有他的眼睛，我只看见他看见过的东西，他望远处时我也望远处，他低头看脚下的虫子时我也看着虫子，他目光抚过的每样东西我都亲切无比。但我从没看见他的眼睛。有一天我和他迎面相遇，我会认不出他，与他相错而去。我只有跟在后面，才会认识他，才是他儿子。他只有走在前面，才是我父亲。

在我更小的时候，他把我抱在胸前，我那时的记忆全是黑暗，如果我出生了，那一刻我会看见，我的记忆到哪去了，我怎么一点都想不起出生时的情景，我连母乳的味道都忘记了，我不会说话的那几个月、一年，我用什么样的声音说出了我初来人世的惊恐和欢喜。

还有什么没有被看见。

那棵沙枣树又陪我们过了一年。如果树有眼睛，它一样会看见我们的生活，看见自己的叶子和花在风中飘远。更多的叶子落在树下，被我们扫起。树会看见我们砍它的一个枝干做了锨把。那个断茬慢慢地长成树上的一只眼睛，它天天看见立在墙根的铁锨，看见它的枝做成的锨把，被我们一天天磨光磨细。父亲拿锨出去的早晨它看见了，我一身尘土回来的傍晚它看见了。整个晚上，那个断茬长成的树眼，直直地盯着我们家院子，盯着月亮下的窗户和门。它看见什么了。

那个蹲在树杈旁的五岁男孩又看见了什么。

夜夜刮风。风把狗叫声引向北边的戈壁沙漠。雪把牛哞单独包裹起来，一片片洒向东边的田野。雨落在大张的驴嘴里。夜晚的驴叫是下向天空的一场雨，那些闪烁的星星被驴叫声滋润。每一粒星光都是深夜的一声惊叫。我们听不见。我们看见的只是它看我们的遥远目光。

多少年后，我才能说出今天傍晚的一滴雨，它落在额头，冰凉传到内心时我已是一个中年人。当什么突然地击疼我，多少年后，谁发出一声叫喊。那些我永远不会叫出的喊声，星星一样躲得远远。我被她胆怯地注视。

多少年后，我才碰见今天发生的事情，它们走远又回来。就像一声狗吠游遍世界回到村里，惊动所有的狗，跟自己多年前的回音对咬。

有一种小黑沙枣，专门长着喂鸟。人也喜欢吃。熟透了黑亮黑亮。人看着树上的沙枣做农活，沙枣刚黑一点小尖时，编耱，收拾碌子。沙枣黑一半时，麦种摊在苇席上晾半天，拌种的肥料碾碎。沙枣全黑时鸟全聚在树上，人下地，把麦子播撒下去。对鸟来说，沙枣的甘甜比麦粒可口，顾不上到地里刨食麦种。树上的沙枣可以让鸟一直吃到落雪前，那时麦苗已长到一拃高，根早扎深了。鸟想到吃麦粒时已经太晚。

我们在一棵沙枣树下生活多少年，一些花香永远闻不见。几乎所有的沙枣花向天开放，只有个别几朵，面向我们，哀哀怨怨的一息香环家绕院。

那些零碎星光，也一直在茫茫夜空找寻花香。找到了就领她回去。它们微弱的光芒，仅能接走一丝花香，再没力气照在地上。

更多的花香被鸟闻见。鸟被熏得头晕，满天空乱飞，鸣叫。

还有一些花香被那个五岁的孩子闻见。花落时，他的惊叫划破夜晚。梦中走远的人全回来，睁大双眼。其实什么都看不见，除了自己的梦。

我正一遍遍经历谁的童年

我看见他们朝那边走了，挽着筐，肩上搭着绳子。我穿过宽宽的沙枣林带。树全老了，歪斜着身子。树梢上一些鸟巢和干枯叶子。我很少抬头往上看。我把那时的天空忘记了。林带尽头是沙漠。我爬上沙包后眼前是更多的沙包。我再看不见他们，也不敢喊，一个人呆呆地张望一阵，然后往回走。

沙包下面有一排小矮房子，沙子涌到窗根。每次我都绕过去，推开一扇一扇门。里面空空的。有时飞出几只鸟。地上堆着沙子。当我推开最后一扇门，总是看见那两个老人，一男一女，平躺在一方土炕上，棉被拥到脖颈儿，睡得安安静静。我一动不动望着他们。过好一阵，好像一阵风吹进门，睡在里面的男人睁开眼，脸稍侧一下，望我一眼。我赶紧跑开。

每次都是那个男人醒来，女人安静地躺在旁边。我不知道他们是谁的爷爷奶奶。我跑着跑着就忘掉村子，转一圈回到那排小矮房子对面，远远盯着我推开的门。我想等那两个老人出来，送我回去。又怕他们出来追我。我靠着一棵枯树桩，睡着又醒来，那扇门还开着。

我想那两个老人已经死了。可能早就死了，再不会下炕来关门。可是，我第二天再来时那排小矮屋的门又统统关上。我轻脚走过去，一扇一扇地推开，直到推开最后那扇门，看见的依旧是那个情景：他们平躺着，大大的脸，睡得很熟。我觉得我认识那张男人的脸，他睁开眼侧脸望我的那一瞬，我的一切似乎都被他看见了。我不熟悉那个女人，她一直没对我睁开眼睛。每次，我都想看她睁开眼睛。我跑到那棵枯树桩下等。黄昏时他们从一座沙包后面出来，背着柴。我躲在树后，不让他们看见。他们走过后我跟在后面，穿过沙枣林带回到村里。

他们是比我大的孩子，不跟我玩。到哪都不带我。看见了就把我攮回村子。比我小的那群孩子我又不喜欢。突然地，我长到一个前不着村后不着店的年龄。他们一个个长大走了，我留在那里。跟我同龄的人就我一个。我都觉得童年早过去了。我早该和大人们一起下地干活了。可我仍旧小小的，仿佛我在那个年龄永远地停住。我正一遍遍经历谁的童年。我不认识自己，常常忘掉村子，不知道家在哪里。有时跟着那群大孩子中的一个回到一间低矮房子。他是我大哥。他从来不知道我跟在他后面回到家，吃他吃剩的饭，穿他穿旧的衣服，套上他嫌小扔掉的布鞋。逐渐地我能走到他到过的每一处，看见他留下的脚印，跟我一模一样。有时我尾随那群收工的大人中的一个回到屋子。那个我叫父亲的人，一样不知道我跟在他后面。我看见的全是他的背影。他们下地，让我待在家，别乱跑。我老实地答应着，等他出去，我便远远地尾随而去。

走着走着他们便消失。眼前一片哗哗响的荒草和麦田。我站着望一阵，什么都看不见，最矮的草都比我高过半个头顶。又一次，我被丢下。我站着等他们收工。等太阳一点点爬高又落下。等急了我便绕到沙包下那排小矮房子前，一扇一扇地推开门——那两个老人，他们过着谁的老年。好像不是自己的。他们整天整夜地睡。每次都这样，那个男人睁开眼，侧脸望望我。我跑开后他原平躺在那里。那个女人从来不睁开眼看我。仿佛她早就看烦了我。多漫长的日子啊，我都觉得走不出去了。我在那里为谁过着他们不知道的童年。没有一个跟我一年出生的孩子。仿佛生我的那年在这个村子之外。我单独地长到一个跟许多人没有关系的年岁。

还有那两个老人，被谁安放在那里，过着他们不知道的寂寞晚年。村子里的生活朝另一条路走了。我们被撇下。仿佛谁的青年、壮年，全被偷偷过掉，剩下童年和老年。夜里我一躺下，就看见那两张沉睡的脸。看见自己瞪大眼睛茫然不知的脸。我的睡全在他们那里。我一夜一夜地挨近他们。我走出村子，穿过一片宽宽的沙枣林带，来到那排小矮房子前。门又被关上了。

我又一次忘掉回去的路。我在那里呆站着等他们收工。我看见的全是那些人的背影：后脑勺蓬乱的头发，皱巴巴的背上，沾着草叶和泥土。天色昏黄时我随那个叫父亲的人回到家。多陌生的一间房子，在一个坑里，半截矮墙露出土。房顶的天窗投下唯一的一柱光。我啥都不清楚。甚至不认识那个我叫父亲的人。我只看见他青年接近中年的样子。他的老年被谁过掉了。从那时候一直到将来，我没遇见他的老年。突然地，他在一天早晨出去，我没跟随上他。我在那里呆站着等他回来，一直到天黑，天再一次黑。我在那样的等待中依旧没有长大成人。

多少年后我寻找父亲，他既不在那些村头晒太阳的老人堆里，也不在路上奔波的年轻人中。他的岁月消失了。他独自走进一段我看不见的黑暗年月。在那里，没有一个与他同龄的人。没有一个人做他正做的事情。我的父亲在他那样的日子艰难地熬不到头。等他出来，我又陷入另一段他所不知的年月中，没头没尾。我看不见已经过去的青年，看不见我正经历的中年。我看见的全是我不知道在为谁度过的童年。我不记得家，常常地忘掉村子，却每次都能走到那排住着一对老人的低矮房子前。

直到有一天，我认出那张男人的脸。我从他侧脸看我的眼睛里，看见我看他时的神情。那是多少年后的我。他被谁用老扔在那里。我还认出那个女人。她应该是我妻子。我和她没有一天半宿的青春。她直接就老掉了，躺在那里。剩下全是睡梦。我没有挨过她的身体，没跟她说半句情话。她跟谁过完所有的日子，说完所有的话，做完所有的事情，然后睡在我身边。

陆

守夜人

每个夜晚都有一个醒着的人守着村子。他眼睁睁看着人一个个走光,房子空了,路空了,田里的庄稼空了。人们走到各自的遥远处,仿佛义无反顾,又把一切留在村里。

醒着的人,看见一场一场的梦把人带向远处,他自己坐在房顶,背靠一截渐渐变凉的黑烟囱。每个路口都被月光照亮,每棵树上的叶子都泛着荧荧青光。那样的夜晚,那样的年月,我从老奇台回来。

我没有让守夜人看见。我绕开路,爬过草滩和麦地溜进村子。

守夜人若发现了,会把我原送出村子。认识也没用。他会让我天亮后再进村。夜里多出一个人,他无法向村子交代。也不能去说明白。没有天大的事情,守夜人不能轻易在白天出现。

守夜人在鸡叫三遍后睡着。整个白天,守夜人独自做梦,其他人在田野劳忙。村庄依旧空空的,在守夜人的梦境里太阳照热墙壁。路上的塘土发烫了。他醒来又是一个长夜,忙累的人们全睡着了。地里的庄稼也睡着了。

按说，守夜人要在天亮时，向最早醒来的人交代夜里发生的事。早先还有人查夜，半夜起来撒尿，看看守夜人是否睡着了。后来人懒，想了另外一个办法，白天查。守夜人白天不能醒来干别的。只要白天睡够睡足，晚上就会睡不着。再后来也不让守夜人天亮时汇报了。夜里发生的事，守夜人在夜里自己了结掉。贼来了把贼撵跑，羊丢了把羊找回来。没有天大的事情，守夜人绝不能和其他人见面。

从那时起守夜人独自看守夜晚，开始一个人看守，后来村子越来越大，夜里的事情多起来，守夜人便把村庄的夜晚承包了，一家六口人一同守夜。父亲依旧坐在房顶，背靠一截渐渐变凉的黑烟囱，眼睛盯着每个院子每片庄稼地。四个儿子把守东南西北四个路口。他们的母亲摸黑扫院子，洗锅做饭。一家人从此没在白天醒来过。白天发生了什么他们全然不知。当然，夜里发生了什么村里人也不知道。他们再不用种地，吃粮村里给。双方从不见面。白天村人把粮食送到他家门口，不声不响走开。晚上那家人把粮食拿进屋，开夜伙。

村里规定，不让守夜人晚上点灯。晚上的灯火容易引来夜路上的人。蚊虫也好往灯火周围聚。村庄最好的防护是藏起自己，让人看不见。让星光和月光都照不见。

多少年后，有人发现村庄的夜里走动着许多人，脸惨白，身条细高。多少年来，守夜人在夜里生儿育女，早已不是五口，已是几十口人。他们像老鼠一样昼伏夜出。听说一些走夜路的人，跟守夜人有密切交往。那些人白天睡在荒野，在大太阳下晒自己的梦。他们把梦晒干带上路途。这样的梦像干草一样轻，不拖累人。夜晚的天空满是飞翔的人。村庄的每条路都被人梦见，每个人都被人梦见。夜行人穿越一个又一个月光下的村庄。一般的村子有两条路，一条穿过村子，一条绕过村子。到了夜晚穿过村子的路被拦住，通常是一根木头横在路中。夜行人绕村而行，车马声隐约飘进村子，不会影响人的梦。若有车马穿村而过，村庄的夜晚会被彻底改变。瞌睡轻的人被吵醒，许多梦突然中断。其余的梦改变方向。一辆黑暗中穿过村庄的马车，会把大半村子人带上路程，越走越远，天亮前都无法返回。而突然中断的梦中生活会作为黑暗留在记忆中。

如果认识了守夜人，路上的木头会移开，车马轻易走进村子。守夜人都是最孤独的人，很容易和夜行人交成朋友。车马停在守夜人的院子，他们星光月影里暗暗对饮，说着我们不知道的黑话。守夜人通过这些车户，知道了这片黑暗大地的东边有哪些村庄，西边有哪条河哪片荒野。车户也从守夜人的嘴里，清楚这个黑暗中的村庄住着多少人，有多少头牲畜，以及那些人家的人和事。他们喜欢谈这些睡着的人。

"看，西墙被月光照亮的那户人，男人的腿断了，天一阴就腿疼。如果半夜腿疼了，他会咳嗽三声。紧接着村东和村北也传来三声咳嗽。那是冯七和张四的声音。只要这三人同时咳嗽了，天必下雨。他们的咳嗽先雨声传进人的梦。"

那时，守在路口的四个儿子头顶油布，能听见雨打油布的声音，从四个方向传来。不会有多大的雨，雨来前，风先把头顶的天空移走，像换了一个顶棚。没有风，头顶的天空早旧掉了。雨顶多把路上的脚印洗净，把遍野的牛蹄窝盛满水，就住了。牛用自己的深深蹄窝，接雨水喝。野兔和黄羊，也喝牛蹄窝的雨水，人渴了也喝。那是荒野中的碗。

"门前长一棵沙枣树的人家，屋里睡着五个人，女人和她的四个孩子。她的二儿子睡在牛圈棚顶的草垛上。你不用担心他会看见我们，虽然他常常瞪大眼睛望着夜空，他比那些做梦的人离我们还远。他的目光回到村庄的一件东西上，那得多少年时光。这是狗都叫不回来的人，虽然身体在虚土庄，心思早在我们不知道的高远处。他们的父亲跟你一样是车户，此刻不知在穿过哪一座远处的村落。"

在他们的谈论中，大地和这一村沉睡的人渐渐呈现在光明中。

还有一些暗中交易，车户每次拿走一些不易被觉察的东西，就像被一场风刮走一样。守夜人不负责风刮走的东西，被时光带走的东西守夜人也不负责追回来。下一夜，或下下一夜，车户捎来一个小女子，像一个小妖精，月光下的模样让睡着的人都心动。她将成为老守夜人的儿媳妇留在虚土庄的长夜里。

夜晚多么热闹。无边漆黑的荒野被一个个梦境照亮。有人不断地梦见这个村庄，而且梦见了太阳。我的每一脚都可能踩醒一个人的梦。夜晚的荒野忽暗忽明。好多梦破灭，好多梦点亮。夜行人借着别人的梦之光穿越大地。而在白天，只有守夜人的梦，像云一样在村庄上头孤悬。白天是另一个人的梦。他梦见了我们的全部生活。梦见春播秋收，梦见我们的一日三餐。我们觉得，照他的梦想活下去已经很好了。不想再改变什么了。一个村庄有一个白日梦就够了。地里的活要没梦的人去干。可能有些在梦中忙坏的人，白天闲甩着手，斜眼看着他不愿过的现实生活。我知道虚土庄有一半人是这样的。

天倏忽又黑了。地上的事看不见了。今夜我会在梦中过怎样的生活。有多少人在天黑后这样想。

这个夜晚我睡不着了。我睡觉的地方躺着另一个人，我不认识。他的脸在月光下流淌，荡漾，好像内心中还有一张脸，想浮出来，外面的脸一直压着它，两张脸相互扭。我听说人做梦时，内心的一张脸会浮出来，我们不认识做梦的人。

我想把他抱到沙枣树下，把我睡觉的那片炕腾出来，我已经瞌睡得不行，又担心他的梦回来找不到他，把我当成他的身体，那样我就有两场梦。而被我抱到沙枣树下的那个人，因为梦一直没回来，便一直不能醒来，一夜一夜地睡下去，我带着他的梦醒来睡着，我将被两场不一样的梦拖累死。

梦是认地方的。在车上睡着的人，梦会记住车和路。睡梦中被人抱走的孩子，多少年后自己找回来，他不记得父母家人，不记得自己的姓，但他认得自己的梦，那些梦一直在他当年睡着的地方，等着他。

夜里丢了孩子的人，把孩子睡觉的地方原样保留着，枕头不动，被褥不动，炕头的鞋不动。多少多少年后，一个人经过村庄，一眼认出星星一样悬在房顶的梦，他会停住，已经不认识院子，不认识房门，不认识那张炕，但他会直端端走进去，睡在那个枕头上。

我离开的日子，家里来了一个亲戚，一进门倒头就睡。

已经睡了半年了。母亲说。

他用梦话和我们交谈。我们问几句，他答一句。更多时候，我们不问，他自己说，不停地说。开始家里每天留一个人，听他说梦话。他在说老家的事，也说自己路上遇到的事。我们担心有什么重要事他说了，我们都去地里干活，没听见。后来我们再没工夫听他的梦话了。他说的事情太多，而且翻来覆去地说，好像他在梦中反复经历那些事情。我们恐怕把一辈子搭上，都听不完他的梦话。

也可能我们睡着时他醒来过，在屋子里走动，找饭吃。坐在炕边，和梦中的我们说话。他问了些什么，模模糊糊的我们回答了什么，谁都想不起来。

自从我们不关心他的梦话，这个人离我们越来越远。

我们白天出村干活，他睡觉。我们睡着时他醒来。

我们发现他自己开了一块地，种上粮食。

大概我们的梦话中说了他啥也不干白吃饭的话，伤他的自尊了。

他在黑暗中耕种的地在哪里，我们一直没找到。

有一阵我父亲发现铁锨磨损得比以前快了。他以为自己在梦中干的活太多，把锨刃磨坏。

可是梦里的活不磨损农具。这个道理他是孩子时，大人就告诉他了。

肯定有人夜晚偷用了铁锨。

一个晚上我父亲睡觉时把铁锨立在炕头，将一根细绳拴在锨把上，另一头握在手里。

晚上那个人拿锨时，惊动了父亲。

那个人说，舅，借你铁锨打条埂子。光吃你们家粮食，丢人得很。我自己种了两亩麦子。

我父亲在半梦半醒中松开手。

从那时起，我知道村庄的夜晚生长另一些粮食，它们单独生长，养活夜晚醒来的人。守夜人的粮食也长在夜里，被月光普照，在星光中吸收水分营养。他们不再要村里供养，村里也养不起他们。除了繁衍成大户人家的守夜人，还有多少人生活在夜晚，没人知道。夜里我们的路空闲，麦场空闲，农具和车空闲。有人用我们闲置的铁锨，在黑暗中挖地。穿我们脱在炕头的鞋，在无人的路上，来回走，留下我们的脚印。拿我们的镰刀割麦子，一车车麦子拉到空闲的场上，铺开，碾轧，扬场，麦粒落地的声音碎碎的，拌在风声里，听不见。

天亮后麦场干干净净，麦子不见，麦草不见，飘远的麦壳不见。只有农具加倍地开始磨损。

那样的夜晚，守夜人坐在自家的房顶，背靠一截渐渐变凉的黑烟囱，他在黑暗中长大的四个儿子，守在村外的路口。有的蹲在一棵草下，有的横躺在路上，我趴在草垛上，和他们一样睁大眼睛。从那时起我的白天不见了，可能被我睡掉了。

守夜人的儿媳魂影似的走在月色中，她的脸月亮一样，把自己照亮。我在草垛上，看着她走遍村子，不时趴在一户人家窗口，侧耳倾听。她趴在我们家窗口倾听时，我就在她头顶的草垛上，一动不动。她听了有一个时辰，我不知道她听见了什么。

整个夜晚，她的家人都在守夜，她一个人在村子里游逛。不知道她的白天是怎样度过，一家人都在沉睡，窗户用黑毡蒙住，天窗用黑毡盖住，门缝用黑羊毛塞住。半丝光都透不进去。连村庄里的声音都传不进去。

早些时候我和她一样，魂影似的走在月光里，一一推开每户人家的门。那些院门总是在我走到前，被风刮开一个小缝，我侧身进去，踮起脚尖，趴在窗口倾听。有些人家一夜无话，黑黑静静的。有的人家，一屋子梦话。东一声西一声，远一句近一句。那些年，我白天混在大人堆里，夜晚趴在他们的窗口，我耳朵里有村庄的两种声音，我慢慢地辨认它们，在他们中间，我慢慢地辨认出我自己。

当我听遍村子所有人家的声音，魂影似的回来，看见我们家的门大敞着，月光一阵一阵往院子里涌，沙枣树也睡着了，它的影子梦游似的在地上晃动。我不敢走进它的影子里，我侧着身，沿着被月光镶嵌的树影边缘，走到窗户根，静静听我们家的声音，他们说什么。有没有说到我。大哥在梦中喊，他遇到了什么事，只喊了半声，再一点声息没有了。也许他在梦里被人杀死了。母亲一连几个晚上没说话。她是否一直醒着，侧耳听院子里的动静。听风刮开院门，一个小脚步魂影似的进来，一定是她流失的孩子回来了，她等他敲门，等他在院子里喊。

我睡在他们中间时，我又在说些什么，那时趴在窗口倾听的人又是谁。

我下梯子时睡着了，感觉自己像一张皮，软软地搭在梯子上。以后的事情好像是梦，守夜人的儿媳把我抱下来，放在一块红头巾上。我知道我睡着了，不能睁开眼睛。我恍惚觉得她侧躺在我身旁，一只手支着头，另一只手捧着乳房，像母亲一样，把奶往我嘴里喂。我听人说，男人只有吃了第二个女人的奶，才会长大。我是否吃了她的奶水突然长成大人。

一个早晨，我母亲见我搂着一个女人睡觉，吃惊坏了。我把守夜人的儿媳领到白天，和我们一起生活。后来我在路上拾到的那个女人又是谁。以后的事我再记不清，好像是别人的生活，被我遗忘了。

我只记得那些夜晚，村庄稍微有些躁动。四处是脚步声，低低的说话声。守夜人家丢了一个人，他们在夜晚找不见她，从天黑找到天亮前。他们不会找到白天，守夜人不敢在白天睁开眼睛，阳光会把他们刺成瞎子。守夜人自家的人丢了，可以不向村里交代。村里人并不知道夜晚发生了什么。

守夜人的儿子分别朝四个方向去寻找，他们夜晚行走白天睡觉，到达一个又一个黑暗村庄。每个村庄都有守夜人，虽然从不见面，但都相互熟悉。他们像老鼠一样繁殖，已经成一个群体。那些夜行人，把每个村庄守夜人的名姓传遍整个大地。守夜人的四个儿子，朝四个方向寻找的路上，受到沿途村庄守夜人的热情接待。他们接待外来守夜人的最高礼仪，是把客人请到房顶，挨个讲自己村庄的每户人家。

"看，西边房顶码着木头的那家，屋里睡着五个人，一个媳妇和四个孩子。丈夫常年在外。刮西风时能听见那个女人水汪汪的呻吟。她夜夜在梦中跟另一个男人偷情。"

"东边院门半掩的那户人家里，有个瞎子，辨不清天黑天明，经常半夜爬起来，摸着墙和树走遍村子。那些墙和树上有一条被他的手摸光的路。"

在主人一一的讲述中，这一村庄沉睡的人渐渐裸露在月光里。

每个村庄的夜晚都不一样。因为村里的人不一样，发生的事就不一样。做的梦也不一样。

虽然一直生活在夜里，每个守夜人对这片大地都了如指掌。

还有一个村庄的守夜人，把村里的东西倒腾光，他们用十驾马车，拉着一个村庄的好东西连夜潜逃。一村庄人在后面追。守夜人白天在荒野睡觉，晚上奔跑。村里人晚上睡觉，白天追。所以总追不上。后来村里人白天黑夜地追赶，大地的夜晚被搅乱，一村庄人的脚步和喊叫声把满天空的梦惊醒。他们高举火把，一路点草烧树，守夜人无藏身处，只好沿路扔东西，每晚扔一车，十个晚上后，荒野恢复平静。

我把守夜人的儿媳藏在白天。天一黑就哄她睡着。人睡着后就变成另外一个人，走进另外的年月。就像刘二爷说的，藏在自己梦中的人，谁还能找见。我们顶多能找到一个人做梦的地方。走远的人都说，给我梦的地方，是我终生的故乡。守夜人的梦在白天，大太阳底下。他们的梦比我们的干燥，更轻，飘得更高更远。

守夜人的四个儿子回来时，父亲已经老死在房顶，母亲一个人守着孤零零的村子，那时天上开始落土。人在大地上乱跑，把土踩起来，扬到天上。土又往下落。一些东西放一晚上就不见了，守夜人知道自己再守不住这个村子，一个晚上，他们全家消失。

　　人们并不知道守夜人消失了，虚土庄没人守夜，夜晚每个路口敞开，人们留下一座没人守的村庄，梦越来越远，因为从梦中回到村庄的路远了，夜晚开始拉长，天一黑人就睡觉，太阳上墙头才醒。喊醒一个人越来越不容易，很早前狗叫一声人就醒了，风吹动窗纸人就会惊醒。现在，嗓子喊哑也不会喊醒一个人。有的人，好像醒了，挤眼睛，翻身，伸腿，那只是半醒，他在努力把断了的梦续上。谁愿意醒来，除非饿得不行了，梦见的饭再不能吃饱人，人醒过来，点火烧饭。人开始看重梦里的东西，白天好像变得不重要。人只希望尽快熬过白天，进入另一个夜晚。地里的活没人操心，甚至有人认为梦见的东西才是自己的。以前人们想方设法把梦里的东西转移到白天，现在好像反了，有人想把自己的马带到梦中，把马牵到炕头，一只手牵着缰绳入梦。人在梦中老被人追赶，跑得两腿发软，那时候他的马却不在身边。想把钱带到梦中，把做熟的饭带到梦中。把自己喜欢的人带到梦中。

　　人们忙于解决梦中遇到的问题，村庄里生活变轻了。

柒

马老得胡子都白了

夜晚的咳嗽

每个人都有截然不同的好几种人生,我们看见的只是其中一种。

那年冬天,韩老二若不进沙漠打柴,他的腿就不会被车轧断,没被车轧断腿的韩老二,过着以往的平顺日子。人们看见的是轧断腿的韩老二,在那个冬天的黄昏,躺在牛车上回来。他的牛没坐住坡,装满梭梭柴的牛车在大沙包上跑坡了,韩老二绊倒在地,一只车轱辘从右腿轧过去。

那以后,出现在村里的是一个叫韩拐子的人,挂着拐杖,拖着一条右腿,在路上留下一只脚印一个拐杖窝。叫韩老二的人不在了,只有在一些人的话语中,还隐约听见他的存在。

"唉,我这条腿要不断,也早该把新房子盖起来,生活也不会落在别人后头。"

"韩老二是个倔性子人,那条腿要不断,还不定能干出啥大事情。"

"我那男人,幸亏腿断了,要不然,早天南海北跑掉了。"

从这些话语中,人们隐约看见盖起新房子的韩老二,整出大事情的韩老二,尤其是天南海北跑掉的韩老二,在外面做成买卖,挣了大钱。他正越来越远地离开村子。有几年他似乎离虚土庄很近了，到处有人传说他的事，却始终没走进村子。这样过了二十年，甚至更久，走在村里的依旧是拖着一条断腿的韩拐子，他哪都没去成，啥事都没整出来。

韩拐子的断腿还是影响了一些人。比如马三娃，自从韩老二的腿轧断后，他再不敢进沙漠拉梭梭柴，更不敢赶车上远路，他经常看见自己的腿在一个大沙坡上被车轧断，瘸着腿的自己过着韩拐子一样的生活，啥重活都干不了，走路一颠一颠，在路上留下一个脚印一个拐杖窝。

因为一个人的腿断了，村庄看上去也不稳了。每当韩瘸子一瘸一拐走路时，我就感觉村子在摇晃，码在房顶的苞谷棒都被摇落下来，天空也在晃。我觉得头晕，就蹲在地上，闭着眼睛等他走过去。

每个人都会影响村子，村里多一个瞎子，就会少看见多少东西。瞎子的手在墙上树上门框上摸出一条路，那条路我们看不见，瞎子的手摸在墙上树上时，就知道自己走到了哪里。

要一个人病了，他的咳嗽声会改变一个夜晚的梦。俗话说，老人的咳嗽能把房梁上的灰土震落下来。年轻时落在房梁上的土，会被年老时的咳嗽声震落。

要有五个人咳嗽，跑买卖的车户会绕过村子。

他们会认为这个村庄生病了。

咳嗽声还让一些动物不敢进村，但会招惹苍蝇和蚊子。俗话说，富人身边朋友多，病人头上苍蝇多。苍蝇喜欢病人。大概人一病就躺着不动了，苍蝇叮起来不费劲。可能还有其他原因，对苍蝇来说，或许病人的味道更好一些呢。

咳嗽是村庄很重要的声音。不管有病没病，一个村庄都会有咳嗽声。深夜走近村庄的外乡人，都要蹲在村边静静倾听狗叫和咳嗽声，以此判断是否进村。有时一村人在说梦话。在夜里，人的梦话跟虫鸣一样聒耳，只不过虫鸣像水一样漫在地面，人的梦呓雾一样飘在空中。咳嗽声能让夜晚停顿，让梦回头。有威望的老人，像王五爷、冯七爷、刘二爷这些人，每个夜里都要咳嗽几声。王五爷上半夜咳嗽两声，冯七爷下半夜准会咳嗽三声，刘二爷天明前要咳嗽五声。年轻人都悄悄的，不吭声。人一咳嗽，狗就不叫了。狗不跟人比声，跑顺风买卖的冯七爷知道，一走出二十里地，村庄只剩下狗吠驴鸣，还有早晨的鸡叫，人的什么声音都听不见了。咳嗽声在夜晚只能传五里地。人越老咳嗽声传得越远。这些数字都是走夜路的赶车人测出来的。他们根据咳嗽声大小和传播远近，判断这个村庄谁说了算。刘二爷的咳嗽声只能传三里半。他的底气还不足，后二十年里村子才逐渐落在他手里。

马老得胡子都白了

我出生时爷爷就是一个老头，我没看见他的壮年、青年和少年。我一睁眼他就老掉了。后来，我没长大，他又不见了。我不知道他去了哪里。在他的记忆中我没有青年中年，也没有老年。他没看见我长大。我也没看见。一个早晨人们把他放到车上，他穿着新衣新裤新鞋子，好像睡着了，闭着眼睛。父亲把缰绳搁在他手里，一根青柳条的细绳鞭放在另一只手里，然后马车嘚嘚上路了。

多少年后，我开始记事的时候——也许没有多少年，只是比一个早晨稍长一点的时间，一辆空马车从村子另一边回来，径直走到我们家门口。马老得胡子都白了，车也几乎散架。车厢板上一层沙尘一层树叶，说明马车穿过多少个秋天和春天。

母亲说，这辆马车是陪送你爷爷的，没让它回来。

它是不是把爷爷送到地方，来接我们。我在心里说。

空马车从此停在院子，车架用一个条凳支起。老马拴在棚下，母亲说它快死了，却没死，一直拴在草棚下面。从我记事起就有一匹老马拴在草棚下，不吃草不睡觉。夜里眼睛白白的望着我们家门，望着窗户和烟囱。我从草棚下来，悄悄站在它身后，顺着它的眼睛望去，我们家木门在星光里，暗暗开了，又关住。又开了。一下一下，像多少人进进出出，炕睡满了，地上站满了。我不敢进屋。我睡觉的地方睡满了不认识的人。车空空停在院子，等了多少年，辕木都朽了一根，没一个人上路。

秋天，跑顺风买卖的冯七说，在老奇台看见我爷爷。他穿着新衣新裤新鞋子，坐在一条向南的巷子里，晒太阳。冯七过去跟他说话。老人家说不认识他。怎么可能呢。冯七说了许多虚土庄的事，老人家一个劲摇头。

我爷爷可能被一段颠路摇醒，看见自己新衣新裤新鞋子，躺在马车上，就什么都明白了。他把车掉回头，拍了一把马屁股，车便空跑回来。我爷爷回过头，往上百年的往事里走，他经过我出生看见他的那段日子时，我感觉有一个亲人回来，我闻到他的气息，他带来的风声里没有一粒尘土。我没看清他的面容，只感到我在他的目光里，我静静停住，后退几步，想让他看清我。我想他会停留一段日子，我听见他的脚步，在院子里走动，有时走到路上又回来。他一定知道我感觉到了他。他的脚步越来越轻，我越来越安静。什么都听不见时，我站在阳光中，不敢走动，怕碰到他身上。他可能就在沙枣树荫里，在木头上，斜歪着身子。或许站在我身后，胡须垂到我的头顶。

这样的时刻很长，有几个季节，我停住生长。跑买卖的马车时常经过村庄。院门一天到晚敞开。家里剩下我一个人。我爷爷回来的时候,他们都到哪去了?

突然地,有一天我再感觉不到他。院子变得空空的。我知道他走了。

他走进没有我的漫长年月,在那里,他和我从没见过面的奶奶,过着我不知道的日子。多少年后,他回到童年时,我听见他的喊声,我回过头。那时我刚好在童年,我和他一起玩捉迷藏,爬树梢上房顶。我不知道和我玩耍的孩子中有一个是我爷爷。他回来过自己的童年。在那里他和我不分大小。

他往回走的时候,曾经收获过的粮食又一次被他收获,早年的一日三餐,一顿不缺,让他再次吃饱,用掉的力气也全回到身上。

有几茬粮食我没吃上

一群人围在马号院子说事情,我的身体刚好有大人的腿长,有时我从一个大人的两腿间钻过,头被一个东西碰一下。

男人的两腿间有一个东西，吊着的，像茄子像黄瓜。女人的两腿间什么都没有，却有一种香味，像一朵花在开，我五岁时闻到那朵花的香味。我碰见的全是人的下半身，我刚好长到能碰见人的下身，我的鼻子闻见那地方的味道，眼睛看见那地方的动静。

我没吃几年粮食，就长大了。我是怎么长大的，我不清楚。好似坐在墙根打了个盹，就成大人了。一个早晨醒来，我的鞋变小，裤腿变短。我长大的时候，他们都小小的。

我的大哥，弟弟妹妹，从一岁往两岁三岁长，一直长到三十岁五十岁。一天都不落下，一天三顿饭，一天天地长啊。每一年的麦子都没有漏吃，每一场雨都躲不过，每年冬天都要受三个月的寒冷，那样扎扎实实的日子，在他们自己看来，是多么的平常。

而我，肯定把好多年月漏掉了。有几茬粮食我没吃上，几个夏天的太阳我没晒。有几口气我忘掉吸了。我无法按着年月把自己连起来。就像一根木头，锯成七八截子，谁从中抽掉几截子，剩下的怎么也对不上。有好些年，我不知道我在干啥，我丢掉了。有时我回想起来，那几年我跑顺风买卖，穿过一座又一座别人的村庄，后来又一想，全是别人在做那些事，我在哪里。我似乎哪都没去。我的日子被别人过掉了。我在另外的时间里看见他们。

月光也追过来

夜晚我穿过村子,走进那排矮土屋中的一间,我关好门,静静蹲着。那排旧房子一直没有拆掉,那时我有一间自己的小房子,我夜夜回到那里,孤单、害怕。门薄薄的,风一吹就能破。窗户在高高的后墙上,总是半开着,我够不着。我打开锁,锁孔有点锈了,老半天打不开,一阵一阵的风从后面追来,我不敢往后看。门终于打开了,我又不敢一下进去,开一个小缝,朝里望,黑黑的。有人吗?我在心里说。

一坨月光落在地上,我一侧身进去,赶紧关门,用一根木棍牢牢顶住,再用一根木棍顶在下面,这时我听见风涌到门口,月光也追过来,透进门缝的月光都会吓我一跳。我恐惧地坐在里面,穿过村子的那条路晾在月色里,我能看清路的拐角,一棵歪柳树的影子趴在地上。刚才,我匆忙走过时,没敢往那边看,我觉得它像一个东西,在地上蠕动,有时它爬到路中间,我远远绕过去,仿佛它会吃掉我。过了那个拐角是一个长着矮芦苇的坑,路弯弯地向里倾斜,我也不敢向坑里看,那些芦苇花一摇一摇,招魂似的,风一大就朝路上扑,我总感觉后面有东西追过来,是一阵风还是一缕月光,还是别的什么,我不敢往后看,我偷偷摸摸的,好像穿过村子时被谁看见了,我甚至害怕被房子和树看见。门薄薄的,天窗永远敞着，不管我来还是不来，那坨月光都在地上汪着，我坐久了，它会慢慢移过来，照在我的腿上、脸上。我不敢让它照，就坐在它移过的地方，然后看见它越移越远，我抬起头，从天窗望出去，满世界的月光。月亮不见了。

而我们的新房子，在村子西边，比旧房子还要破旧了。

但我不害怕刮风。风越大我睡得越安静。仿佛我在满天地的风声中藏掖好自己。那时我可以翻身，大声喘气咳嗽，我的声音隐藏在树叶和草垛的声响中。

我记得我在村庄的夜晚行走的模样，我小小的，拖着一条大人的影子，我趴在别人的窗口倾听，有时趴在自家的窗口倾听，家里没有一丝声音，他们都到哪去了。别人家也没人。院门朝里顶住，门窗关着，梯子趴在墙上，我静悄悄爬上房，看见一个大人的影子也在爬墙，他在我下面，我上去时他已经在房顶，好像他早就在房顶等我了。

夏天的夜晚天窗口敞开，白白的一坨月光落在屋里，有时在地上，照见一只鞋，另一只被谁穿走，有时照见两只，一大一小，仿佛所有人穿着一只鞋走在梦中，另一只留在炕头，等人回来。月光移过炕头时，照见一张脸，那么陌生，像谁的父亲，和兄弟。

好多人没有老年

有一年赶马车的冯七走到老年，我觉得这个人真有意思，贩运了一辈子东西，把虚土庄的麻和皮子运到玛纳斯，又把玛纳斯的苞谷和麦子运到老奇台，再把奇台的瓷器和盐运回虚土庄，天南海北地跑买卖，其间赚了多少说不清。最后他的车马把他送到老年。

有的人一趟车没坐，靠两条腿走到老年。像韩拐子，靠一条腿，一根木棍，一瘸一拐的，也走到老年。还有冯瞎子，黑摸着也到了老年。看来老年并不是一个难以到达的地方。为啥好多人没有老年。

我父亲的老年就不见了。我没有看见一个老掉的父亲。他一样没看见长大后的我。

我觉得父和子，就是一场相互帮忙的事，我们叫谝工。我幼年无助时他养育我，他老了走不动时我养活他。中间那段时光，我青年，他壮年，谁也不靠谁，各干各的事。

可是我没有看见父亲的老年。他好像转过身去，背对着我老掉了。

很早前一个傍晚，母亲做好晚饭，叫我去喊父亲，我走出院门，空中昏黄昏黄，没有一丝风。我在树下聊天的中年人中找，没有。又去墙根晒太阳的老人堆里找，还没有。我一声一声喊，没人答应。

我记得母亲做好饭，往锅里揪面片时，我围在灶火旁。她一碗一碗盛饭时，我已站在院门外。她让我去喊父亲，我就站在门口喊，又站在路上喊。空气昏黄昏黄，我喊一声，天就暗一层。

后来天透黑了，我往家走，路突然变得模糊。好像我到了另一个村子，又好像家就在前面，却老走不到。我担心饭放凉了，担心母亲等得着急。

那一次，我没有回到家中，我到哪去了我不知道。我没有回来端起那碗饭。父亲也没有回来。也许他回来了而我不在。我只记得没找到父亲，一直没找到。我跑到村头，看见一条一条的岔路。

我也许从没碰见过父亲，他偶尔回来的夜晚我在梦中，母亲说我出生后的半年里，父亲哪都没去，他坐在我身边，一会儿逗我笑，一会儿抱起我转转，我不时望望母亲，又望望他，我好像不认识这个以后我叫父亲的人，我的眼睛在他脸上看来看去，又盯着他的手看。一个早晨他走了，再回来时我已经开口说话，母亲说这是父亲，让我叫。我怎么也叫不出这两个字。我的记忆中没有他的影子，他突然来到我眼前，一个早晨他又离去，我没有醒来。

父亲肯定从另一条路上走了,我没有追上他。弟弟在一个晚上被抱走。我大哥去了哪里。还有另一个弟弟和妹妹,又在哪。母亲也许忘了她生养了几个儿女,她偶尔醒来,看见儿女们睡在沙枣树和草垛的阴影里,她喊他们。

"呔,回到炕上睡。"

没有一个答应。她过去给他们盖衣服,发现好几个孩子不是自己的。她没生过他们。又是谁家的孩子呢。等天亮了再说吧,天一亮,谁家孩子回到谁家。可是,那以后天亮了没有,我母亲记不清了,她的记忆在那一刻停住,接下来是我看见的,我趴在沙枣树枝上,看着她回到炕上,然后天渐渐亮了,守夜人的四个儿子,从四个方向回到家,老守夜人从房顶下来。鸡叫二遍的时候,我在树枝上睡着。在我没闭严实的一丝目光里,我母亲醒来,她的儿女们睡在炕上,一个不多,一个不少。

捌

瞎了

我躺在墙根，闭着眼睛听两个瞎子说话。我本来不想听他们说话。瞎子在说他们看见的东西，我觉得好奇。

那两个瞎子，老的真瞎了，年轻的好像也瞎了，他闭着眼睛，我不敢保证他真瞎了，我去年见他时还在看东西呢，可能是不想看了。连我都闭上眼睛了，才几年时间，我们就把这个地方看够了。

瞎子在马号库房干活，库房门掩着，高高的后墙顶上有一个小窗洞。瞎子摸黑搓草绳，搓好一根，放在身边，过一会儿一根一根摸一遍。我悄悄抽走一根，瞎子慌了，一遍一遍摸着数，朝四周摸，耳朵竖起来听。整个库房摸遍了，摸到门口，开门出来，在路上摸。

谁见我的一根草绳了？瞎子喊。

小瞎子从隔壁的黑房子出来。老瞎子已快摸到我的头了，他的左手朝左右摸，右手上下摸。我不知道他的手摸到我身上是什么感觉。我害怕，赶紧把草绳扔过去。

一辆马车从沙沟沿下来，老瞎子把耳朵侧过去，小瞎子没有，他把脸转过去。眼睛睁了半下，又闭着。我也把眼睛闭着，耳朵转向他们。我知道的事情多半是耳朵听来的。我的眼睛其实没看见过什么。

这么多年，我一直没问过你，父亲，那年你教我骗走的那个人到底是谁。

是谁都没意思了。老三，你问这个干啥。该回去做晚饭了。连瞎子都知道是下午了，太阳照在我的左脸上，风吹我的右脸。正刮东风。

你别岔开话，父亲。我一直没忘掉那个人。我替你骗了他，你该让我知道他是谁。

如果我站住不动，一个时辰后，风会吹我的后脑勺。那是凉爽的下山南风。那时河湾的柳树叶子会朝北沙窝方向摆动。午后归圈的羊群踩起的土，向西飘过沙沟沿，就会转头朝北。儿子，你要记住这个地方的风。对我们瞎子来说，耳朵、鼻子、每根汗毛都是眼睛。

噢，你不瞎。我咋觉得你也瞎了。

父亲，你再不说我就走了，永远不回来。那个人长得像你，他是不是我们家亲戚。你叫我传话时，他一直盯着我看。他在门外站了好一阵，然后走掉了。我长得像你，难道他会认不出。当时我就知道，他可能是我们家的一个亲戚。他走后我跟着出了村子，我站在一截墙头上，一直看着他走失在远处。我知道他去了哪里，你再不说我就去找他。

既然你知道了，就不瞒你了。他是你二叔，是我把他打发走的，不怨你。他听了我叫你传的话，就已经明白我不想认他。

我们分开四十年了。我们也是弟兄三个。我老大。我们说好活到六十岁时全到老大家来。这之前谁都不找谁，各活各的。六十岁以后的日子我们老兄弟一块过。到那时谁挣了钱把钱带来，欠了债把债背来。富富穷穷我们把剩下的日子过完。

这是我父亲——你们的爷爷交代的。他临死前把我们叫到一起，留下一句话，叫我们老的时候全待在一起。走多远都赶回来。

你爷爷知道人老了会遇到许多事情，有些是自己一个人难以担当的。

我瞎了眼之后，在黑暗中待了这些年，有些想法改变了。

一开始我们一家人——我、你的两个哥哥，靠你一双眼睛生活。后来我知道靠不住，就盼你的两个叔叔早早回来。我们家还有两双眼睛在外头呢，我不害怕。

那个下午，当你说有个很像我的人在门外打量我们家院子时，我就知道是你二叔回来了。你三叔还差几年才六十岁。他正在路上。

那一刻，我有一个奇怪的感觉，我们家的一双眼睛回来了。他会帮我看见一切，远处的，近处的。他绝不像你，儿子，你留给自己的东西太多，每次只把你看见的一小部分告诉我们。你隐瞒了三个瞎子的光明。对于我们，你没说出来的那些全是黑暗。

可是，也就那一刻，我突然改变了想法。我已经不需要那双眼睛了。你的叔叔，他唯一能帮我看见的，是我变成了瞎子，拉扯两个瞎眼儿子。还有一个装瞎的儿子。这些恰恰是我不想让他看见的。

你说了这么多，父亲，我知道你一直在怪我。眼睛也会用坏的，你们三个人，多少年用我的一只眼睛。尤其我的两个哥哥，屁大的事都让我帮着看。针掉在地上我得帮着找，吃饭时摸着碗摸不着筷子，我得往手上递。听见过来一辆车，就会缠着我问车上坐几个人，人长咋样，马是黑马还是白马。马笼头戴红樱穗吗，是扩马还是骟马。马蹄子圆不圆。除了人车上还有啥东西。

我大哥眼瞎以前说下的魏家姑娘，不理我大哥了。他天天拉我去追人家，让我用眼睛传情，还让我告诉人家，是我帮他传的。让我把人家的眼神说给他。我把眼睛都挤坏了，魏家姑娘也不理识。你想想，一双眼睛自己爱惜着用，用到五十岁也花了。况且三个人用呢。

我知道早把你使唤烦了。儿子。这么多年，一家人使唤你的一双眼睛，开始你把我们当亲人，生怕我们看不见，把你看见的全说给我们。后来你就只把我们当瞎子。我们不问你就不说。问了也不全说，随便一句话把我们糊弄过去。

我确实已经看不清东西了，父亲，你们把我的眼睛用成了啥样了，你们看不见。眼睛没长在自己脸上，不心疼。咋不让我的眼睛和你们一起瞎掉，老天为啥要留下我的眼睛，你们眼睛一瞎，没事了。你们知道我的眼睛多累吗。它累得白天都不想睁开。睁开眼也不想看东西，它已经没劲，看不动了。我想节省点用，让我们家的这双眼睛，多看些年月，要是这双眼睛也瞎了，我们家可真的没白天了。

你不要把自己的眼睛看得有多金贵，儿子。我瞎了，我看见的也许比你都多。只是你从不问我——一个瞎子看见了什么。

八年前的一个夏天，我问过你一件事。我说，儿子，西边好像有个什么东西。

我每天下午面朝西晒眼睛。我的眼睛瞎了后老流泪。眼圈一天到晚湿湿的。我没什么可伤心的事。好像眼睛在哭它自己。

我对着太阳晒眼睛时，感到脑子里有一丝的红热。我的眼睛没有全瞎死，有一丝红光透进心里了。就像春天的早晨，从裂开的门缝透进的一缕阳光。我眼睛的门虽然关死了，但门板上有缝隙。我努力对着太阳张望时，总看见那边有个黑乎乎的什么东西。

其实我早该知道，那只是我心里的一个黑影，只要我眼睛对着太阳，它就会出现。

我从来不问别人，眼睛瞎了这些年，我一句都没问过别人。哪怕走迷了路，碰到墙上，栽到坑里，都自己摸爬回来。我硬是把村里村外全摸熟了。现在，你看，村里村外的人遇到难事都来找我。牲口丢了，人病了，生老病死，都来问我。他们相信一个瞎子能看见他们看不见的东西。

你的两个哥哥就不行，遇到屁大的事都问人，经常被人骗，捉弄。

别人说一百遍，不如自己摸一遍。

有一回你大哥路走岔了，走到一片荒滩上，回不了家，一个人站在那里喊：有没有人。我在哪里。

喊了半中午，嗓子都哑了，听见的人全捂着嘴笑。他们喜欢看瞎子的笑话。最后还是我听见了，顺着喊声摸过去。我气坏了，照着他的腿敲了一棒子。

我说你喊叫啥，儿子，你已经是瞎子了，还想让人把你当成傻子是不是。

你眼睛瞎了，耳朵没聋。朝着狗叫的地方走，朝着有人声的地方走，先找到村子，进了村再仔细听。每户人家的狗叫声都不一样。狗通常在自家院子叫。迷了路时，坐在地上听一阵，狗总会叫。不要轻易相信人的话。那些闲得无聊的人，把瞎子往岔路上引，然后站着看笑话。母鸡下了蛋也会叫，每只鸡的叫声也不同。一家人的鸡叫出一种声音。听到这些声音你就知道自己在什么位置了。前后左右，东南西北，就都清楚了。

还有手，记住你摸过的每堵墙每棵树。墙上的坑洞和树上节疤，都是记号。

脚也是眼睛。哪段路上坑坑洼洼，哪段路上有塘土，哪段路硬哪段路软，脚踩上去就能认出来。

还有鼻子。村子都是由猪圈、牛羊圈、茅厕、灶头这些有气味的东西组成的。一户人家一种气味。因为每户人家饭食的味道不一样，人放屁的臭味就不一样，出气冒汗的味也不一样。

再就是要记住风了。无论瞎子还是常人，风永远是最重要的。什么时候刮东风，什么时候刮西风，只要辨清风向，会听风声，风会把大地上的一切都告诉你。那些房屋、草垛、树、人畜的大小形态，都被风声描绘出来。风中的每样东西都发出不同声音。风声悠长的地方是道路、空旷田野。风声高亢处是屋棚相接的村舍。而风刮过草棚和屋檐又是不同的两种声音。刮过麦田和苞谷地的声音也不一样。

每个人都有一黑，儿子。

我瞎了，眼前一摸黑。他们没瞎，心里也有黑的时候。

人人眼前都是黑的。

你知道我的黑是什么吗。我黑摸了这么多年，虚土庄像一块黑石头被我摸亮了。

我的黑是你给我的，儿子。

我从来不问别人。我只问过你一次。

八年前那个傍晚，我问你西边日落的地方好像有一个什么东西。

我本来没打算问你。

我朝那个黑影走去过许多次。我想自己摸见它。

可是，我走过去时，那个黑影也在走。我无法摸见它。

我心里急，就问了你一句。

我告诉你那是一棵树。父亲。

你说是一棵枯树。儿子。

枯树活树不一样吗。父亲，反正你看不见。我看你每天下午朝西边看。其实西边什么都没有，一片荒滩。我不知道你想看见啥。看见了啥。

你骗人都舍不得拿棵好树骗。儿子，你说日落的地方有一棵枯树。我问树多粗。你说一抱子粗。

我不忍心说西边什么都没有。父亲。我若说有一棵活树，我每年都要向你们描述树长成了什么样子。你不问我的两个哥哥也要问。因为活树每年都要长。而我，每年都得对你们撒谎。死树就一个模样。

我虽眼瞎了好多年。但多年前这个方向没有树，连草都没有。这我知道。但我又确实感觉到那里有一个黑乎乎的东西。

我宁愿相信是一棵树。

我一次次向你说的那棵树摸过去。什么都没摸见。我倒摸到了你没说的一些东西。

你知道吗，儿子，每次我朝西边走去时，心里总有一棵你说过却并不存在的树。它黑乎乎的长在前面，我想不出它的模样。

有时我想已经绕过去了，它正站在我身后，等我转身回来时一头碰在上面，头破血流。

父亲，你说了这么多。你咋不相信我呢。我给你们看了这些年，我的眼光被一点点磨短了。以前我能看见沙包上的张望，能看清他手搭凉棚张望的样子。现在我只看见一截黑树桩。还有村里的人和牲口，也在我眼前一天天变模糊，像一个往事，正在遗忘。眼前的一切在变暗，变黑。我知道我的白天快过去了，剩下全是黑夜了。不像你，父亲，你已经把黑夜磨亮。

我眼睛瞎后出生的那些人，在我心里都是黑疙瘩。我听见他们走路、说话，声音都是黑的。对于我，一个瞎子，整个世界都被一层黑灰蒙住，我必须用手把它擦亮，一些东西的面目才会出现在心里。

可是，除了拴在槽上的牲口，哪个人愿意我从头到尾把他摸一遍。尤其那些女人，防不着碰到身上都不愿意。眼睛瞎了这些年，我几乎把村里所有东西都摸遍了。我最不熟悉的就是人，我已经三十年没看见他们。虽然我也知道，三十年会把一个人变成啥样。但我没有摸过，槽上的牛，圈里的羊，我都一个个摸遍了，我知道它们的模样。但人全是黑的，我想不出他们的模样。连他们的名字都是黑的。

好多年前，眼睛刚瞎的时候，我抱过韩三家的小女孩，那时她刚会走路，我从她的小脚丫，一直摸到头发，她的小嘴嘴、耳朵和鼻子。后来我常听见她的声音，开始她的声音从一米高处传来，后来她的声音离地面越来越高，也越好听，我知道她变成一个大姑娘了。她再不会让我摸她，她也不会知道自己小时候被一个瞎子摸过。她是我瞎了以后唯一看见的一个人。现在她已经结婚，每晚被另一个人抚摸。那个人抚摸她时，一定也像我们瞎子一样闭着眼睛。

每个村庄都有一个瞎子、一个聋子和一个瘸子。还有一个傻子，一个哑巴。这是安排好的，就像必须有一个村长，一个会计，一个出纳一样。我去过的村庄都是这样。一个村庄里，总有一个人啥都听不见，一个人摸黑走路，一个人啥都听见看见了，却半个字都说不出来。而另一个人，整天歪着脖子，白眼仁望天，满嘴胡话。

村庄用这种方式隐瞒一些东西，让一些人变聋、变哑、变瞎、变傻。而大多数正常的人，又不知道这些瞎子哑巴聋子到底听见了什么，看见什么，还有永远说不出来的话到底是什么。到最后，有眼睛的人会相信瞎子看见了真实。聋子听到了真音。哑巴没说出来的话，正是我们最想听的。

一年四季，哑巴都在挖渠，起粪，打土墙，这是村里最累的活。哑巴有苦说不出，有乐也说不出。

聋子天天钻在人堆里。村里有一个聋子，每个人说话的声音都会抬高五丈。跟聋子说话，就像跟一个十里外的人说话，要使劲喊。聋子说话也在喊，他自己的声音仿佛也在十里之外。

傻子只干一件事，傻笑，歪着头看天，把飞过村子的鸟都看怕了。

瞎子被安排在黑暗库房搓草绳。瞎子不怕黑。

我在另一个村庄遇见一个瞎子，生下来就瞎了。那时我不知道该往哪走，四周全黑黑的，仅眼前村庄里一点点亮。不知怎的，我突然来到一个不认识的村庄，房子零散地堆在地上，房舍间全是矮土墙围成的土巷。有一个黑影坐在土墙上，我走近时看见他的眼睛白白的，反着月光。

我问，穿过村庄往哪走会有路。

他说，我不知道你说的路是啥样子。我一直溜墙根走。难道你也是个瞎子，咋不找个有眼睛的人问路。

我说，在黑夜里有眼睛的人也都是瞎子。他们啥都看不到，也就啥都不知道。不像你，已经习惯黑，不害怕黑了。

瞎子说，我一直听你们说黑。我要能看见黑就好了。我连黑都看不见。我一直不知道你们说的黑是什么。

瞎子说完后天更黑了。我静悄悄蹲在地上,我要等天亮了再走。等着等着我睡着了,以后天再没亮。或许天亮以后那段生活被别人过掉了。我在那里只看见了黑,不知道人们说的天亮是什么。那个村庄的天,可能从来没有亮过。

玖

赌徒

"下一阵风会吹落树上的哪片叶子。"

"吹落的叶子会飘到哪个村庄哪片荒野。"

每年七月,从第一茬麦子打下后,贩运粮食、盐、皮货的马车便一辆接一辆到达虚土庄。其实不会很多,每年都是那几辆马车经过,许多年后人们回想起来,似乎许多马车接连不断地经过庄子。马车在村头的大胡杨树下歇脚。马拴在暴露的老树根上,车停在树荫下。树的左边是杨三寡妇的拉面馆。右边是赌徒赵香九的阴阳房,半截露出地面。

赶车人一般都会住些日子。他们都是做顺风买卖的,有人在等一场风停,有人要等一场风刮起来。那些马车车架两边各立一根高木杆,上面扯着麻布,顺风时麻布像帆一样鼓起。遇到大风,车轮和马蹄几乎离地飞驰,日行百里,风停住车马停住。

虚土庄是风的结束地。除了日久天长的西北风,许多风刮到这里便没劲了,叹一口气扑倒在村子里。漫天的尘土落下来,浮在地面。顺风跑的车马停住。这片荒野太大了,一场一场的风累死在中途。村子里的冯七爷跑了大半辈子顺风买卖,许多风是他掀起来的,在人们的印象中,他放羊一样放牧着天底下的大风，一场一场的风被他吆到天边又赶回来。

等风的日子车户们坐在树下，终日无事。不会有几个人，更多时候树下只一辆车，两个人——车户和赌徒赵香九。冯七爷的马车这时节在远处，顺风穿过一座又一座别人的村子。虚土庄的世界由赵香九撑着。他的两张赌牌扣在地上，牌的背面画一棵树，正面各写一句话。赵香九翻开第一张牌。纸牌很大。他翻开时仿佛感觉到一场大风正在远处形成，不断向这个村庄，向这棵大树推进。

"风会刮落树上的哪片叶子。"

每片叶子上都押着一头牛或一麻袋麦子的赌注。车户大多是赌徒，仰脸望着树，把车上的麦子押在一片金黄闪亮的叶子上。

风说来就来，先吹动树梢，再摇动树枝。整棵树的叶子哗哗响。仿佛风在洗牌。车户在无数棵树下歇过脚，仰面朝天，盯着那些树叶睡着又醒来，自然清楚哪些叶子会先落，哪些后落。这样的赌，车户一般会赢。他押注的那片叶子，似乎因为一麻袋麦子的重量而坠落下来。车户轻松赢得第一局。

接着，赵香九翻开第二张牌。往往在第一局见分晓时，骤然大起来的风掀开第二张纸牌。车户看见上面的字：

"刮落的叶子会被风吹向哪个村庄哪片荒野。"

所押的注是十麻袋麦子，外加一辆车三匹马。几乎是车户全部的家当。

车户对这片荒野了如指掌，自以为熟知那些叶子的去向和落脚处。一年四季，车户伴着飘飞的叶子上路。有时他们的车马随着满天的尘土草叶一同到达目的地，叶子落下车停下。有时飘累了的叶子落在一片沙梁，由于荒芜人家，车户还得再赶一段路。第二天，或第三天，那些叶子又被另一场风卷起，追上他们。车户在一场一场的风里，把一个村庄的东西贩运到另一个村庄，赚个差价。十麻袋麦子，从虚土庄贩到柳户地，跑三四天，赚一麻袋多麦子。除掉路上花费，所剩无几。车户从一片轻轻飘起的叶子上，看见他好几年才能挣来的财富。这样的赌谁会错过。一旦赢了，车马租给别人，下半辈子就可以躺下吃喝了。

赵香九同样熟悉这片荒野，他甚至追着好几场风去丈量过它的长度，亲眼看到那些风怎样刮起又平息。对头顶这棵大胡杨树的叶子，他闭着眼都能说出哪片先落。

每年八九月，树最底层的叶子开始黄。那时节没有大风。叶子被鸟踏落，被微风摇落，坠在大树底下。乘凉的人坐在落叶上。赶到树中层的叶子黄落时，漫长的西风开始刮起。这时的风悠长却无力，顶多把树叶刮过村庄，刮到河湾东边的荒滩。等到十月十一月，树梢的叶子黄透，西风也在漫长的吹刮中壮实有力了。树梢的叶子薄而小，风将它吹起来，一直飘过三道河，到达沙漠深处。赵香九真正渴望的是第二局。他往往把第一局让给车户，在骤然大起的西风里，让第二局顺利开始。

"这片叶子会飘到三道河之间的柳户地。"先是车户说一个地方。

两人在落下的那片树叶的阴阳面，各写上自己的名字。无论车户说多远，赵香九都会说一个更远的地方。

叶子被放入风中。

他们骑上各自的马。风越刮越大。旋起的叶子在空中飘浮一阵，像和树依依作别。车户和赵香九也回头望一眼留在树下的车、房子。然后，随一片飘飞的叶子飞奔而去。

如果他们在这场风中没追上那片叶子，后一场风会将它刮得更远。也会遇到相反的一场风，将他们眼看追上的叶子卷上高空，刮过头顶飘回到出发的地方。两人被扔在荒野中，无奈地打马回返。这种情景少极了，往往是叶子远远飘过他们所说的地方。车户根本没想到一片叶子会把他带到难以想象的远方。他原以为顶多贩一趟粮食的天数，他就会追上那片叶子。当他们跑了五天五夜，到达三道河之间的柳户地时，却没找到那片叶子。

他们在柳户地住了一天，找遍两河之间的每一寸土。荒原上的风很少拐弯，叶子不会偏离风向太远。只要他们顺着风向找，叶子会出现在人左右目击的地方。这片荒野少有草木，多少年的风已将它吹刮得干净平坦。一片叶子很容易被看见。他们还问了几个当地人，有没有看见一片写了字的叶子飘下来。

柳户地是一个季节性的小集市。麦收后交易麦子，瓜熟时卖瓜，地里没东西时，它也成为一片无人的空地。那里的人这阵子整天忙着看秤砣秤星，谁会有空朝天上望呢。不过，一个白胡子老汉说，昨天傍晚他过最后一秤苞谷时，突然秤杆动了一下，一看，一片胡杨叶子落在麻袋上。不过上面没写字。他又抬头看天，一片叶子正飘过去，满天空红红的，那片叶子也染成红色。他觉得好看，就多望了一阵。那时地上的风停了，可能高空的风还没停，因为云还在移动。他告诉车户和赵香九，现在正刮的这场风是昨天后半夜兴起的。你们在路上可能不知道，那场你们追赶的风在这地方歇息半夜又启程了，它变成另一场风。风向也偏北了一点，不过那片叶子，有没有字他没看清。他一直看着它飘进一片红云。

"那它肯定落到沙漠边了。"赵香九说。

车户却不以为然。他相信那片叶子会飘过河东边的沙漠边，一直飘进茫茫沙漠。

事实也是这样。那片叶子既没落在车户押注的柳户地，也没落在赵香九押注的沙漠边。两人都没赢，也都没输。

接下来的选择是，他们要么空手回去，另选一片叶子再赌。要么接着赌这片叶子。

两人自然选择了后者。

因为他们对前方的地域一无所知，根本无法知道那片叶子会飘到哪里。赌注只有押在叶子落地的阴阳面上。车户认为叶子落地时会跟它在树上时一样，阴面朝下。而赵香九则认为叶子一直阴面朝下生长，它会借着坠落、借着一场风改变一下自己。

赌注会在奔走的路上越押越大。随着路途的艰辛和遥遥无期，两人都觉得最初的赌注不足以让他们付出如此巨大的代价，便不断再往上押钱、地、女人、房子。每当他们走得晕头转向，快要失去信心时，便会停下来，再次增加筹码。开始押自己已有的财产，后来押自己后半生可能会有的财产。到后来实在无物可押时，两人都押上了各自的命。

"如果我输了，下半生带着所有的家产和老婆孩子，给你当牛做马。"赵香九说。

"如果我输了，也跟你说的一样。"车户说。

他们追赶到沙漠中一片小平原时，几乎就要追上那片叶子了。呼啸的秋风却带来了入冬的第一场雪。所有的树叶被埋住。两个人站在白茫茫的雪野中，前后不着村店。天气猛然变得寒冷。幸好马背上的粮食还充裕。两人商定，在平原上挖一个地窝子住下，等冬天过去，明春雪消了再继续找。反正那片叶子再不会飞走，肯定就在这片平原上。雪消后叶子会潮湿，不易被风吹起。他们有可能在那时候找到它。

当然，意外的情况也时时存在。一片飘落的叶子，有可能让冬天拱雪觅食的动物吃掉，让鸟衔去做了窝，让老鼠拖进洞穴当了被褥。也可能被一场秋雨洗净上面的字，跟万万千千落叶没有区别。

反正，他们追得越远，那片叶子越容易被追丢。它不在天上，也不在地上。满天地都飘落着各种草木的叶子，他们最后的结局往往是，在不断转向的风中迷失方向，空手而归。

大胡杨树后面有一片地窝子，住着好几个老掉的外乡人。他们都是追一片叶子追老的，早忘了自己要去哪，什么事在远方等着自己。记起来也没用了，人已经老掉了，再挪不动半步。当年的车马粮食输得一干二净。有些是真输了，多数人在追赶一片叶子的路途中耗尽积蓄，最后只剩下一大把年纪。

他们依旧在第一片叶子黄落时，聚集在树下赌博。

"下一阵风会吹落树上的哪片叶子。"

直到最后一片叶子被风吹落，他们依旧坐在光光的树下。

"吹落的叶子会飘到哪个村庄哪片荒野。"

他们几乎赌完每一片叶子的去向，他们都追赶一片飘落的叶子走遍了整个大地，知道大风刮过的那些河流、村庄和荒野的名字。用不着挪动脚步，叶子会飘向哪里他们都能说得清清楚楚。

在他们无休的争吵里，叶子飘过荒野或坠落村庄。叶子几乎到达他们能想象到的所有地方。然后，是他们想象不到的无边大地，叶子在那里悬浮、犹豫。往往在他们想象的尽头，季节轮转，相反的一场风刮过来，那些叶子踏上回返之途。

拾

报复

一年冬天，被野户地人报复过的胡三回到村里，老得不成样子。他的车剩下一边轱辘，另一边由一根木棒斜撑着，在雪地上拖出一道深印子。马也跛着腿，皮包骨头。几乎散架的车排上放着几麻袋陈旧苞谷，他的车一刻不停地穿过村子。我们想跟他说句话，打声招呼，都已经来不及。

这个人许多年前跑顺风买卖时，骗过一个叫野户地的村子。那时他还很年轻，根本没想过这个村庄会报复。事情很简单，一次他路过下野地时，见那里的人正在收获一种纽扣般大而好看的果实，便停车问了一句。

"这叫蓖麻，专门榨油的。机器加上这种油能飞上天呢。"那里的人说。

人要吃了会不会飞起来呢。胡三觉得这东西不错，就买了两麻袋。原打算拉回虚土庄，半路上嚼了几粒，满口流油，味道却怪怪的，不像人吃的东西，便转手卖给了野户地。

野户地人对这种长着好看花纹、大而饱满的果实一见钟情。加上胡三介绍说，这种东西能榨油，产量高得很，一亩地能收几千公斤，便全买了下来。

第二年，野户地的田野上便长满了又高又大的蓖麻。他们从没见过这么好看高大的作物。一村人怀着兴奋与好奇，看了一夏天的蓖麻开花，在扇面大的叶子下乘了一夏天的蓖麻凉，接着在蓖麻壳噼噼啪啪的炸裂声中开始了收获。几乎每家都收了好几麻袋蓖麻子。

可是，这种作物的油根本不能食用，吃到嘴里味道怪不说，吃多了还肚子疼，头晕，恶心。喂牲口，牲口都不闻。

野户地人第一次遭人欺骗，他们把往年种油菜、葵花、胡麻的地全种上了不能吃的蓖麻。整个一年，村里人没有清油炒菜，做饭，家家的锅底结着一层黑煳锅巴。他们咽不下这口气，全村人聚在一起，想了一个报复胡三的办法。

办法是村会计想出来的。

会计说："我粗算了一下，这一年我们至少有三十个整劳力，耗在种蓖麻上，加在一个人身上就是三十年。我们也要让胡三付出三十年时间。"

"对，胡三让我们白种一年地，我们让狗日的白活三十年。"村民们说。

从虚土庄到野户地，刚好一整天的路。早先人们大都以这种距离建村筑镇，天亮出发，天黑后到达另一个村庄。睡一夜，第二天早晨再启程，依旧在天黑前，远处的村庄出现在夕阳里，隐约听见狗吠、人声，闻见夕烟的味道，却不能一步踏入。总还有一截子路，走着望着天黑下来，啥都看不清时进入村子，路两旁的房子全埋入夜色，星空低贴着房顶，却照不亮那些门和窗户。月亮在离村庄十万里的地方，故意不照过来一点光亮。只有店铺的木柱上吊一盏马灯，昏昏的，被密匝匝的蚊蝇飞绕。或者根本没店铺，村子一片黑，谁家都不点灯，都知道一辆远路上的马车进村了，不会跟他们有啥关系，只是借住一宿，天一亮又上路了。谁也不愿知道过路人是谁。过路人也不清楚自己经过了怎样一座村子。守夜人那时还没醒来。每天一早一晚站在村头清点人数的那个人，也回家睡觉了，过路人像一阵风经过村子。

那时候，总有一些人，一座村庄一座村庄地穿越大地。许多人打算去远处生活，当他们走累了，天黑后在一片看不清的地方睡下，第二天醒来也许有人不想走了。这个村庄无缘故地多出一个人。可能晚上的一个梦使人留下来。也可能人觉得，从天亮到天黑，已经足够远。再走也是一样的，从天亮走到天黑。那时村子间大都隔一整天的路，后来人多起来，村子间又建起村子，挨得越来越近，人就很少走到天黑。处处可以留宿，没有远方了。天黑成了一个难以到达的地方。天黑后天亮又变成难以熬到的远方。

还有时整座村庄载在马车牛车上穿越大地，家具，木头，锅碗，牛羊草料，车装得高高，人坐得高高，老远就看见一座村庄走来，所经的村子都会让开路，人躲在墙后，让人家快快过去。哪个村庄都不敢留这样的车马。连过一夜都不敢。

胡三是这些远行客中的一个，赶一辆马车，几乎走遍这片大地上所有村落。他不像那些人，走着走着被一个夜晚或村落留住，忘记最初向往的去处，忘记家。他总是走着走着就回到自己的村子。有时他还想往前走，可是，车和马已踏上回返之途。他全不知觉，一觉醒来，马车停在自家院子。

这样的日子好像没有边际，有几年胡三跑东边的买卖，拉上虚土庄的麻和麦子，到老奇台，换回盐和瓷器。另一些年他又做西边的皮货生意。他都已经忘了给野户地卖过蓖麻子的事，有一天，很偶然地，从野户地那边过来一个人，也是天黑后走进村子，敲开胡三家的门，说要买些苞谷种子。去年冬天雪落得薄，野户地的冬麦全冻死了，现在要补种苞谷，全村找不出半麻袋种子，离野户地最近的村庄是虚土庄，在虚土庄他们只认识胡三，所以求胡三帮个忙，买几麻袋苞谷种子，还先付了一笔定金，要胡三两天内务必备好货运过去。

胡三对这笔送上手的买卖自然乐意，当即备了几麻袋苞谷，第二天一早，便吆喝马车出村了。

两个村庄间只有一条车马路。平常少有人走。所谓车马路，就是两道车辙间夹一道牲畜蹄印，时深时浅、时曲时直地穿过荒野。胡三在这条路上走过无数次，村里还有几个跑买卖的也走这条路。都各走各的，很少遇面。胡三时常碾着自己上次留下的辙印远去，又踏着这次的马蹄印回来。

要是我不去走，这条路就荒掉了。

在村里时胡三常会想起这条路。梦见路上长满荒草。他再走不过去。那些远处的村庄都在，村里的人都在。可是，再没有路通向那里。他会着急，夜里睡不着，一次次把车赶出村子。

一旦走在路上他又会想些别的。路远着呢。把天下事都想完，回过神，车还在半道。天不黑他不会到达的。

天渐渐地黑了。前面还不见野户地的影子，胡三觉得有些不对劲。按走的路程和四周地形，野户地应该在这片梁上。往常走到这时他已能看见梁上的树和房子，听见驴鸣狗吠。可是现在，梁上光秃秃的，野户地不见了。路还在。两道深深的车辙印依旧无止境地伸向远处。只要路在，野户地就一定在前面。胡三抛了一声响鞭，装满苞谷的马车又嘚嘚地向前跑起来。

多少年后，胡三从虚土庄的另一面回来，衣衫褴褛，挥着一根没有鞭绳的光鞭杆，驾驾地叫喊着进了村子。人们这才想起胡三这个人，依稀记得好多年前他装一车苞谷，从村南边出去，怎么从村北边回来了，都觉得奇怪。想凑过去说说话，却已经来不及。他的马车一刻不停地穿过村庄。

胡三经过的那片土梁，正是野户地。以前路从村子中穿过去，路边两排大榆树，高低不一的土房子沿路摆开。那些房子，随便地扔在路边，一家和一家也不对齐。有的面朝南，有的背对着路，后墙上开一个小得塞不进人头的小窗户。村里的人也南腔北调，像是胡乱地住在一起。很早前路边也许只一两户人家。后来一些走远路的人，在这过一夜不想动了，盖房子，开地，生儿育女。村子就这样成形了。胡三在这个村里留宿过几夜，也在白天逗留过。他对野户地没有多少好感。这些天南海北的人，凑在一起，每户一种口音风俗。每人一种处事方法和态度。很难缠。每户人家都像一个村子。他们不会团结在一起干一件大事。胡三想。这个村庄迟早会散掉。像一棵树上的叶子飘散在荒野。

胡三没有想到，这个村庄恰恰因为他做的一件事团结在一起。就在他来送苞谷的这一天，野户地人全体出动，把所有房子推倒，树砍掉，留有他们生活痕迹的地方全部用土埋掉，上面插上野草。为了防止出声，鸡嘴用线绑住，狗嘴用一块骨头堵住，驴马羊的嘴全用青草塞住。全村人深藏地下，屏声静气，听一辆马车从头顶隆隆地驶过去。越走越远。直到他们认为胡三和他的马车再回不来，才一个个从土里钻出来。

他们把胡三的目的地拆除了。

这个人和他的车，将没有目的地走下去。

正如野户地人预料的那样，胡三总以为野户地在前面，不住地催马前行，野户地却一直没有出现。天黑以后，胡三对时间就没有了感觉，他只觉得马在走，车在动，路在延伸。星光下路两边是一样的荒野。长着一样的草和树木。一模一样的沟和梁。

然后时间仿佛加快了，一会儿工夫，天黑了又黑了。天黑之后还是天黑。荒野过去还是荒野。要去的地方不见了。胡三想把马车停住,掉头回去,却已经不可能。他的马车行到一个没有边际的大下坡上。

那以后,在许多人的记忆中,这个人一次次地经过虚土庄,有时在白天,远远看见他的马车扬起一路沙尘向村子驶近。有时在半夜,听见他吆喝马的声音,和马蹄车轮声响亮地穿过村子。他的车马仿佛无法停住。仿佛他永远在一个没有目的地的大下坡上奔跑。人们看他来了,在路上挖坑堆土都挡不住他。大声喊他的名字,他的家人孩子在路旁招手也不能使他留住。他一阵风一样经过虚土庄子,像他经过任何一片荒野时一样,目不斜视,双眼直视前方,根本看不见村里人,听不见人们的声音。

又过了多少年,是个春天。这个人从村西边回来,手里举着根鞭杆,声音嘶哑地吆喝着。却看不见他的车和马。这一次,他再没有往前走,仿佛那辆看不见的马车在村子里陷住了,他没日没夜地喊叫,使劲抽打着空气中看不见的一匹马。人们睡着,又被叫醒。谁都不知道他的车陷在什么地方,谁也没办法帮他。

刘二爷说,这个人走遍了整个世界,他的马和车被一片大地陷住了。那匹马头已经伸到天外,四蹄在云之间腾飞。可是,他的车还在这片土地上。

我们不要以为，他的车被远方的一片小泥潭陷住，他回来找我们帮忙。

我们帮不了他。

他每次经过，都看见我们一村人陷在虚土中，拔不出一只脚。他一声声吆喝的，或许是这座虚土中的村庄。

他沿途打问那个跑掉的村子。没有人知道。他走过的路旁长满高大蓖麻，又开花又结子，无边无际。他不清楚那个叫野户地的村庄跑哪去了。车上的苞谷种子早已霉烂变质。后来车也跑散架了，马也累死了，一车的苞谷洒落荒野，没有一粒发芽。

而报复了胡三的野户地村，多少年来也做着同样一件事，不管春夏秋冬，农忙农闲，村里总有一些人，耳朵贴地，一刻不停地倾听，只要有隆隆的马车声驶向村子，他们便立马把所有房子拆了，墙推倒，长起来的树砍掉，成片的庄稼用土埋住。一村人藏在地下，耳朵朝上，像第一次骗胡三时一样，听那辆已经摔破的马车，隆隆地从头顶过去。听胡三吆喝马的声音。

"这家伙又苍老了许多。"

"他又被我们欺骗了一次。"

他们暗暗发笑。等马车声远去，他们从地下钻出来，盖房子，栽树。把埋掉的庄稼和路清理出来。

拾壹

我的妻子

我的妻子是一个恍惚的女子，我一直没想清楚她。她偶尔醒来，看我一眼，又转身睡过去。我们的孩子躺在木头和草垛的阴影里，又长了一寸。半夜我醒来，循着梦呓和鼾声找到他们，一个个抱到炕上，盖好被褥，一觉醒来，他们又睡在木头和草垛的阴影里。到处是他们的梦。我的孩子在梦中改变了村子，四周的房子、树都变了样。每次醒来我先要穿过一重重梦境，把村庄改变成原来的样子。我不知道自己在哪里安了家。没有一条路通到这里，没有一个人走来。我们睡着后所有脚步移到远处。

我的女人在梦中怀孕孩子，每当我抱着她做梦的身体，就像抱着一个醒不来的梦，她的整个身体向上飘，含混的梦呓和呻吟向上飘，我怕掉下来，不知道她要飞多高，我看不见她一下一下扇动的翅膀。

"快，快。就要到了，就要到了。"我不知道要到哪了。我被她送到一朵软绵绵的云上，睡着了。

她醒来时我正在做梦，她喊我，摇我的肩膀和头。我隐约听见她的喊声，急急地往回赶，多少年的路啊，眼看就到了，看见房子、院门和窗户，看见门里的人影。突然地，大渠上的桥断了，水黑黑的往远处流。多少年前一个夜晚，我被它挡住，好像挡住的不是我，我那时正睡在村里，应该四十岁了，我在等我的孩子回来，我睡一阵醒一阵，想不清自己有几个孩子，好像总有一个没回来，我听见他的脚步声，在路上，在村巷里走，他没有玩够，还是记不起家了。我出去寻找时村里村外的路上只有月光，墙头树梢也是月光。星星静静的。我不敢喊，我回去睡下时，那个脚步声移到村外的荒野，步子小小的，像一个五岁孩子的脚步。

我在荒野上拾了一个女人，她睡在青草中，睡了很久了。我没想惊醒她。到处是睡着的人，路上、房顶、草垛，还有庄稼地里。到处是人的梦，黏黏糊糊。我撇开路，向荒野中走，我想离开村子，到稍远些的星光下透透气，依旧没走过去。我被睡在青草中的一个女人挡住。

原来我踏上的荒野也是一条路，我在草根下看见以前的车辙和马蹄印。这个女子可能在路上走着走着睡着了。她这个年龄，梦多得晚上根本做不完，白天走着也在梦，吃饭喝水也在做梦。她睡着后这条路荒掉了，因为一个人睡在路中间，所有脚步远远绕开，所有车马绕开，以后的秋收春播移向别处，路旁的地大片长荒。再没人走过这里。因为一个女孩子的梦和睡眠，这片荒野上的草木，开紫花，结紫果。

她在路上睡了多久，我不清楚。她的家人为找她在荒野中踏出一条一条路，这些路后来又让许多人走丢。

我走近时她睁了一下眼睛。就一下。很快又闭住。那一刻我感觉我被她关进梦里。我本来要绕过去，我还有自己的事情。可是，这一下我走不掉了。她睁开眼睛，让我进去。然后很快关闭。我感觉站在她身外的我变虚了，像人进屋后扔在门外的一条影子。没办法，我只有等她醒来，睁开眼，把我放出来。

我把她抱到马车上，太阳没有出来，像我五岁时看见的早晨。大地一片透明，树、房子、人都没有阴影。我赶着马车朝西走，背后是一个村庄的梦，马车上是一个女孩子的梦，她渐渐地脱离虚土庄，我不清楚要拉着她去哪里，我只知道，我们一直朝西走，太阳就永远不会出来，我前面的白天永远不会出现。直走到我车上的女孩子醒来，然后我停下。太阳从背后升起。

在你醒来的地方，我们安家。

我们把家安在一个早晨。

永远不向中午移动的早晨。

可是，她一直没醒来。我赶一辆马车，拉着她熟睡的身体在荒野中游荡。我忘记自己，忘记白天，也忘记了年月。我等待着她睁开眼睛，我不知道那个走进她梦里的我在做什么，是怎样一个人。有时我又不敢确定自己真的在她梦里。也许梦中她和另一个人过日子，已经儿女成群。她做了多少年梦，我在她身边醒了多少年，都记不清了。

有几年，我在虚土庄周围，绕着它一圈一圈地转。我不能把一个睡着的女人带回家。我得把她弄醒。我故意把车赶到颠路上，让马跑起来。我看着她的身子在马车上跳，她的腿醒了，乳房和腰醒了，胳膊醒了，脖子和头发醒了，就剩下眼睛不醒来。我吻她的眼睛，轻轻吹她的睫毛，又害怕她的眼睛突然睁开，再一次把我捉进去。

我想了另一个办法，把车停在一棵老榆树下，让上百只黑鸟吵她。那些鸟从早晨叫到天黑，有时候半夜也叫。我醒来，马车上空空的，我的妻子不见了。我不敢在黑夜中喊她，我不知道她的名字。如果我喊，只能像鸟一样"啊、啊"地叫。如果把狼叫来，把野狗叫来了，就麻烦了。我靠着车轱辘等她回来。我一次次睡过去。鸟不叫了，我朝树上扔一个土块，鸟哗地飞起来，飞到半空，悬一阵，又哗地落回树上。除了翅膀的声音，全静静的。我又睡过去。醒来时我的妻子睡在车上，车旁放着一抱柴火，做好的饭冒着热气。

我们在一棵榆树下住了一个夏天，或许更久。我的妻子睡在马车上，我睡在车架下的一张羊皮上。马车上有两麻袋麦子。我记起来了，我母亲装了两麻袋麦子，让我去磨房换面，磨房在村北头，我怎么出了村记不清了。然后碰见一个睡着的女人。我拉着两麻袋麦子走失后，我们家一个夏天没有粮食。

我的弟弟妹妹，在每天中午和傍晚，站在下风处，一口一口吸别人家饭菜的香味，一眼一眼往路上望。他们以为，我拉两麻袋麦子，到别处过生活去了，却不知道我被一个女孩子的睡梦挡住。

我依旧感到每晚她醒来，去不远的红柳丛捡柴火，回来做饭。我看到火光，听到她折柴火，有时在星光下抚摸我的脸，手伸进来，抚摸我的腿和胸脯，用舌头舔我的睫毛。可我醒不过来。像有一千里的路，我着急地看她做完这些，回到车上，睡着。然后我醒来。

我在月光下抚摸她的如月的脸庞，我知道夜晚园子里的南瓜开花时，女人的眼睛会莫名其妙睁开。可我没等到她睁开眼睛。月亮升起时她身体如花盛开。每晚这样，我等来这个时刻。我侧着头，和她闭住的眼睛说话。我把最好听的话说给她，我看见她的睫毛一眨一眨，那是一种梦中的语言，我听不懂，我的手听懂了，嘴唇听懂了。我感觉她的身体一片片醒来，胸脯醒来，肚脐和腰肢醒来，呼吸和呻吟醒来。

我从她身边起来时，她睁开眼睛，奇怪地看我一眼，又睡过去。我的轻唤追不上她，抚摸和亲吻也追不上，她的睡梦太远，像一片树林罩着我。我走不出去。我知道树林外有阳光，有她的花开遍地的苏醒。我走不到。我从来没碰见她的醒。今生今世，我只和她的睡眠相遇。

我在村外转了多少年我忘记了。我的家人也早忘了我，早几年我还能顺风听见母亲的喊声，她喊一个模糊的名字，我不知道该不该答应。我的母亲，她一直不敢确定是不是生下了我。她生了那么多孩子，她能记住哪个出生了，哪个还没降世？也许母亲在喊她的另一个孩子，如果我答应了，赶在他之前回到家，我的那个兄弟将变成影子，家里没有了他的位置。

我记不清我有几个弟弟妹妹，有时我在远处回想家，家里空空的，我一个人坐在天窗下，一坨月光在地上缓缓爬移。我想起的全是五岁的自己，瘦瘦单单，走在村里的土路上，和风玩，和飘飞的树叶玩。

母亲生了一群孩子，想让他们相互照应。母亲不知道，她一个一个生出他们时，一个离一个，多么遥远。没出生时，我们都在一起，在母亲的血液里早早相识。后来，离别的时刻到了，每隔一两年，就有一个走了，我们不知道在世上还有另一场相遇。先到的大哥在门外等到我，他孤单地活了两年。一个早晨，母亲说，你有一个弟弟要来了，快去门外面等。

大哥走到门外，朝马路上望，几十里的路上全是人影。许许多多的影子穿过村子，穿过田野和路。这时他听到我的叫喊。

我在同样的时刻等来弟弟，我和大哥一起等来的，母亲说，你们的一个弟弟要来了，去门外面等。我和大哥走到门外，我往几十里的路上望，大哥却扭头朝门缝里看。

这个弟弟两岁时被人抱走。

然后我们又等来另几个弟弟和妹妹。除了我和大哥隔两年，其余一个和一个，隔一年。我母亲知不知道，一年和一年有多远。我听见大哥喊我，喊弟弟妹妹，那声音像远路上的亲人，一直没走到。我的答应也一直没传到他的耳朵。夜晚我们头挨头睡了一炕，眼睛紧闭，谁都看不见谁。夏天的夜晚每人睡在一棵树的阴影里。我们从来没有相互梦见。一口锅里的饭，分到五个碗里，低头各吃各的。白天在不同的路上走，追逐树叶和风。那些路从不交叉。

拾贰

生命开花的夜晚

那个生命开花的夜晚

那个夜晚,风声把一个女人的叫唤引向很多年前,她张开的嘴被一个黑暗的吻接住,那些声音返回去。全部地返回去。

像一匹马,把车扔在远路,独自往回跑,经过一个又一个月光下的村庄。

像八匹马,朝八个方向跑,经过大地上所有村庄。沿途每扇门敞开,每个窗户推开。一个人的过去全部被唤醒。月亮在每个路口升起。所有熄灭的灯点亮。

她最后的盛开没有人看见。那个夜晚,风声把每个角落喊遍,没有一粒土吹动,一片叶子飘起。她的儿女子孙,睡在隔壁的房间里,黑暗中的呼吸起起伏伏。一家之长的大儿子,像在白天说话一样,大声爷气的鼾声响彻屋子,他的妻子在身旁轻软地应着声。几个儿女长短不一的鼻息表现着反抗与顺从。狗在院墙的阴影里躺着。远远的一声狗吠像是梦呓。院门紧闭。她最后的盛开无声无息。没有人看见那朵花的颜色。或许她是素淡的,像洒满院落的月光。或许一片鲜红,像心中看不见的血一样。在儿孙们绵延不断的呼吸中,她的嘴大张了一下,又大张了一下。

多少年后他们听见她的喊声,先是儿子儿媳,接着孙子孙女，一个个从尘土中抬起头，顺着那个声音，走向月光下洁白的回返之途。在那里，所有道路被风声扫净，所有坎坷被月光铺平。

风声在夜里暗自牵引，每一阵风都是命运。一个夜半醒来的女孩子，听见风拍打院门，翻过院墙拍打窗户。风满世界地喊。她的醒是唯一的答应。整个村庄只有她一个人被风叫醒，她睁开眼，看见黑暗中刮过村庄的一场风，像吹散草垛一样吹开她的一生。她在呜呜的风声中，看见她的出生，像一声呼喊一样远去的少女光景。接着她看见当年秋天的自己，披红挂彩，走进一户人家的院子。看见她在这个院子里多年的生活，像月亮下的睡眠一样安静。风把一切都吹远了。她还看见她的一群儿女，一个个长大后四散而去，像风中的树叶。她始终没有看清娶她做妻的男人的脸。从第一夜，到最后一夜，她一直紧闭双眼。

在我身上跑马的男人是谁呢。

男人像一个动物，不断从她身上爬过去。

每天这样，熄灯后男人很正经地睡一阵。满炕是孩子们翻身的声音，一个的脚蹬着另一个的埋怨声。接着，是他们渐渐平缓的呼吸，夹杂着东一句西一句的梦话。

这时男人便窸窸窣窣爬过来，先过来一只手，解开她的衣服，脱掉上衣和内裤。接着过来两条腿，一条跨过她的双腿，放到另一边，一条留在这边。然后是一堵墙一样压下来的身体。整个过程缓慢，笨拙，偷偷摸摸。她不知道自己该做什么，像一块地一样平躺着，任他耕耘播种。男人也像下地干活一样，他从不知道问问那块地愿不愿意让他种，他的犁头插进去时，地是疼还是舒服。她也从未对他说过一句话，她始终紧闭眼睛。

这个男人已经爬过我的二十六岁了。

一个晚上，她在他身子下面忧伤地想。她不知道她的忧伤是什么。每当他压在她身上，她的双臂便像翅膀一样展开，感觉自己仰天飞翔。她喜欢那种奇怪的感觉，男人越往下用劲，她就飞得越高，都飞到云里去了。

后来孩子满炕时，她的双臂只好收回来，不知所措地并在身边。

她觉得应该动动手，抚摸一下男人的脊背，至少，睁眼看他一眼。可是，她没有。

每年春天，男人拉一些种子出去，秋天运回成车的苞谷麦子。在她的记忆中，春天秋天就像一天的早晨黄昏一样，她日日在家照料孩子，这个刚能走路，另一个又要出生。她的男人一次比一次播得及时，老大和老二相距一岁半，老二老三相差一岁三个月，老三老四以后，每个孩子只相距一岁或八个月。往往这个还在怀里没有断奶，那个又哇哇落地。哥哥弟弟争奶吃。她甚至没有机会走出村子，去看看男人种的地。有一个下午她爬上房顶，看见村庄四周的油菜花盛开，金黄一片。她不知道哪一片是她男人种的。她真应该到男人劳作的地里去看看，哪怕站在地头，向他招招手，喊他一声。让这个一辈子面朝黄土的人，抬一下头。可她没有。她像一块地一样动不了。男人长年累月，用另一块地上的收成，养活她这块地。

有一年她的男人都快累死，几乎没力气干床上的事。地里的庄稼一半让老鼠吃了。那一年干旱，人和老鼠都急了。麦子没长熟，老鼠便抢着往洞里拖麦穗。人见老鼠动手了，也急死慌忙开镰，半黄的麦子打回来。其实不打回来麦子也不会再长熟，地早干透了。

饥荒从秋天就开始了，场光地净后，男人装半车皮子，在一个麻麻亮的早晨，赶车出村。

干旱遍及整个大地，做顺风买卖的车马，像一片叶子在荒野上飘摇，追寻粮食。有关粮食的一点点风声都会让他们跑百里千里，累死马，摔破车。她的男人吆喝马车，沿着风和落叶走过的道路，沿着那些追赶树叶的赌徒走过的道路，一直朝东。

又一个黄昏，晚饭的灶火熄灭后，男人吆车回来，一脸漆黑，车上装着疙疙瘩瘩的几麻袋东西。也是在那个昏暗的墙角，他接过她递来的一碗汤饭，呼噜呼噜喝完，然后很久，没有一丝声音，男人的碗和端碗的手，埋在黑暗中，儿女们在唯一的油灯下，歪着头打盹。

第二年，难得的一场丰收，收获的夏粮足够他们吃到来年秋天，眼看要饿死、瘦得皮包骨头的儿女们，一个个活过来，长个子，长肉和骨架。

这个男人终于爬过我的四十岁了。他好像累坏了，喘着粗气。又一个晚上，她在他身体下面想。

男人就像一个动物，不断爬过她的身体。他的一只蹄子陷在里面了，拔不出来。今天拔出来，明天又陷进去。这块泥地他过不去了。

事完后，他像一头累坏的牲口，喘着粗气，先是那条腿，笨拙地拿过去，有时他像在她身上生了根，离开时有一种生生的疼。接着他的身体退回去，那只解开她衣服的手，从来不知道把脱了的衣服帮她穿上，也不知道摸摸她的腿和胸脯。

男人天蒙蒙亮出去，天黑回来。天天这样，晚饭的炉火熄灭后，家里唯一的油灯亮起。儿女们围着昏黄的灯光吃晚饭，盯着碗里的每一粒粮、每一片菜叶，往嘴里送。正是他们认识粮食的年龄。男人坐在一旁的阴影里，呼噜呼噜把一碗饭吃完，递过空碗，她接住，给他盛上第二碗饭。

她递给他饭时眼睛盯着灯光里的一群儿女，他们一个接一个，从她胸脯上断了奶水，尝到粮食的滋味，认出自己喜欢的米和面、青菜和水果。他们的父亲呼噜呼噜把又一碗饭吃完，不管什么饭都吃得滋滋有味。那么多年她只记住他吃饭的声音，甚至没有来得及看清他的脸和眼睛。

四十岁以后的她，那个男人再没看见。她睁开眼睛，身子上面是熏黑的屋顶。她的男人不见了。她带着五个孩子，自己往五十岁走。往五十五岁走。孩子一个个长大成家后，她独自往六十岁走。

现在，她已经七十三岁。走到跟多年前一样的一个夜晚。风声依旧在外面呼喊。风声把一个人的全部声音送回来，把别的人引开，引到一条一条远离村庄的路上。她最后的盛开没有人看见。那个生命开花的夜晚，一个女人的全部岁月散开，她浑身的气血散开，筋骨散开，毛孔和皮肤散开。呼吸散开。瞳孔的目光散开。向四面八方。她散开的目光穿过大地上一座座有月光的村庄，所有的道路照亮。所有屋顶和墙现出光芒。土的光芒。木头和落叶的光芒。一个人的全部生命，一年不缺地，回到故乡。

冯三

人的名字是一块生铁，别人叫一声，就会擦亮一次。一个名字若两三天没人叫，名字上会落一层土。若两三年没人叫，这个名字就算被埋掉了。上面的土有一铁锨厚。这样的名字已经很难被叫出来，名字和属于他的人有了距离。名字早寂寞得睡着了。或朽掉了。名字下的人还在瞎忙碌，早出晚归，做着莫名的事。

冯三的名字被人忘记五十年了。人们扔下他的真名不叫，都叫他冯三。

冯三一出世，父亲冯七就给他起了大名：冯得财。等冯三长到十五岁，父亲冯七把村里的亲朋好友召集来，摆了两桌酒席。

冯七说，我的儿子已经长成大人，我给起了大名，求你们别再叫他的小名了。我知道我起多大的名字也没用。只要你们不叫，他就永远没有大名。当初我父亲冯五给我起的名字多好：冯富贵。可是，你们硬是一声不叫。我现在都六十岁了，还被你们叫小名。我这辈子就不指望听到别人叫一声我的大名了。我的两个大儿子，你们叫他们冯大、冯二，叫就叫去吧，我知道你们改不了口了。可是我的三儿子，就求你们饶了他吧。你们这些当爷爷奶奶、叔叔大妈、哥哥姐姐的，只有稍稍改个口，我的三儿子就能大大方方做人了。

可是，没有一个人改口，都说叫习惯了，改不了了。或者当着冯七的面满口答应，背后还是冯三冯三地叫个不停。

冯三一直在心中默念着自己的大名。他像珍藏一件宝贝一样珍藏着这个名字。

自从父亲冯七摆了酒席后，冯三坚决再不认这个小名，别人叫冯三他硬不答应。冯三两个字飘进耳朵时，他的大名会一蹦子跳起来，把它打出去。后来冯三接连不断灌进耳朵，他从村子一头走到另一头，见了人就张着嘴笑，希望能听见一个人叫他冯得财。

可是，没有一个人叫他冯得财。

冯三就这样蛮横地踩在他的大名上面，堂而皇之地成了他的名字。已经五十年了，冯三仍觉得别人叫他的名字不是自己的。夜深人静时，冯三会悄悄地望一眼像几根枯柴一样朽掉的那三个字。有时四下无人，冯三会突然张口，叫出自己的大名。很久，没有人答应。冯得财就像早已陌生的一个人，五十年前就已离开村子，越走越远，跟他，跟这个村庄，都彻底地没关系了。

为啥村里人都不叫你的大名冯得财。一句都不叫。王五爷说，因为一个村庄的财是有限的，你得多了别人就少得，你全得了别人就没了。当年你爷爷给你父亲起名冯富贵时，我们就知道，你们冯家太想出人头地了。谁不想富贵呀。可是村子就这么大，财富就这么多，你们家富贵了别人家就得贫穷。所以我们谁也不叫他的大名，一口冯七把他叫到老。可他还不甘心，又希望你长大得财。你想想，我们能叫你得财吗。你看刘榆木，谁叫过他的小名。他的名字不惹人。一个榆木疙瘩，谁都不眼馋。还有王木叉，为啥人家不叫王铁叉？木叉柔和，不伤人。

虚土庄没有几个人有正经名字，像冯七、王五、刘二这些有头面的人物，也都一个姓，加上兄弟排行数，胡乱地活了一辈子。他们的大名只记在两个地方：户口簿和墓碑上。

你若按着户口簿点名，念完了也没有一个人答应，好像名字下的人全死了。你若到村边的墓地走一圈，墓碑上的名字你也不认识一个。似乎死亡是别人的，跟这个村庄没一点关系。

其实呢，你的名字已经包含了生和死。你一出生，父母请先生给你起名，先生大都上了年纪，有时是王五、刘二，也可能是路过村子的一个外人。他看了你的生辰八字，捻须沉思一阵，在纸上写下两个或三个字，说，记住，这是你的名字，别人喊这个名字你就答应。

可是没人喊这个名字。你等了十年、五十年。你答应了另外一个名字。

起名字的人还说，如果你忘了自己的名字，一直往前走，路尽头一堵墙上，写着你的名字。

不过，走到那里已到了另外一个村子。被我们埋没的名字，已经叫不出来的名字，全在那里彼此呼唤，相互擦亮。而活在村里的人互叫着小名，莫名其妙地为一个小名活了一辈子。

树上的孩子

我天天站在大榆树下,仰头看那个爬在树上的孩子。我不知道他的名字。也许没有名字。他的家人"呔、呔"地朝树上喊。那孩子听见喊声,就越往高爬,把树梢的鸟都吓飞了。

村里孩子都爱往高处爬。一群一群的孩子,好像突然出现在村子,都没顾上起名字。房顶、草垛、树梢,到处站着小孩子,一个离一个远远的。大人们在下面喊:

"呔,下来。快下来。"

"下来给你糖吃。"

"看,老鹰飞来了,把你叼走。"

"再不下来追上去打了。"

好多孩子下来了。那个年龄一过,村庄的高处空荡了,草垛房顶上除了鸟、风刮上去的树叶,和偶尔一个爬梯子上房掏烟囱的大人,再没什么了。许多人的头低垂下来。地上的事情多起来。那些早年看得清清楚楚的远山和地平线,都又变得模糊。

只有那个树上的孩子没下来,一直没下来。他的家人把各种办法用尽了。父亲上去追，他就往更高的树梢爬。父亲怕他摔下来，便不敢再追。他用枝叶在树上搭了窝，母亲把被褥递上去，每天的饭菜用一个小筐吊上去。筐是那孩子在树上编的。那棵榆树长得怪怪的，一根磨盘粗的独干，上去一房高，两个巨杈像一双手臂向东斜伸过去。那孩子趴在北边的树杈，南边的杈上落着一群黑鸟，"啊""啊"地叫，七八个鸟巢筑在树梢。

我不知道那孩子在树上看见了什么。他好像害怕下到地上。

村里突然出现许多孩子，有的比我大，有的比我小，不知道从哪来的。多少年后他们长成张三、韩四，或刘榆木，我仍然不能一一辨认出来。我相信那些孩子没有长大，他们留在童年了。长大的是大人们自己，跟那些孩子没有关系。不管过去多少年，只要有人回去，都会看见孩子们还在那里，玩着多少年前的游戏，爬高上低，村庄的房顶、草垛、树梢，到处都是孩子。

"上来。快上来。"

只要你回去，就会有一个孩子在高处喊你。

只有那个树上的孩子被我记住了。有一天他上到一棵大榆树上，就再不下来。他的家人天天朝树上喊。我站在树下，看他看地上时惊恐的目光。地上究竟有什么，让他这样害怕。

一定有什么东西被他看见了。

我记不清他在树上待了多久，有半个夏天吧。一个早晨，那个孩子不见了，搭在树梢的窝还在，每天吊饭的小筐还悬在半空，人却没有了。有人说那孩子飞走了，人一离开地就会像鸟一样长出翅膀。也有人说让老鹰叼走了。

多少年后我回想那个孩子，觉得那就是我。我五岁时，看见他趴在树上，十一二岁的样子。他一脸惊恐地看着地上，看着时而空荡、时而人影纷乱的村庄。我站在树下盯着他看，他也盯着我，我觉得那个树上的目光是我的。我十一二岁时在干什么呢。我好像一直没走到那个年龄。我的生命在五岁时停住了，剩下的全是被别人过掉的生活。多少年后我回来过我的童年，那棵榆树还在，树上那孩子搭的窝还在。他一脸惊恐地目睹的村子还在。那时我仍不知道他惊恐地上的什么东西。我活在自己看不见的恐惧中。那恐惧是什么，他没告诉我。也许他一脸的恐惧已经把什么都告诉我了。

我五岁时看见自己，像一群惊散的鸟，一只只鸣叫着飞向远处。其中有一只落到树上。我的生命在那一刻，永远地散开了。像一朵花的惊恐开放。

一朵花向整个大地开放自己

我记住临近秋天的黄昏，天空逐渐透明，一春一夏的风把空气中的尘埃吹得干干净净。早黄的叶子开始往远处飘了。我的母亲，在每年的这个时节站在房顶，做着一件我们都不知道的事。

她把油菜种子绑在蒲公英种子上，一路顺风飘去。把榆钱的壳打开，换上饱满麦粒。她用这种方式向远处播撒粮食，骗过鸟、牲畜，在漫长的西风里，鸟朝南飞，承载麦粒、油菜的榆钱和蒲公英向东飘，在空中它们迎面相遇。鸟的右眼微眯，满目是迅疾飘近的东西，左眼圆睁，左眼里的一切都在远去。

我很早的时候，看见母亲等候外出的父亲。每个黄昏她做好晚饭等，铺好被褥等。我们睡着后她望着黑黑的屋顶等。我不知道远去的人中哪个是我的父亲。我不认识他。偶尔的一个夜晚他赶车回来，或许是经过这个有他的家和孩子的村庄。在我迷迷糊糊的梦中，听见马车吃进院子，听见他和母亲低声说话。他卸下几袋粮食装上几张皮子，换上母亲纳的新鞋，把他穿破的一双鞋脱在炕头。在我们来不及醒来的早晨，他的马车又赶出村子上路了。出门前他一定挨个地抚摸我们的头，从土炕的这边到那边，他的五个孩子，没有一个在那时候醒来，看他一眼，叫声爹。他走后的一年里，这个土炕上又会多一个孩子。每次经过村庄他都会让母亲再一次怀孕，从他离开的那一夜起，母亲的身体会一天天变重。她哪都去不了。我的母亲，只有在每年的五月，榆钱熟落时，成筐地收拾榆树种子。她早早把榆树下的地铲平，扫干净，等榆钱落了厚厚一层，便带我们来到树下。那时东风已刮得起劲了。我们在沙沙的飘落声里，把满地的榆钱扫成堆，一筐筐提回家。到了六月，早熟的蒲公英开始朝远处飘了。我的母亲，赶在它们飘飞前，把那些带小白伞的种子装进布袋，她用它给儿女们做枕头，让她的孩子夜夜梦见自己在天上飞，然后，她在早晨问他们看见了什么。

许多事情他们不知道。母亲，我看你站在高高的房顶，手一扬一扬，仿佛做着一件天上的事。风吹种子。许多事情没有弄清。一棵蒲公英只知道它的种子随风飘起，知不知道每一颗都落向哪里。第二年春天，或夏天，有没有它们落地扎根的消息随风传来。就像我们的亲人，在千里外的甘肃老家，收到我们在虚土庄安家的消息。

那些信上说，我们已经在一道虚土梁上住下来，让他们赶紧来，我们在梁上等他们。虚土梁是一个显眼的高处，几十里外就能看见我们盖在梁上的房子，望见我们一早一晚的炊烟。

信里还说，我们在梁上顶多等五年。顶多五年，我们就搬到一个更好的地方。

他们说等五年的时候，只想到五年内故乡的亲人有可能到齐，地里的余粮够重新上路，房后的榆树长到可以做辕木。

可是，栽在屋前的桃树也会长大，第三年就开花结果。那些花和果会留人。今年的桃子吃完了，明年后年的鲜桃还会等他们。等待人们的不仅仅是远处的好地方，还有触手可及的身边事物。

一年年整平顺的地会留人，走熟的路会留人，破墙头会留人。即使是等来的老家亲人，走到这里也早筋疲力尽，就像当初人们到来时一样，没有往前走的一丝力气。

不过，等到真正动身了，人就已经铁了心，什么东西都留不住了。铃铛刺撕扯衣襟也没用，门槛绊脚也没用，泪水遮眼也没用。

关键是人没动身之前，下午照在西墙的一缕阳光，就把人牢牢留住。长在屋旁一棵小草的浅浅清香，就把人永远留住。

蒲公英从五月开始播撒种子。那时早熟的种子随东风飘向西边的广阔戈壁。到了七月南风起时，次熟的种子被刮到沙漠边的灌木丛，或更远的沙漠腹地。八九月，西风骤起，大量熟落的种子飘向东边的干旱荒野。十月，北风把最后的蒲公英刮向南山。南山是蒲公英最理想的生栖地。吹到北沙漠的种子，也会在漫长的漂泊中被另一场风刮回来，落在水土丰美的南山坡地。

一年四季，一棵生长在虚土梁上的蒲公英，朝四个方向盛开自己。它巨大的开放被谁看见了。在一朵蒲公英的盛开里，我们生活多年。那朵开过头顶的花，覆盖了整个村庄荒野。那些走得最远的人，远远地落在一朵飘飞的蒲公英后面。它不住地回头，看见他们。看见和自己生存在同一片土梁的那些人，和自己一样，被一场一场的风吹远，又永远地跑不快跑不远。它为他们叹息，又无法自顾。

一粒种子在飘飞的路途中渐渐有了意识，知道自己要往哪去，在哪扎根。一粒种子在昏天暗地的大风中睁开眼睛，看见迅疾向后飘移的荒漠大地，看见匍匐的草、疯狂摇晃的树木，看见河流、深陷荒野的细细流水和向深扩展的莽莽两岸，看见一片土坡上艰难活命的自己、一根歪斜的枝、几片皱巴巴的叶子。看见秋天从头顶经过，风声枯涩，带走夏天时就已坠地的几片黄叶——这就是我的命啊。一粒种子在落地的瞬间永远地闭上眼睛。从此它再看不见自己。不知道自己是否发芽，是否长出叶子，是否未落稳又被另一场风刮走。它的生长，只是一场不让自己看见的黑暗的梦。

这就是一棵草。

它或许永远不知道自己怎样活着。它的叶子被一只羊看见，被飘过头顶的一粒自己的种子看见。

就在人们待在村里，梦想着怎样远走的那些年，一群鸟一次次飞到南方又回来。一窝蚂蚁，排起长队，拖家带口迁徙到戈壁那边的胡杨绿地。连爬得最慢的甲壳虫，也穿过荒滩去了趟沙漠边。每一朵花都向整个大地开放了自己。

拾叁

我经过的七个村庄

沙门子

沙门子在赶车人偶然的回望中，是一些洞开在沙丘上的门和窗户。它所有房屋的后墙被沙埋住，东墙西墙也被沙埋住，只露出半堵前墙。赶车人翻过一座座沙包时，不会想到沙包下的村子。沙门子一次次被人错过。马车摇着响铃从他们的屋顶驶过，从沙埋的房屋旁经过，却没一辆车停下来。

只有那些常爱回头，走一段路要望望自己留下的车辙印，喜欢目送远去的一棵树、几株绿草，总觉得后面有人，把自己跌落的脚印当一块一块的钱捡拾的人，才会看见那些沙包下的门和窗户，看见一脸沙土、只露出嘴和眼睛的沙门子人。看见这些时马车已走过去一段路，车夫不可能也不敢掉转车头回来，这样的景象，谁看一眼都会转头逃离，以为自己看见鬼了。灰头土脸的沙门子人还会追着马车跑，喊叫着让马车回来，结果马和人都受惊，瞬间消失在一片沙尘中。

再次经过时流沙早已改变道路。有过可怕经历的人再不敢回头，打马快快穿过这片沙包地。沙门子人听到车马声时，马车早已远离了他们。

沙门子没有一片绿草，据说那里的人在沙子下找粮食吃。一个又一个秋天的粮食埋在黄沙里。被埋没的牲畜还在沙子下不停地耕耘。埋没的麦子还在一茬茬长熟。这一切被埋没前，许多人跑掉了，他们躲过黄沙没躲过追赶而去的沙尘暴。沙门子人眼看着自己的房屋被埋，院子被埋，车和农具被埋，他们没跑，却进入沙子底下，找到埋没的绿地，找到水、粮食和走向深远年月的路。

荒舍

每个夜晚，荒舍的数百条狗嘴对着天空高叫长吠，声音像一堵墙直耸夜空。除了蚂蚁、老鼠能从狗腿间爬过，人、畜、鸟均无法穿过村子。夜间飞行的鸟都远远绕开荒舍，那些响彻云霄的狗叫声能将鸟击落。

荒舍被自己的声音封锁在黄沙深处。它的村民住在一座声音的村舍里。没有谁看见过它的房子。在那些远远绕过荒舍的赶车人的印象里，密密匝匝的狗吠声是这座村庄四周的围墙。驴鸣是中间的粗大立柱。鸡叫是漏雨漏星光的顶棚（鸡虽站在地上叫，但它的声音仿佛来自天上）。牛哞是深褐色的土地

（所有牲畜中只有牛对着地哞叫，它在早春的哞叫声能唤醒草木沉睡的根）。马嘶是向外推开又关上的门和窗户（马的叫声是一种光明。在最黑的夜里，马嘶像一股火光划向夜空。车户在这样的亮光中数钱，或拎马鞭子）。人的声音住居其中，被层层包围。已经多少年，荒舍没有一个人的声音传出去。

高台

　　虚土庄向东，半天路的地方，有一高土台。平常台上没人。一年四季的风把高台扫得干干净净，连雪都落不住。台上不长草，也没有一棵树。夏天，从第一茬麦子收割后，就有人上高台做生意。高台向东也是半天路的地方有一个叫柳户地的村子。所谓生意就是两个村子间的交易。这是方圆百里最近的两个村子。因为各自种的粮食不同，做的活不同，总有能交换的。尽管更多时候，两个村子的东西几乎没有差异，这个村子人拉去的是麦子，那个村子运去的也是麦子。但他们还是麦子换麦子各自拉回。

　　两个村子的人在高台上分得一清二楚。虚土庄子人每天迎着初升太阳走去又面朝落日回来，久而久之，衣服的前襟被晒得发白陈旧。柳户地人正相反，日日背着朝阳来背着夕阳去，后背的衣服早早旧了，开着口子和破洞，胸前的衣服却一片崭新。

人要吃各个地方的粮食才能长见识。在这一点上两个村子见识相同。

人不能盯着一块地里的粮食吃到老。尽管每家一块地，都种差不多一样的东西，但要学会跟别人家换着吃。

牲口都懂得这些。有些地方水草丰美，一头牛卧在地上，左一口右一口就吃饱肚子。可是牛不这样。牛在东边草滩吃一阵子，又跑到西边沙沟里啃几嘴。

老盯住一个地方的东西吃就容易吃成傻子。

人可以住在一个地方，如果走不掉的话。但要想办法吃些别处的东西，喝些远处河流的水。这些东西隔得越远越好。

我们吸的气是满世界的气，因为风会把世界各地的气刮过来，也会把带着我们体味的气刮到世界各地。在这方面我们和世界是相通的。我们放一个屁出一口气，迟早都会刮到我们不知道的远在西方东方那些人嘴里。那些遥远大地的五谷香味，也会在迟后的几场风中传到我们的鼻孔。

不光吃的，用的也是越远处的越好。有时他们拿自家的一张白羊皮，换别人家一张黑羊皮回来。自家的白羊只在村子周围转，最远吃过北沙窝的骆驼刺和沙米。而柳户地村的黑羊见过东戈壁的狼，它的黑绒毛抵挡过更远处的暴风雪。这样的羊皮袄披在身上，寒冷到不了身边，在很远处就被它挡住了。

还有调换牲口的，马换马，马换牛，牛换牛。会用牲口的人，会让牲口在调熟前走一趟远路，或从赶车跑买卖的人手里调换牲口。那些马车夫，走到虚土庄时往往马乏人困，要换一匹膘好的快马再上路。乏马留下来，外加两斗麦子。村里人自然乐意。精养两个月，乏马又变得膘肥体壮。

走过远路的牲畜，见多识广，跑遍世界，回到一个小村庄的圈棚里，安然地嚼着草，干着不起眼的小事，踏踏实实。没出过远门的牲口就不一样，耕着地眼睛张望着远处。身体在这块地上受劳苦，心却在天外的一片绿草上撒欢呢。

牲口跟人一样，出去走一趟就能把心收回来。当然，也有的出去后心越跑越远，再回不来。

一户人

没有人到过一户人家的住处。也从没人看见过那家的人和房子。据说那户人占着沙漠中的一小块水草地。草地在一个很深的沙坑里，被一座又一座高大沙丘围住，大概方位在虚土庄北数百里处。也可能更近，就在几十里处的某个沙丘背后。只是没有路能走向那里。我们不会拐弯的目光，更不可能看见它。

一户人靠放牧为生。有人看见过他家羊群留下的蹄印，踩遍七八座沙包。羊群过处寸草不生，连草根都刨吃光了。非有数百只羊头顶屁股地过去才会这样。

还有人看见过他家的狗，跟野狼一样凶猛。据说那户人家养八条狼狗。每天中午，太阳正中时，八条狼狗朝八个方向飞奔而去，各跑八十里，见物猎物，遇人咬人。天黑前返回。主人根据每条狗的叫声，知道哪个方向发现了什么。若遇到人，要么咬死，要么穷追猛赶，直到人迷失方向，辨不清东南西北，记不住自己到过何处，看见了什么。

据说曾有一群野山羊、一群野驴和一群野骆驼，先后发现了这一小片水草地，不顾死活地与这户人家争夺，时间长达数年。最终还是被八条狗撵走了。

为了避免在地上留下路，八条狼狗每天跑出时，都比前一天偏右一度。一年下来，每条狗跑出的路线都会以房屋为主心辐射一圈。

一户人家不种地。每年麦收季节，把羊赶到十里外的某一条荒路旁，跟跑买卖的车户换麦子。羊拴在红柳墩上，每只羊身上披五张羊皮，用草绳拦腰绑住，看上去像小牛似的。这样的一只羊换一麻袋麦子。买卖交给狼狗做。一户人家的主人从不露面,马车藏在不远的红柳丛中。或干脆待在家里,留足草料,让狗守着披羊皮的羊。有时等十天半月,才会有一辆马车路过。车户都知道这是换麦子的,车停在二十步外,打量一番货物。不存在讨价还价,看上了,就成交。看不上,走你的路。一般来说,这种交易车户都会占大便宜,不会轻易错过。车户朝四下望望,喊一声"有人吗?",狗自然先答应,汪汪几声。车户再喊"有人吗?",狗汪汪大叫起来。车户明白了这笔买卖由狗负责。朝狗扔半块馍馍。狗看一眼,不吃。车户想拾回来自己吃,前迈两步,狗猛地扑咬过来。车户退回车旁,卸下三麻袋麦子,朝狗做个手势。狗后退四十步,车户赶车过去,装上三只披羊皮的羊,赶车离去。

狗以最快速度回报主人。往往有两条狗,一只看着麦子,一只跑回去喊主人赶车来拉麦子。

虚土庄子

我们住的地方会逐渐升高。梁上的虚土被人踩瓷了,一场一场的风刮起地表的虚土。人脚下的土被踩住,房子下的土被牢牢压住。每一场风后地都下折一截子，草和树的根露出半截。

一开始人们并不察觉。周围的地一寸寸陷下去后，洼地的草滩和麦田离村子渐渐远了，朝哪个方向走都成了下坡，人很轻松就离开村子走到远处。可是，回来全是上坡。草和粮食，费很大劲才能运回村子。走出去的人，越来越不愿回来。就有人在野外过夜，活干累了躺在四面透风的破草棚，仰望土梁顶上自己家的房子。想念家里的热炕热饭，却没有回去的力气。

如果不赶快走，这一村人迟早会困死在土梁顶上。

风像一个孩子在一年年长大。我们刚来时，风声像是孩子的喊叫和歌唱。它在荒野上奔跑，戏闹，光着屁股。这几年它的声音变成了成年男人的吼叫。它的暴躁脾气已经开始显露。总有一天，一场飓风刮走所有的草木土地。我们的房子压住的这块地方，成了大地上孤零零的高处。四周全是风蚀的峭壁。我们再无法走下去。

这不是噩梦。往西四百里的魔鬼城，就是这样形成的。那地方多少年前是一片平地，草木人畜生存其上。一场场的风刮走地上的尘土时，谁都没有在意。直到一场飓风一夜间刮走一切。人和牲畜踩住的土地，房子压住的土地，保留下来，形成一座座千奇百怪的孤峰。天亮后每个峰顶站着一个人或一头牲畜，他们相互呼喊求助，却无法走近。草木和土地一夜间消失，那些孤峰间的深渊满是滚圆流石。现在，谁要能攀上那些风蚀台地，或在梦中飞到那座一刮风便鬼哭狼嚎的魔鬼城上空，就会看到每个台地顶都有一具白骨，有人的，牲畜的。在更大的台地上还有房子的残骸。

可以想象他们在大风后的那个早晨是怎样的惊恐。他们相互喊叫、求助，谁都帮不了谁。虽然离得很近，却隔着百丈深渊。只能眼睁睁地，看着对方慢慢死去。他们的死都被彼此看见。每个人临死前的最后一瞥里，看见的都是别人的死。

克里亚

克里亚村的白杨树头全朝下，根在星云密布的天空四处伸展。我看不见它的土地。好似一座水中倒映的村子，深陷沙漠的克里亚却没有一滴水，树木为了活命都根须朝上，从过往的流云中吸取水分。人和行走的驴车也都头朝下，我担心他们会掉下来。我一直仰着头走过。克里亚没有一寸土地。我从哪个方向到达这里，又往哪里去。可能是我生活错了，大半生脚踏黄沙，头顶烈日。克里亚的麦子穗朝下，果树扎根云中。到了夜晚，那些闪烁的星星之间，可以看见羊群走动，听见一伙一伙的人喁喁私语。他们早把地撂荒，经营天上的牧场。我一个人，站在克里亚没有一寸土的地上，仰脸呆望。突然刮起了风，那些树上的果实和叶子，纷纷朝天空深处落。我在马车上铺一张布，从那些摇曳的树梢下走过，没接到一颗果子。

黄沙梁

黄沙梁也叫一个人的村庄，或者叫没有人的村庄。它是一个人讲出来的，讲的人也不在村里。

那个人讲述时，村里好像有一个人，站在村子的某个地方，把看见的一切说给我们。可是，当他讲述完后，听者发现村里仍旧没有一个人。

讲述者没说人去了哪里，或许他对人不感兴趣，或者人全走光了，剩下一些会干活的牲畜，料理着村子。

马和驴每天早晨自己套好车走到路上。牛每个春天犁同一块地。羊在夏天的草滩上吃胖，入冬后像脱衣服一样，自己剥掉皮，躺在肉案上。鸡把一窝窝的蛋孵成小鸡。小鸡又生出一窝窝蛋。村子里的鸡叫声一片混乱。谁都想赶在天亮前叫第一声,许多鸡半夜就开始叫,白天也叫。村子就乱掉了。狗守着一座又一座空院子。粮食自播自种,自己在老地方长熟,然后被秋风收割。

还有一种说法是,每天晚上有一个人在村里过夜。他像回到家一样,打开其中一个宅院,烧火做饭,火光又照亮另一些院落。那些院子全空的,没有人。他吃饱喝足后倒头大睡,等他醒来,发现自己躺在一片荒滩上。

另一个夜晚走进村庄的是另一个人。他打开一个宅院。每个宅院都很相似,只是里面的生活有所不同。因为走进一个人,这个宅院将不同于其他。但第二天早晨,它一样消失得干干净净。

所有走过这片荒野的人,都会讲述一个人的村庄。在那些讲述中,他们在这个村里生儿育女,有一大院房子,上百只羊,还有数百亩的土地。

可是,没有谁从那个村庄带回一根草。这个村庄晚上建起,白天拆除。没人知道干这件事的人是谁。可能有数不清的人,在荒野中干着这件纯粹虚无的事情。他们远远看见有人走来,瞬间建起一座村庄,让他走入,在其中生活,给他所有的财富,在他醒来前,又拆除得一干二净。

不过,还是有人找到了这个村庄的一些东西,在他经过另一个村庄时,发现有一间房子特像他在一个人的村庄中住过的一间。或者房顶的一根檩子是他在那个村庄的屋顶下看见的。有人还在一片草滩上认出他在一个人的村庄中拥有的一群羊，一只不少。只是放羊的不是他而是别人。

由此有人断定，黄沙梁或一个人的村庄是所有这些村庄的材料拼凑的。晚上我们睡着时，这些宅院，或者院子里的东西，远远地飘移到别处，组建起一个又一个新村庄，让四处漂流的人居住。天亮前又全收回来。

拾肆

胡长的榆树

开头：
我在黄沙梁的一间房子醒来

有一年我在东南边的黄沙梁，住在一间矮土房子里。我是怎么到这个村庄的我忘记了。我的生活梦一样，一段段浮现出来。我看见我在黄沙梁的生活就是这样，我住在一间矮房子里，已经住了好多年，又好像短暂的一个夜晚，我醒来，看见熟悉的门窗和院子，太阳已经把东墙晒热了。我经常和一个人靠着墙根聊天，上午靠在东墙根，下午靠在西墙根。我在这个村庄只认识一个人。好像村子只有他一个人。突然地，我在一间房子里醒来，感觉在自己家里。又像不是。

每天下午，我和那个人坐在西墙根，晒太阳，望着西北边茫茫的荒野。一条路模糊地伸进去，望不到头。他的故事是从下午讲起的。整个上午他一句话不说。我知道他在等太阳把嘴晒热，等满脑子的事情气一样蒸腾起来。

他讲到了虚土庄。还讲到一个人，叫冯七，跟虚土庄的冯七同名，是不是一个人我不确定。常年跑顺风买卖的冯七，在别的村庄有了一段我们不知道的生活，也说不定。这是我多少年来第一次听一个外人讲虚土庄。

那条路很久没人走了

那条路很久没人走了，它通向虚土庄。走过这条路的人都知道，它通不到别处。有个人却从这条路上走到了别处。他没有走到虚土庄。

这个人叫冯七。

现在知道冯七的人很少了。知道虚土庄的人也很少了。知道我的人更少了。但我知道的事情越来越多。

许多年前一个春天的早晨，冯七走上这条路。他赶着马车，从黄沙梁出发，给虚土庄送麦种子。

两天前，从虚土庄那边过来一个女人，找到村长说要借些种子。

借种子本来是男人的事。女人说，连种都没留住，男人好意思出来。

男人不好意思的事，就是女人的事。

女人和村长嘀咕半天，村长就同意了。

"不过种子发不发芽不敢保证。"村长说。

"是种子就行。"女人说，"你村长的种子不行还有谁的行。"

村长送女人出门，吩咐她赶紧回去让村人把地翻好等着，种子一两天就送过去。

分手前还笑嘻嘻地摸了摸女人的屁股:"种子不够再来借。"

钉在云头下的木橛子

虚土庄是个不大的村子,几十户人家,全是外地人。大概十几年前,这些外地人的家乡遭旱灾,土地颗粒无收,全村人集体逃荒出来,最大的愿望就是找一块地种。

他们向西走了几千里,那时逃荒的人大都朝西逃,据说西边有大片的未耕地。可是他们来晚一步,沿途的土地早被人耕种了,大片大片长着别人的玉米和麦子。他们只好再往前走,穿过一个又一个村庄,也不知走了几年,最后到了黄沙梁。

那时黄沙梁是最偏远的一个村子,傍临一条河,四周是长满各种草和灌木的广袤沃土。那伙人走到这里已经力尽粮绝,再不愿往前挪半步。他们把破行李卷和叮咣作响的烂家什堆在马路边上,留两个人看着,其他人一起找到村长家里,低声下气地乞求村长收留下他们。说他们再走不动了,已经有几个孩子在路上死掉了。再走下去就全完了。只要随便给他们一些地，他们只会种地养孩子，绝不会捣蛋生事。

他们求得哭哭啼啼。

可是黄沙梁人不喜欢这群衣衫褴褛的外地人，嫌他们说话的口音太难听，甚至很难听懂。要和这群怪腔怪调的人生活在一个村里，岂不别扭。最后村里还是决定打发他们走。

村民们给这些外地人凑了些杂粮、衣服。说了许多安慰的话。村长亲自把他们领到村头，指了一个去处：你们出了村，再朝西北走，穿过那片戈壁——记住，要穿过去，千万不要走到一半再折回来。只要穿过戈壁，一直到天边都是好地，你们想种多少种多少，想咋种咋种。

末了又补充说，到时候我们黄沙梁村和你们村就以那朵西斜的黑云为界，云头西边都是你们的地，我们决不侵犯。云头东边可全是我们的地，你们也不能胡挖、乱种。你们若担心云会移动，过两天我派个人去，在云头下面钉个木橛子。

外地人听得神乎其神，千恩万谢地离村西去。他们走了三天三夜，走着走着，土地不见了，前面是一望无际的碱地和沙漠。

外地人知道自己被骗了，又不好意思再回去。也没有力气再走回去。便在沙漠边的虚土梁住了下来，垦种那片坑坑洼洼的沙土地。

他们给自己落脚的地方起了个名字：虚土庄。

虚土庄人要来报复了

黄沙梁和虚土庄，多年来一直没有明显往来，一条隐约的路穿过戈壁连接着两个村子。黄沙梁人到戈壁上打柴、放牛，会走上这条路，但从不会走近虚土庄。虚土庄人偶尔去别的地方，经过黄沙梁，也是匆匆经过，从不在村里歇脚。碰见黄沙梁人，头一低过去，也不说话。

只有每年春天，会从虚土庄那边过来一两个骑马人，在村外转一圈，鬼鬼祟祟地张望一阵，便又打马回去。

起初，黄沙梁人并没在意。可是时间久了，窥探的次数多了，黄沙梁人才觉得不对劲。每当他们春天翻地、撒种的时候，一抬头，总会看见一两个虚土庄人，骑着马站在地头看他们。也不走近，只是盯着看。待他们放下活走过去，虚土庄人便打马飞奔了。黄沙梁人被看得心里发毛，开始对被他们欺骗过的那一伙人起了疑心和警惕。

没过多久，果真传言虚土庄人要来报复黄沙梁。说他们组织了一帮壮劳力，天天在地里操练，学着黄沙梁人的样子挥锨抢锄、舞叉甩镰，并在地里打了许多高埂子，根本不像是种地。种地哪用打那么高埂子，明显在摆阵势。还说他们操练好了就来抢种黄沙梁的地，抢收黄沙梁的粮食，抢占黄沙梁的女人。

这些话最早是谁传出的已经查不清楚，可能是跑买卖的人顺口说的。反正全村人都在议论纷纷。

"听说虚土庄人要来整咱们了，你知不知道。"上午刘堆在村里碰见王坑。王坑摇着头："不知道。"

"呀！这么大的事都不知道。太不灵通了。他们还要抢女人呢。听说虚土庄人光抢胖女人不抢瘦女人。你媳妇奶子大、显眼，最容易被发现，赶快藏到菜窖里吧。"

下午王坑又在村东遇见刘堆。

"听说虚土庄人已经准备好了马队，一两天就冲过来。"

"真的？听谁说的？"刘堆赶忙凑过来问。

"全村人都这么说，你竟不知道。耳朵让毛塞住了。说他们全拿着镰刀，镰刀把有三四米长，全是钩镰，专钩男人的蛋。赶快回去把裤子穿厚些吧，听说穿牛皮做的裤衩都不保险，一镰刀钩不烂两镰刀就钩烂了。现在村里人都到铁匠铺定做铁皮裤衩。还有人把锅砸掉了铸生铁裤衩。听说铸生铁裤衩的模子是按韩生贵的尺寸设计的，大家都认为他的裆和家什大小适中长短正好。要按徐立之的家什设计就太长太大了，笨重不说，还费铁水。"

传言越传越详细，越传越神乎。几乎没有人不相信这是件真事。好像虚土庄人就在他们头顶上，随时都有可能神兵天降。为此，黄沙梁专门召开村民大会商量对策。

西北风得了势

大会是在牛圈里开的。村里没有一间能盛下全村上千人的大房子。

那是个刮风的夜晚,牛被赶出圈,在外面的空地上静静地站着。冒着潮气的圈棚里黑压压蹲着一圈人。一盏马灯吊在中间的柱子上,灯影恍恍惚惚,谁也看不清谁。先是村长站在马灯下说了几句,大概意思是让大家都动动脑子,想些办法和主意。接着人们开始发言。有时一个人滔滔不绝地讲自己的主意,所有的人都静静地听。有时所有的人都在说话,不知在说给谁听。村长站起来,不住地喊着"安静、安静!一个一个讲"。这时村长只是其中的一个说话者,谁也听不见他的话。嘈杂声更大了。就在这时,从破墙沿伸进一颗牛头来,"哞"地大叫了一声,所有的人声全消失了,连人喘气的声音都听不见了。足足沉寂了三分钟,人又开始说话,声音似乎小多了。

那一夜,风在很高的夜空中滚动,可以听见云碰撞云的声音。地上只有些轻风,更大的风还没降到地上。黄沙梁所有有点脑子的聪明人几乎全发了言。我蹲在角落里,没有说话。脚下全是牛粪,我想牛站在牛粪上过夜可能比人蹲在牛粪上开会要舒服些。我是个干事情的人，很少把好主意说给别人。

我打了个盹，好像虚土庄人来过了。

就在黄沙梁的男人全蹲在牛圈里商量对策的时候，虚土庄人趁夜而入，反锁住牛圈门，把黄沙梁的女人、孩子和牛全赶到虚土庄。牛圈里的男人们一点没有觉察，他们沉醉在自己的聪明中，一个比一个精彩的主意被人想出来。

"我看没啥担心的，那群瘦猴，我们随便上几个人就能打过他们。"

"这很难说，听说虚土庄这些年也打了些粮食，那群人都是饿坏的人，稍有些吃的立马就会长壮实。"

"对付他们的长镰刀，我有个办法。我们把镢头把加长，加到十米长，站得远远的挖他们，先把他们的镰刀把砍断，再把马腿砸折。"

"我看这都不是主要的，虚土庄男女老少加起来，也就几百来人，咋说也不是咱们的对手。问题是，这几年风向变了，这对咱们太不利。"

"风向咋变了？"

"以前这里很少刮西风，你们知道，大多是东风。自从那伙人在沙梁上盖了房子，西北风就多起来。你们见过他们盖的房子吧，日怪得很，全都面朝西北，背对着我们。一律后墙高前墙低，房顶是个大斜坡。这样东风就被房子的后墙挡住，刮不过去。而西北风却可以顺着房顶往上蹿。西北风就得了势。

"你们想想，从西北边刮过来的风全是沙子，他们要是乘风而来，我们不敢面朝西迎战，我们睁不开眼睛，只好把脊背白送给他们打。"

"甚至他们不出村就能打败我们。刮大风的时候，他们只要往空中扔土块和石头，就会顺风全落到我们头上。不过这个主意他们保证想不出来。他们在这个地方住的时间短，对这一片天地间的事情，保证没我们精。"

"能不能在戈壁上种满铃铛刺，种得稠稠的，让他们过不来。"

"这个主意好，村东边有一大片铃铛刺，正好全移到村西边去。"

"好个屁，明知道这几年爱刮西北风，我们在西北边种一滩铃铛刺，等到刺长长、长硬，虚土庄人从根上把刺条全割断，风一来，一戈壁刺条全朝我们卷过来，不全扎死我们才怪呢。"

"要不挖一条河。"

"要不在戈壁拉上绳子，绊倒他们的马。"

"还不如在戈壁上点着火……"

最后一个主意是马二娃想出来的。我从伸进那颗牛头的破墙洞钻出去撒了泡尿。风刮得急，我的尿和家什被风刮得向一边斜。我用手使劲扶着，像扶一棵刮歪的树。

村子里一点灯光都没有，也听不见狗叫。牛圈和村子间隔着块荒地，以前地里种过些东西，后来牛进村人去牛圈都要经过这块地，便什么也种不成了，只长着些人不理牛不吃的灰蒿子。

我有点冷，两腿直抖，想跑回村里看一趟，却挪不动脚步。事情早已经发生过了。我想。

我从墙洞钻进去时，马灯不知啥时灭了。可能灯油熬干了。牛圈里又黑又静。是不是他们散会走了。我靠着墙悄悄蹲下，这时一个声音冒出来。是马二娃的声音。

"我有个好主意，不过要绝对保密。"

我好像不是听见的，是看见的。

"你还怕我们村里有奸细。"

"倒不是。秘密有时会自己泄露掉，就像肠子里的气。人的每个器官都会泄密，不光是嘴。现在人都尖得很，你不注意放个屁，让他抓回去放在鼻子上一闻，就会知道你心里想的事。

"屁是从心里放出来的，你心里有屁，肠子才会响。把秘密藏在心里是最不保险的。人的七窍全通心，你不可能都堵住。最好的办法是把秘密随手一扔，像扔一件没用的东西一样，秘密便保住了。

"我的主意是：把路埋掉。

"从黄沙梁到虚土庄只有一条路。我们把靠黄沙梁的这段路埋掉，在路上种上草，栽上树。脚印用土盖住。然后再开一条路，通到村南边的海子里。"

"这件事要在晚上干,绝不能叫虚土庄人看见。

"虚土庄人要来,一定趁黑来。他们肯定不会怀疑这段改过的路。因为海子就在村边上,路的大致方向没变,他们觉察不出。

"海子里全是稀泥,人一下去就不见了。晚上后面的人看不见前面的,海子和地是一种颜色。虚土庄人排着长队来,一个一个走进海子,变成稀泥。"

虚土庄人没来

半下午的时候,冯七拦住牛群,让牛掉过头慢慢往回吃,这叫回头草。早晨冯七把牛群赶到西戈壁上,牛边吃边朝西走。戈壁上草不太茂盛,牛每走四步才能吃到一口草。一头牛要吃一千二百口草才能吃饱。照这个数字,冯七仅凭牛群走出去的路程,便能精确地算出牛是否吃饱肚子。不像那些没经验的放牛娃,非要钻进牛群,挨个地看牛的肚子是饱是瘪。

冯七放牛时从不看牛群,无论骑在马上还是走在地上,他都头昂得高高的，像在牧一只鸟或一朵云。

牛群往回走时，上午啃光的草又会发出些嫩芽，不过很少，牛要走二十步才能吃到一口。这些草正好补充牛回返路上消化掉的那部分，使牛进村时肚子依旧鼓鼓。

冯七年轻时只知道赶着牛群遍野跑，一去几十里，有时也能碰到好草，让牛一肚子吃饱。可是，等牛返回村里，又一个个肚子瘪瘪的，像没吃草似的。

人只要经过一件事情便能通晓世间的一切道理。这是冯七放了几十年牛后得出的道理。一个放牛人、一个打柴人和一个买卖人，活到最后得到的是同一个道理。

各行各业的人最终走到一起。

也有留在各自的行业中到老也没走出来的。他们放一辈子牛只知道放牛的道理，打了一辈子柴只懂得打柴的道理。

冯七可不是这种笨人。

天黑前，牛群渐渐离开草滩走到路上，排成长长的一溜子。

冯七没看见牛群已经走到路上。他盯着悬在半空的一朵云，盯了半下午。开始云是铅灰的，后来就红了，红了一大阵子，最后暗下来，变成一朵黑云。

天猛然间黑了。冯七感觉马的步子平稳了许多，低头一看，马已经走在路上。再看牛群，只看见最后几头，正一头一头地消失。

冯七打马追上去，没跑几步，已到了海子边，最后一头牛正往海子里下沉。冯七若赶紧下马，或许能拉住牛尾巴。可是一群牛都进去了，拉住一根牛尾巴有啥用呢。冯七只听着稀泥中汩汩地冒了阵气泡，海子的水陡涨了半米，把近旁一块菜地全淹了。

黄沙梁人围着海子大哭了大半夜。

冯七没哭。他把这件事说给村人便回去睡觉了。要是淹死一头牛，没准他会哭。一群牛都死了，他哭哪个呢。

况且，这也未必不是件好事。除了冯七以后再不用放牛，它还用事实证明了黄沙梁人的聪明：他们花了十几个夜晚秘密改修的这段路，连本村的牲口都上当了，要是虚土庄人来，不全变成稀泥才怪呢。

虚土庄人没来。倒是有确切消息传来，说虚土庄人每年春天派人偷窥，只是想看看黄沙梁人啥时候下种。根本没别的意思。

虚土庄人不熟悉这里的气候，不清楚冬多长夏多短。节气和他们老家的全不一样。春天啥时候下种他们把握不准，又不愿请教黄沙梁人。他们上过一次当，不愿再上第二次。只好每年春天派人去偷看，发现黄沙梁人翻地，他们马上也翻地，黄沙梁人下种，他们马上也下种。

传来这个消息的是一个虚土庄人，他喝醉了酒，错把黄沙梁当成虚土庄，一路跌撞着走来，竟没走进海子变成稀泥。他绕进了村，撞开一户人家的门，倒头便睡，睡了一天一夜。睡醒后他给这户人讲了虚土庄的事情。

这个人走后，黄沙梁人又一次集中到那间光线昏暗的大牛圈里。这一次，再没人抢着出主意，聪明人全不说话了。村长压低嗓门做了一番布置，便悄悄散会了。

春天，雪刚消，黄沙梁人便开始翻地，紧接着撒种子，田野里到处是端着脸盆的人，一把一把往地里撒东西，东一声西一声地喊。

这时候，从光秃秃的冒着热气的戈壁上远远走来一个骑马人，他在离田地约一里处停住望了一阵，又打马过来，若无其事地沿地边溜了一圈，然后打马飞也似的跑向虚土庄。

待骑马人跑远，撒种的人全都停住活，倒掉盆子里的土，夹起脸盆往回走，脸上挂着神秘兮兮的笑。

他们成功了。

骑马人回去后，虚土庄人便全村出动，开始了紧张忙碌的翻地、撒种。他们把种子全撒进了潮湿阴冷的泥土里。

结果是黄沙梁人早料到的，气温太低，种子发不了芽，全烂在了地里。

天热起来后，虚土庄人没有种子再播种，一村人愁眉苦脸，没办法。最后，只好派个能说会道的漂亮女人，厚着脸皮到黄沙梁借种，这是虚土庄和黄沙梁多年以来的第一次正式交往。

马车丢了

冯七第一次感到路程对人的困惑。正中午时，冯七站在马车上前后望了望，虚土庄还没有影子，身后的黄沙梁也看不见了，好像自己走在了一条没有目的地的荒路上，前面没有虚土庄，也没有一村人等待下种这回事。马车不停地走下去，一年又一年……这就是有去无回的一辈子啊。

冯七像猛然醒悟似的，"唷"的一声，把车停住，下车撒了泡尿。他想休息一阵再走，他有点瞌睡，像在做梦似的。

早晨村长吩咐他到饲料房装了满满五麻袋杂碎苞谷和麦子。这是喂牛用的，牛淹死后，就没用了。冯七也没用了，成了一个闲杂人。给虚土庄送种子这样的杂事，自然是冯七的事。

冯七给马扔了一把草，自己靠在一截枯树桩上，抱着缰绳睡着了。

不知冯七梦见什么没有，他醒来时太阳还在头顶上，马车却不见了。半截缰绳抱在怀里，是人用刀子割断的。

冯七四处张望了一阵，春天的荒野，一望几十里，空空荡荡，啥也没望见。他没往天上望，有一朵像马车的云正飞速地向西边天际隐去。

一件东西突然就没有了，消失了。路扔在一边，冯七却不能顺它再走回去，他放没了一群牛，又赶丢了一辆马车。他若再不当回事地回去，村里人会说他是故意的。

他也不能再走向虚土庄。路有时候是通向一件事，而不是一个地方。

这件事情完蛋了。

冯七仰头呆站了一阵子，叹了口气，随便选了一个方向，盯着天边的一块云走了。

八分地

二十年后，我在离黄沙梁几百公里的一个叫八分地的村子碰到了冯七。

他正趴在一棵歪榆树下钉一个车架子，旁边是一间没有人高的破土屋，光有门，没有窗户。

"请问，这是……"话没说完，我突然认出了这个人是冯七。他已经老得不成样子，手不住地抖，眼神也有点慌。

"我就要钉好马车了，马也有了，再凑五麻袋麦子苞谷，我就给黄沙梁还回去，车、马、麦子苞谷都还回去。你是黄沙梁派来找我的吧,你再缓一下,我就好了。"

我说:"我不是来找你的,我来找事情。"

"找谁的事情?"

"谁的事情都行。"我说,"我在黄沙梁早就没有事情干了,他们把地分给个人,没给我分。路也一截一截分掉了,没有我的。都怪点名的时候我不在家。我出去走了趟亲戚,等我回来,连空气都分完了,谁家用谁家的,用完了掏钱买,没钱你别吸气。我的房子里一丝空气都没剩下,房顶上面也没有空气。我只有靠吸别人吐出来的废气生活。反正,我只出去了几天,回来一切都没有了。

"不过,你也知道,我不是一个简单的人,他们不给我事干,我就找事情。找男人的事情,也找女人的事情。找树的事情,也找路和房子的事情。还找鸡和狗的事情。如今方圆几十里到处都有我整下的事情。那些以前把我撇到一边、背着我、不理识我的事情,现在都反过来找我。我待不下去了,就往远处跑。我想在这地方找些事情。没想到碰到了你。"

"你可千万别找我的事情。我就剩下一件事情了,这些年好多事找到我我都没理睬。我要对黄沙梁有个交代。干完这件事,我就再不管世上的事了。"

冯七从头到尾给我讲述了丢掉马车后的事:

……我盯着天边的一朵云,漫无目的地走,途中经过许多村子。我一路打问,他们都知道黄沙梁村。我便再往前走,唯一的想法是远离黄沙梁,走得越远越好。后来就到了八分地。

走到八分地我才恍然明白过来,我走了这么远,其实是想有朝一日能回到黄沙梁。赶着马车回去,拉着麦子苞谷回去,穿着新衣裳回去。

人只要有一件事在心里放着,就不会走丢自己。

我在八分地住了下来。开始住在村里。我来的时候,刚好有一个人死去,一间房子空出来,我就住了进去。

这个村子正好在一个风口上,经常刮大风。前些年一场大风刮走了几个青年人,风是朝我来的这个方向刮的。村里人找到我,打问这个方向都有哪些村子,他们要派人去找。我说出了沿途经过的所有村庄的名字,就是没提黄沙梁。

我想那几个年轻人一定被刮到黄沙梁了。

我还写过好多封信,写在杨树叶子上。每年杨树叶黄落时,我便在树叶上写一封信,我说了马车丢掉的事,我让村里人等着,我一定会把马车赶回去。我还在信上按了手印。信是在一场场大风中寄出的,我看着它飘到半空,旋了几下,便朝黄沙梁那边飞走了。不知你们收到了没有。肯定没有。

风刮来的几个人

冯七说的那场风,大概是在十几年前的一个夏天。

那场大风刮跑了黄沙梁的两头猪,上百公斤重的猪,被风刮着跑。猪的叫喊惊动村人,人们把头探出窗外,胆大些的爬到屋外,紧抱树干想看个究竟。

这时候从西边荒野上飞快地刮过来几个人,像单薄的衣裳随风飘来,被村里的房子挡住。

风刮来的是几个年轻人,据说老人的根子硬,风刮不动。

风停后这几个人睁开眼睛,呆傻地望着周围的陌生人。他们问这个村庄的名字,有人告诉他们:这是黄沙梁。他们从没听说过这个村子。

他们说出自己村庄的名字:八分地。我们也直摇头。

后来村里一个叫杜奇的老人说他知道八分地村。这几个迷路人如获救星,围着杜奇一个劲叫着爷,要老人家给他们指一条回去的路。

老人告诉他们,只有一条风走过的路。不过没关系。人到了万不得已,什么路都是人的路。你们年轻,会走回去。从这里出了村,一直朝西走,穿过那片戈壁后,再穿过另一片戈壁。反正除了戈壁还是戈壁,你们只管不停地走,这样,走到你们八十岁的时候,就会回到自己的村庄了。

不过，在中途你们还得停些日子，当你们走到四十多岁的时候，会经过一个叫一个坑的村子。这个村几十年没出生过一个男人，几乎全是女人。你们不要走过去，娶几个女人生些孩子，然后带着家口再走。因为，你们单身回去毫无意义，等你们走回家，家人早已谢世，房子也全倒塌了。等待你们的只是一片废墟。

几个迷路人听得更加呆傻。他们面面相觑，有一个坐在地上哇地大哭起来。最后，他们还是下定决心：不回了。

那场风中，黄沙梁村丢了两头牲口，却白捡了几个人。

叫莲花的女人

我给一个叫莲花的女人打了两年长工。冯七接着说。

她的男人去南梁打柴的时候丢掉了。再没有回来。我们说好工钱，我帮她种地、担水，还干些屋里的事。

女人很招人喜欢，你见了也会迈不动步子。

不过，一个人要是心里装着件大事，就不会在小事上犯错误。我知道我是来干啥的，清清楚楚。

那天干完了活,女人把我叫到屋里,她只穿一件透亮的粉红小褂,两个乳房举举的。

女人说:"你想不想要我?"

我说:"想。想极了。"

女人又说:"我让你要一次给你少付一天的工钱,行不行?"

我说:"不行,你给我十次少付一天的工钱都不行。"

那以后女人开始不讲条件地留我,她喜欢上我的本事。我是放过牛的,见过各种各样的牛爬高。我把这些见识全用到女人身子上。女人撩得身心淫动时,我便爬起来要女人加工钱,不加我就收工不干了。

女人在大土坑上又滚又叫,一个劲地答应。

这样,不到两年,我便挣了一匹马的钱。我买了一匹马,就是拴在房后面那匹。你看它是不是老得不行了。我买它的时候,还是个小马驹呢。

接着我开始筹备做马车的木料。你知道,最难凑的是辕木,两根辕木要一样长、一样粗、一样的弯度。不然做出来的马车左右不平,走起来颠不说,还装不住东西,容易翻车。而搭配两根完全一样的木头是多么不易。也许做成一辆车的两根辕木,分别长在世界的这头和那头,你得满世界地把它们找到一起。

我先找到了一根。是我十年前从南梁上砍来的。粗细、长短都适合做辕木。我把它藏到一个隐秘处,不让雨淋、太阳晒。

然后我开始找另一根，先在村子里找，没有。再到村外找。再后来就走得更远了。幸亏我先买了一匹马。我骑着马，方圆百里有树的地方几乎都被我找遍了。有的树粗细一样但长短不一样。有的粗细长短一样，但弯度不对称。总之，没有一根匹配的。我这样找了整整两年，都有点绝望了。

一天，我骑着马无精打采地往村里走，正走到这里，我发现一棵长势和我的那根辕木一模一样的小榆树。只是太细了，只有锨把粗。但我相信它迟早会长到辕木那样粗。我再不去找别的树了，我要等到这棵树长粗。

从那天起，我几乎每天都来看一次那棵榆树，我担心它没成材就被人砍了。树长到这样大小是最危险的时候，它刚好成了点小材，能做锨把或当打狗棍用。但一般人又不把它当一棵树，顶多把它看作一个枝条，谁都有可能一镰刀把它割回家去。不管有用没用，往院子里一扔。他家里又多了一根木棍棍。几十年后这片土地上却少了一棵大树。

这样照看了几个月，我越想越担心。后来，我就在小榆树旁盖了一间土屋。我要住下来看着它长。

我说的就是这棵歪榆树，它欺骗了我，让我白守了十几年。冯七指了指头顶的榆树。

它不是长得很粗了吗？我说。

可它没长成辕木。

我精心伺候着这棵树，天天给它浇水，刮风时还用绳子把它拉住。

这棵树似乎知道有人在培养它，故意地跟我较劲。我越急它越不快些长。有一年，它竟一点没长，好像睡着了，忘记了生长。我怀疑树生病了，熬了一锅草药，浇到树根上，第二天，树叶全黄了，有的叶子开始往下落。我想这下完了，树要死掉了，我仰起头正要大哭一场，一行大雁鸣叫着从头顶向南飞，我放眼一望，远远近近的树叶都黄了。

原来是秋天了。

胡长的榆树

又过了几年，树开始扎扎实实地长。枝叶也葱茏起来，我挂在树杈上的一把镰刀，随着树的长高我已经够不到。我磨好斧子，再过一年，我就要砍倒它了，我想好了让树朝西倒，先在树根西边砍三斧头，再在树根东边砍五斧头，南北边各砍一斧头。在树脖子上拴根绳，往西一拉，树就朝西倒了。

若是树不愿朝西倒，朝东倒了，那就麻烦，我的房子就要被压坏。不过这都不是大事。关键是我守了十几年的一棵树就要成材了。

就在这个节骨眼上,我发现树开始胡长了,以往树干只是按小时的长势在长高长粗,可是长着长着,树头朝西扭了过去,好像西边什么东西在喊它。随着树头一扭,树身也走了形,你看,就变成现在这副怪样子。

我用根绳拴在树头上,想把树头拉回来,费了很大劲,甚至让马也帮着我一块拉,折腾了一段时间,我终于明白,我根本无法再改变这棵树,它已经长成一棵大树了。

我望着头顶这棵榆树,觉得没什么不对劲。看不出哪个弯是冯七所说的"胡长的"。

我说,榆树嘛,都这样,不朝东弯就朝西拐,长直了就不叫榆树了。况且,你也没白守,你乘了十几年的凉哩。再说,树头不向西扭,哪有这么大一坨阴凉。

你笑话我哩。我跑这么远,就为了乘凉是不是。冯七有些生气了。

那倒不是,你心里有大事哩。那后来呢?我问。

后来,冯七说,你看我老成这样了,还能干啥呢。马也老得站立不稳。我和老马整天守在榆树下面,像一对老兄弟。我把马缰绳解开,笼头取掉,我想让马跑掉,我不能连累一匹马,可是马一步也不离开,有一根无形的缰绳拴在马脖子上,也拴在了我的脖子上。

马有时卧在我身旁,有时围着土屋转一圈,我从树上打些叶子喂它。马吃得很少，像在怜惜食物，我往它嘴里喂树叶时，它的双眼静静地望着我，好像在告别，我想连马都意识到了，这就是一辈子了。人的。马的。做没做完的事，都得搁下了。

正当我心灰意冷，为马和我的后事着想的时候，没想到命运又出现了转机。

往天上跑的车

那天我去村里给别人还锯子，顺便想看看那个叫莲花的女人，这些年她常来看我，有时带点吃的，有时给我补补衣服。她活得也很难，家里没男人，有许多活得求别人。但她从不轻易打扰我。她知道我是干大事的男人，心里装着大事业，她不想因这些小事耽搁我。

她不知道我的大事已经完蛋了，剩下最后一两件小事情，向她道个别，把锯子给别人还掉。这把锯子我借来已有七八年了。它的主人一定认为我锯掉了多少木头，做了多少大东西。他不知道，我要锯的木头只有一根。

走到村头，我有些累了，便在路边一根木头上坐下休息。

一个叫胡开的人走到我跟前。他好像也走累了，在木头上坐下。

"听说你在造一辆车，造好了吗？"他望着我手里的锯子。

"听谁说的？"

"还用听谁说吗，好多年前我们就知道你在做一辆车。那时你经常骑一匹马四处找木头。见了人就问，你知道哪有一棵这样弯度的树吗。你用胳膊比画着。后来我们才弄清楚，你在找一棵跟天空一样弯的树。于是有人就猜想，你肯定在做一辆往天上跑的车。说你经常骑着马到天边去，看从哪块云旁边上天比较容易，还说你经常扬着头看天，不理识我们村的人。唉，没走成是吧。天上的路也不平呀，你看到处是一疙瘩一疙瘩的云。"

他做出一副很同情我的表情。

"我在做一辆地上跑的车。"我说，"我缺根辕木。"

"你说笑话。到处是做辕木的料，还缺这个。自从地上有了车，全世界的树都长成辕木了。你闭着眼砍一棵都能做成车。"

"可它们不对称。"我说，"找不到两棵完全对称的树。"

"为啥要两棵呢。随便砍一棵树，从中间一破二，不就是两根完全一样的辕木吗？"

他的话让我呆了好一阵。这么简单的道理，我为啥不能早知道呢。你看我傻不傻。

这些天我一边做车一边凑麦子和苞谷种子，已经有半麻袋了，再凑四麻袋半就够了，我要顺路把种子给虚土庄送去。虚土庄现在怎么样了？

这驾马车终于要做成了

冯七把身子斜靠在一根辕木上，侧眼望着我。他的眼睛放着光，身体其他部位却异常暗淡。

"我不太清楚虚土庄。"我说。

"不过那地方早没人了。自从你去送种子没回来，便再没了那边的消息。"

"村里也没派人找我。"

"找啥呀，一群牛都没了，再少个放牛的有啥关系，你别生气，村里人确实早把你忘了。

"不过，倒没把虚土庄忘掉。前几年，村里派了人去虚土庄看，因为那边老没动静，也没一点有关虚土庄的消息，黄沙梁人便觉得可怕。

"那人是骑马去的，走到虚土庄一看，只剩一片空房子，院门开着，房门开着，窗户也开着。人却不知到哪去了，地上、破墙圈里到处爬满了大头老鼠，全长着圆圆的小人头。见了人、马便追咬。那人吓坏了，打马往回跑。回来没几天就死了。

"以后人们就传说虚土庄人全变成老鼠了。因为再没有别的出路，前面是连鸟都飞不过去的沙漠，左右是戈壁滩，他们能去哪里。

"现在黄沙梁人最怕的就是这种大头老鼠。这几年村子周围大头老鼠猛然多了起来，已经有好几个人被吓死了。

"这种老鼠根本没办法防，村里人把以前防虚土庄人时想出的那些办法都用上了，也不见效。老鼠会打洞，想进谁家的房子，远远地看准了，一头钻进地里，刨个洞就去了。所以，人们常常发现大头老鼠突然出现在屋子中间或桌子下面。"

"这么说我更要赶紧回去了。"

冯七坐直身子，又操起斧子敲打起来。

"他们竟把我忘了。我非要回去让他们想起这回事！我得赶早回去，回去晚了，知道这回事的一茬人全死了，我就再也说不清了。"

冯七长出了一口气，又说："你是从哪边来的，回去的路好走吗？"

"好走，路平得很哩。"

我没敢说出路全一截一截地分给个人了。这块土地上再没有一条让人畅通无阻随意游逛的道路了。你得花钱，才能过去。

我只是劝冯七："你别回去了，黄沙梁早就不用马车了，以前的旧马车，都劈掉当烧柴了，马也没用了，都宰掉吃肉了，马皮全做成皮夹克了。"

冯七好像没听见我说的话。他更加用劲地敲打着。他在钉最后几个铆。看来这驾马车终于要做成了。

结尾：
虚土庄人全变成老鼠

故事讲了多少个下午，我记不清。总是讲着讲着天黑下来。天一黑，那个人就不说话了。

你讲吗？我说，我听着呢。

这句话传到自己耳朵里，感觉黑洞洞的，眼前模糊一片，心里也黑黑的。

那个人说得对，这不是在黑夜里讲的事。即使讲，也要点一盏灯。夜晚讲故事的人，都坐在灯下，说出来的话被一句句照亮。我们不像守夜人，会一种黑暗中的语言。我们的话更适合白天讲。

他越往下讲，我越觉得害怕。我得赶紧回去了，我出来了多少年我忘记了。这个人说虚土庄都成废墟了。村里人全变成老鼠。这是真的吗？

以前我一直认为，虚土庄只会被自己的梦毁掉。可是，毁掉一个村庄的何止是梦。

我还想听他讲下去，再讲讲虚土庄的事，最好讲到我们家的哪怕一点点事。他讲到这里，一歪头睡着了。我推了他一把，想摇醒他，可能用力太大，他像半堵朽土墙躺倒在尘土中。

我在村里转了一圈，这个叫黄沙梁的村庄只有我一个人了，路上空荡荡的，所有门和窗户敞开，月光一阵一阵地涌进院落和房子。我没看见头顶有月亮，也没看见我的影子。仿佛我在每个院子，每扇窗户里面，都有一段自己不知道的生活。这样想时，我突然意识到，那个讲故事的人或许就是我，我没有问他的名字，有好几次我都想打断故事，问他叫什么名字。我隐约担心当我这样问时，他脱口说出"我叫刘二"。在他反复说冯七这个名字时，我似乎已经认出来，故事里的冯七，或许就是虚土庄的冯七。而这个讲故事的人，应该就是刘二吧。我把这个故事讲给自己听时，仿佛我在别处，认出另一个自己。

拾伍

虚土梁上的事物

天空的大坡

一只一只的鹞鹰到达村子。

它们从天边飞来时,地上缓缓掠过翅膀的影子。在田野放牧做活的人,看见一个个黑影在地上移动,狗狂吠着追咬。有一些年,人很少往天上看,地上的活把人忙晕了。

等到人有工夫注意天上时,不断到来的翅膀已经遮住阳光。树上、墙上、烟囱上,鹰一只挨一只站着,眼睛盯着每户人家的房子,盯着每个人。

人有些慌了。村庄从来没接待过这么多鹞鹰,树枝都不够用了。鹰在每个墙头每根树枝上留下爪印。

鹰飞走后那些压弯的树枝弹起来,翅膀一样朝天空扇动。树嘎巴巴响。

树仿佛从那一刻起开始朝天上飞翔。它的根,朝黑黑的大地深处飞翔。

人只看见树叶一年年地飞走。一年又一年,叶子到达远方。鹰可能是人没见过的一棵远方大树上的叶子。展开翅膀的树回来。永远回来。没飘走的叶子在树荫下的黑土中越落越深,到达自己的根。

鹰从高远天空往下飞时,人看见了天空的大坡。

原来我们住在一座天空的大坡下。那些从高空滑落的翅膀留下一条路。

鹰到达村子时，贴着人头顶飞过。鹰落在自己柔软的影子上。鹰爪从不沾地。鹰在天上飞翔时，影子一直在地上替它找落脚处。

刘二爷说，人在地上行走时，有一个影子也在高远天空的深处移动。在那里，我们的影子看见的，是一具茫茫虚土中飘浮的劳忙身体。它一直在那里替他寻找归宿。我们被尘土中的事物拖累的头，很少能仰起来，看见它。

我们在一座天空的大坡下，停住。盖房子，生儿育女。

我们的羊永远啃不到那个坡上的青草。在被它踩虚又踏实的土里，羊看见草根深处的自己。

我们的粮食在地尽头，朝天汹涌而去。

那些粮食的影子，在天空中一茬茬地被我们的影子收割。

我们的魂最终飞到天上自己的光影中。在那里，一切早已安置停当。

鹰飞过村庄后，没有留下一片羽毛，连一点鸟粪都没留下。仿佛一个梦。人们望着空荡荡的村庄，似乎飞走的不是鹰而是自己。

从那时起村里人开始注意天空。地上的事变得不太重要了。一群远去的鹞鹰把翅膀的影子留在了人的眼睛里。留下一座天空的大坡，渐渐地，我们能看见那座坡上的粮食和花朵。

刘二爷说，可能鹰在漫长的梦游中看见了我们的村庄。看见可以落脚的树枝和墙。看见人在尘土中扑打四肢的模样，跟它们折断了翅膀一样。

他们啥时候才能飞走啊。鹰着急地想。

可能像人老梦见自己在天上飞，鹰梦见的或许总是奔跑在地上的自己，笨拙、无力，带钩的双爪沾满泥，羽毛落满草叶尘土。

这说明，我们的村庄不仅在虚土梁上，还在一群鹞鹰的梦中。

每个村庄都由它本身和上下两个村庄组成。上面的村庄在人和经过它的一群鸟的梦中。人最终带走的是一座梦中的村庄。

下面的村庄在土中，村庄没被埋葬前地下的村庄就存在了。它像一个影子在深土中静候。我们在另一些梦中看见村庄在土中的景象：一间连一间，没有尽头的房子。黑暗洞穴。它在地下的日子，远长于在地上的日子。它在天上的时光，将取决于人的梦和愿望。

到村庄真正被埋葬后，天上的村庄落到地上，梦降落到地上。那时地上的一棵草半片瓦都会让我们无限念想。

我看见这个地方的生命分了三层。上层是鸟，中层是人和牲畜，下层是蚂蚁老鼠。三个层面的生命在有月光的夜晚汇聚到中层：鸟落地，老鼠出洞，牲畜和人卧躺在地。这时在最上一层的天空飞翔的是人的梦。人在梦中飘飞到最上层，死后葬入最下一层，墓穴和蚂蚁老鼠的洞穴为邻。鸟死后坠落中层。蚂蚁和老鼠死后被同类拖拉出洞，在太阳下晒干，随风卷刮到上层的天空。在老鼠的梦中整个世界是一个大老鼠洞，牲畜和人，全是给它耕种粮食的长工。在鸟的梦中最下一层的大地是一片可以飞进去自由翱翔的无垠天空。鸟在梦中一直地往下落，穿过密密麻麻的树根，穿过纵横交错的地下河流，穿过黑云般的煤层和红云般的岩石。永远没有尽头。

村庄的劲

一个村庄要是乏掉了，好些年缓不过来。首先庄稼没劲长了，因为鸡没劲叫鸣，就叫不醒人，人一觉睡到半晌午。草狂长，把庄稼吃掉。人醒来也没用，无精打采，影子皱巴巴拖在地上。人连自己的影子都拖不展。牛拉空车也大喘粗气。一头一头的牛陷在多年前一个泥潭。

这个泥潭现在干涸了。它先是把牛整乏，牛的活全压到人身上，又把人整乏。一个村庄就这样乏掉了。

牛在被整乏的第二年，还相信自己能缓过劲来。牛像渴望青草一样渴望明年。牛真憨，总以为明年是一个可以摆脱去年今年的远地，低着头，使劲跑。可是，第三年牛就知道那个泥潭的厉害了，不管它走哪条路，拉哪架车，车上装草还是沙土，它的腿永远在那片以往的泥潭中，拔不出来。

刘二爷说，牛得死掉好几茬，才能填平那个泥潭。这个泥潭的最底层，得垫上他自己和正使唤的这一茬牲畜的骨头。第二层是他儿子和还未出生那一茬牲畜的骨头。数百年后，曾深陷过我们的大坑将变成一座高山。它同样会整乏那时的人。

过去是一座越积越高，最后无论我们费多大劲都无法翻过的大山。我们在未来遇见的，全是自己的过去。它最终挡住我们。

王四当村长那年，动员全村人在玛纳斯河上压坝，把水聚起来浇地。这事得全村人上阵，少一个人都无法完成。仅压坝用料——红柳条1420捆，木桩890根，抬把子800个，铁锹、坎土曼各300把，绳子500根（每根长4米），就够全村人准备两年。

王五爷出来说话了。

王五爷说，不能把一个村庄的劲全用完。

再大的事也不能把全村人牵扯进去，也不能把牲口全牵扯进去。

有些人的劲是留给明年、后年用的。有些人，白吃几十年饭，啥也不干。不能小看这种人。他干的事我们看不清，多少年后我们才有可能知道他在往哪用劲。

确实这样，一个没有劲的村庄里，真有一两个有劲的人，在人们风风火火干大事的年代，这个人垂头丧气，无所事事。他把劲攒下了。

现在，所有人都疲乏得抬不起头时，这个人的腰突然挺直了，他的劲一下子派上用途。那些没劲的人扔在路边的木头，没力气收回的粮食，都被这个有劲的人弄了回来，他空荡多年的院子顷刻间堆满东西。

这个人是谁我就不说了，他没有名字。

因为他从不跟村里人一块干事情，就没人叫过他名字。他等这一天肯定等了好多年，别人去北沙漠拉柴火，到西戈壁砍胡杨树，他躺在路边的土堆上，像个累坏的人，连眼睛都没力气睁大。有柴火、木头的地方越来越少，那些人就越走越远，在几十里几百里外砍倒大树，扔掉枝丫，把粗直的枝干锯成木头装上车；在千里外弄到磨盘或铁钻子。这些好东西一天天朝村庄走近，人马一天天耗掉力气。那些路有多远谁也说不清楚。即使短短一截路，长年累月，反反复复地跑，也跑成了远路。那些负载重物的人马，有些就在离村子不远处，人累折腰，牲口跑断腿，车散架，满载的东西扔到一边。离村庄不远的路上，扔着好多好东西，人们没力气要它了。

有些弄到门口的大东西，比如大木梁，也没劲担到墙壁，任其在太阳下干裂，朽掉。

村子里看见最多的是没封顶的房子，可以看出动工前人的雄心，厚实的墙基，宽大的院子，坚固的墙壁，到了顶上却只胡乱搭个草棚，或干脆朝天敞着。人在干许多事情前都没细想过自己的寿命和力气。有些事情只是属于某一代人，跟下一辈人没关系。尽管一辈人的劲用完了，下一辈人的劲又攒足了，但上辈人没搬动的一块石头，下辈人可能不会接着去搬它。他们有自己的事。

一个村庄某一些年朝哪个方向哪些事上用劲，从村庄的架势可以看出来。从路的方向和路上的尘土可以看出来，从人鞋底上的泥土一样能看出来。

有一些年西边的地荒掉了，朝西走的路上长满草，人被东边的河湾地吸引，种啥成啥，连新盖的房子都门朝东开。村里的地面变成褐黄色，因为人的鞋底和牲口的蹄子，从河湾带回太多的褐黄泥土。又过了几年，人们撂荒东边的地，因为常年浇灌含碱的河水让地变成碱滩，北沙漠的荒滩又成了人挥锨舞锄的好场所。村里的地面也随之变成银灰的沙子色。

并不是把村里所有人和牲口的劲全加起来，就是村庄的劲。如果两个村庄打一架，也不能证明打赢的那个村子就一定劲大。一个村庄的劲有时蓄在一棵树上，在一地关节粗壮的苞谷秆上，还有可能在一颗硕大的土豆上。

村庄每时每刻都在使劲。鸟的翅膀、炊烟、树、人的头发和喊叫，这些在向上用劲。而根、房基、死人、人的年龄都往下沉。朝各个方向伸出去的路，都只会把村庄固定在原地。

一个人要找到自己的劲，就有奔头了。村庄也这样。光狠劲吃粮食不行。

村长

我五岁时看见一个人站在马号棚顶的高草垛上，闭住眼睛往天上扔土块。草垛下的院子站满了成年男人，全光着头，闭住眼睛，背对着草垛上的人。草垛上的人也背对他们。

"扔了。"

"扔了。"

那个人喊"扔了"时，土块已经朝背后扔过去，斜着往天上飞，飞到鸟群上面，云上面，仿佛就要张开翅膀，飞远不回来了，又犹疑地停住，一滴泪一样垂落下来，落了很久，我的脖子仰疼了，听见"腾"的一声，紧接着"哇"一声喊叫。

过一会儿，一个头裹白布的男人被人拥簇着出来。

他是虚土庄的第一个村长，叫刘扁。

村长一当三年。一般来说，被土块砸坏的头，三年就长好了。这时就要再砸坏一颗头。

"千万不能让一个头脑好的人当村长。"冯七说。

他们没把自己落脚的地方当一个村子，也不想要什么村长。这只是块没人要的虚土梁，四周全是荒野。他们原想静悄悄种几年地，再去别处。结果还是被发现了。管这块地的政府像狗追兔子一样，顺着他们一路留下的足迹找到这里，挨家挨户登记了村里的人，给村庄编上号，然后让他们选一个村长出来。非选不可。

"那就让石头去选。"冯七说。

"让土块选吧。"王五说，"都是土里刨食的人，不能拿石头对付。"

他们用土块选出了自己满意的村长。每过三年，我就看见村里的大人站成一堆，一块土块朝天上飞，又泪一样垂落下来，砸在一个人头上。村里又会出现一个叫村长的傻子，头上一个大血包，歪着脖子，白眼仁往天上翻，见人见牲口都嘿嘿笑。

听说在甘肃老家时，村里全是能人当村长，笨人心甘情愿被指使。能人一当村长就要逞能。有一年，村里最能扔土块的马三当上村长，为显他的扔土块本事，故意和河对岸的村子滋事。马三从小爱玩土块，衣兜里常装满各式各样的土块，有圆的、扁的、两头尖尖的，用它打兔子，打狗，打树上的麻雀，打天上的飞雁，打得远而且准。长成大人后这门手艺便没用了，一丢多年。偶尔捡一个土块，扔向追咬自己的狗，不是狗腿断，就是狗头流血。村里狗见了他都躲得远远的，马三再无东西可打。当村长后，他觉得终于有机会发挥特长了，为几亩地的事马三组织村民跟对岸的村子斗殴，两村人隔着河岸打土块仗，落进河里的土块把鱼砸死许多。马三在打斗中展尽威风，打伤对方好几个人。他的土块指谁打谁，对方的村长被他一土块打成傻子。那边也有几个能扔会甩的，打过来的土块又准又狠，伤了好几个人。后来这场打斗以马三的村长被撤而告终。

另一年编筐能手王榆条当村长，动员全村人编筐卖钱，还组织编筐比赛。以前村里仅王榆条一人做编筐营生，编一只筐卖两块钱，编多少卖掉多少。

"要是全村人都学会编筐卖钱，我们不种地靠卖筐就能过好日子。"王榆条说。

那一年，村里村外的树被削得精光，几乎所有树枝条被人编成筐做成筐把子，每家院子堆满筐，却卖不出去几只。又赶上灾年，地里没多少收成，筐都空空的，大筐套小筐。王榆条为做表率砍倒七棵树，在村头编了一只高3米、周长90米的大筐，两头牛都拉不动。这只筐后来被人砍了一个豁口，安上门，做了羊圈。

那年一过，天上一下没鸟了，光秃秃的树枝上鸟无处筑巢，全飞往别处。天变得空寂。人听见的全是地上的人声。人的闲话往天上传，又土一样落下来。天上没有声音，人心里发空，说两句话，禁不住看一眼天，久了许多人长成歪脖子，脸朝一边歪。这个毛病直到走新疆的路上才改过来。因为一直朝前走，几千里戈壁，前方的事情把他们的歪脖子扭转过来。

我记不清以后几任村长的名字。好几个人当过村长，我也当过。好端端的一个人，被一土块打成村长，就不一样了。每隔几年，我就看见村里出现一个傻子，头上一个血包，歪着脖子，扛一把锨，在村外的荒野转。村里的事情好像跟他没关系了。

每一任村长都一样，脑子坏了后，村长总听见有踏踏的脚步声每天每夜朝村子走近，村庄的其他声音走远了，一天比一天远。村长不知道他听见的是什么，村长每天在荒野中挖坑，他知道那是些脚步声，那些东西是用脚走来的。这些遍布荒野的坑能陷住他们。

一任又一任村长，在村子周围挖了多少坑，已经不清楚。那些坑不是越挖越远，远到天边，就是越挖越近，近到村头墙根。这取决于村长听到的声音的远近。每任村长脑子被砸坏的程度不同，听到那个声音的远近就不一样。但是那个声音确确实实在朝村庄走近，可能个别的已经进了村子。

把时间绊了一跤

我看见早晨的阳光,穿过村子时变慢了。时光在等一头老牛。它让一匹朝东跑的马先奔走了,进入一匹马的遥遥路途,在那里,尘土不会扬起,马的嘶叫不会传过来。而在这里,时光耐心地把最缓慢的东西都等齐了,连跑得最慢的蜗牛,都没有落在时光后面。

刘二爷说,有些东西跑得快,我们放狗出去把它追回来。有些东西走得比我们慢,我们叫墙立着等它们,叫树长着等它们。我们最大的本事,就是能让跑得快的走得慢的都和我们待在一起。

我在这里看见时光对人和事物的耐心等候。

四十岁那年我回到村里,看见我五岁时没抱动的一截木头,还躺在墙根。我那时多想把它从东墙根挪到房檐下,仿佛我为移动这根木头又回到村里。我二十岁时就能搬动这根木头,可我顾不上这些小事。我在远处。三十岁时我又在干什么呢。我长大后做的哪件事是那个五岁孩子梦想过的。我回来搬这根木头,幸亏还有一根没挪窝的木头。

我五十岁时,比我大一轮的王五瞎了眼,韩三瘸了一条腿,冯七的腰折了。就是我们这些人,在拖延时间,我们年轻时被时间拖着跑，老了我们用跑瘸的一条腿拖住时间，用望瞎的一双眼拖住时间。在我们拖延的时间里，儿孙们慢慢长大，我们希望他们慢慢长大，我们有的是时间让他们慢慢长大。

时间在往后移动。所以我们看见的全是过去。我们离未来越来越远，而不是越来越近。时光让我们留下来。许多时光没有到来。好日子都在远路上，一天天朝这里走来。我们只有在时光中等候时光，没有别的办法。你看，时间还没来得及在一根刮磨一新的锨把上留下痕迹。时间还没有磨皱那个孩子远眺的双眼。时光确实已经慢了下来。

每天一早一晚，站在村头清点人数的张望，可能看出些时光的动静。当劳累一天的韩拐子牵牛回到家，最后一缕夕阳也走失在西边荒野。一年年走掉的那些岁月都到哪去了。夜晚透进阵阵寒风的那道门缝，也让最早的一束阳光照在我们身上。那头傍晚干活回来的老牛，一捆青草吃饱肚子。太阳落山后，黄昏星亮在晚归人头顶。在有人的旷野上，星光低垂。那些天上的灯笼，护送每个晚归人。一方小窗里的灯光在黑暗深处接应。当我终于知道时间让我做些什么，走还是停时，我已经没有时间了。

每年春天，村东的树长出一片半叶子时，村西的树才开始发芽。可以看出阳光在很费力地穿过村子。

刘二爷说，如果从很高处看——梦里这一村庄人一个比一个飞得高——向西流淌的时间汪洋，在虚土庄这一块形成一个涡流。时间之流被挡了一下。谁挡的，不清楚。我们村子里有一些时间嚼不动的硬东西，在抵挡时间。或许是一只猫、一个不起眼的人、一把插在地上的铁锹。还是房子、树。反正时间被绊了一跤，扑倒在虚土里。它再爬起来往前走时，已经多少年过去，我们把好多事都干完了，觉也睡够了。别处的时光已经走得没影。我们这一块远远落在后面。

时间在丢失时间。

我们在时间丢失的那部分时间里，过着不被别人也不被自己知道的漫长日子。刘二爷说。

鸟是否真的飞到了时间上面。有一种鹰，爱往高远飞，飞到纷乱的鸟群上面，飞过落叶和尘土到达的高度。一直飞到人看不见。鸟飞翔时，把不太好看的肚皮和爪子亮给我们。就像我们走路时，不知道该把手放在什么位置，鸟飞在天上，对自己的爪子也不知所措，有的鸟把爪子向后并拢，有的在空中乱蹬，有的爪子闲吊着，被风刮得晃悠。还有的鸟，一只爪子吊下来，一只蜷着，过一会又调换一下。鸟在天上，真不知该怎样处置那对没用的爪子，把地上的人看得着急。不过，鸟不是飞给人看的，这一点小孩都知道。鸟把最美的羽毛亮给天空，好像天上有一双看它的眼睛。鸟从来不在乎我们人怎么看它。

那些阳光，穿过袅袅炊烟和逐渐黄透的树叶，到达墙根门槛时，就已经老了。像我们老了一样，那些秋草般发黄的傍晚阳光，垛满了村庄。每天这个时候，坐在门口纳鞋的冯二奶，最知道阳光怎样离开村庄，丝线般细密的阳光，从树枝、墙根、人的脸上丝丝缕缕抽走时，满世界的声响。天塌下来一样。

我们把时间都熬老了。刘二爷说。

当我们老得啃不动骨头，时间也已老得啃不动我们。

给太阳打个招呼

每个人都在找一件事，跟别人不一样的事。似乎没有两个人在干相同的事。那些年土地肥沃雨水充足，人只剩下种和收两件事。随便撒些种子就够生活了。没人操心庄稼长不好，地里草长得旺还是苗长得旺，都不是事情。草和粮一同长到秋天，人吃粮草喂牲口。一个月种，两个月收，九个月闲甩手。

但人不能闲住。除了种地手头上还要有一两件事，这才像个人。要不吃了睡，睡了吃，就跟猪一样了。

"实在没事干，学张望，站在沙梁上，朝远处的路上望望，再朝村子望望，也是件事。"这句话是韩拐子说的。韩拐子自从断了腿，就像一个有功劳的人，啥都不干了。瘸着腿走路，成了他和别人不一样的一件事，就像王五爷靠撒尿在虚土梁留下痕迹。过多少年，韩拐子一个脚印一个拐棍窝的奇特足迹，也会留在虚土中。

当人们知道张望每天一早一晚，站在沙梁上清点他们时，村里已经没几个人。好多人学冯七去跑顺风买卖，在一场风中离开村子。另一场风中，有人带着远处的尘土和落叶回来。更多的人永远在远处，穿过一座又一座别人的村子。跑顺风买卖成了虚土庄人人会干的一件事。谁在村里待得没意思了，都会赶一辆马车，顺风远去。丢在村里的话是跑买卖去了。跑赢跑亏，别人也不知道。在外面白住些日子回来，也没人说。反正这是一件事情。不过要做得像个样，出去时装几麻袋东西，回来时装几麻袋东西。不能空车去空车回，让人一看就知道是个闲锤子，跑空趟子呢。

肯定还有人，在村里干我们不知道的事。就像刘扁，挖一个洞钻到地下不出来。我五岁的早晨，只看见两种东西在离去，一个朝天上，一个朝远处。朝下的路是后来才看见的，村里有人朝地下走了。一些东西也在往地下走，不光是树根，有时翻地，发现几年前扔掉的一截草绳，已经埋到两拃深。而挖菜窖时挖出的一个顶针，不知道谁丢失的，已经走到一丈深的土中。还有我们的说话和喊叫，日复一日的，早已穿过地下的高山和河流。在那些草根和石头下面，日夜响彻着我们无所顾忌的喊叫。

有几年，我认为村里最大的一件事情，就是没人给太阳打招呼。

太阳天天从我们头顶过，一寸一寸移过我们的土墙和树，移过我们的脸和晾晒的麦粒。它落下去的时候，我们应该给它打个招呼。至少村里有一个人在日落时，朝它挥挥手，挤挤眼睛，或者喊一声。就是一个熟人走了，也要打个招呼的，况且这么大的太阳，照了全村人，照了全村的庄稼牛羊，它走的时候，竟没人理识它。

也许村里有一个人，天天在日落时，靠着墙根，或趴在自己家朝西的小窗口，向太阳告别，但我不知道。

我五岁时，太阳天天从我家柴垛后面升起。它落下时，落得要远一些，落到西边的苞谷地。我长高以后看见太阳落得更远，落到苞谷地那边的荒野。

我长大后那块地还长苞谷。好像也长过几年麦子，觉得不对劲。七月麦子割了，麦茬地空荡荡，太阳落得更远了，落到荒野尽头不知道什么地方。西风直接吹来，听不见苞谷叶子的响声，西风就进村了。刮东风时麦子和草一块在荒野上跑，越跑越远。有一年麦子就跟风跑了，是六月的热风。人们追到七月，抓到手的只有麦秆和空空的麦壳。我当村长那几年，把村子四周种满苞谷，苞谷秆长到一房高，虚土庄藏在苞谷中间，村子的声音被层层叠叠的苞谷叶阻挡，传不到外面。

苞谷一直长到十一月，棒子掰了，苞谷秆不割，在大雪里站一个冬天。到了开春，叶子被牲畜吃光，秆光光的。

另外几年我主要朝天上望，已经不关心日出日落了。天上一阵一阵往过飘东西，头顶的天空好像是一条路。有一阵它往过飘树叶，整个天空被树叶贴住，一百个秋天的树叶，层层叠叠，飘过村子，没有一片落下来。另一阵它往过飘灰，远处什么地方着火了，后来我从跑买卖的人嘴里，没有听到一点远处着火的事，仿佛那些灰来自天上。更多时候它往过飘土，尤其在漫长的西风里，满天空的土朝东飘移。那时我就说，我们不能朝西去了，西边的土肯定被风刮光，剩下无边无际的石头滩。

可是没人听我的话。

王五说，风刮走的全是虚土。风后面还有风，刮过我们头顶的只是一场风，更多的风在远处停住，更多的土在天边落下。

冯七说，西风刮完东风就来了，风是最大的倒客，满世界倒买卖，跟着西风东风各跑一趟，就什么都清楚了。

韩三说，西风和东风在打仗，你把白沙扔过去，他把黄土扬过来。谁不服谁。不过，总的来说，西风在得势。

在我看来，西风东风是一场风，就像我们朝东走到奇台再返回来。风到了尽头也回头,回来的是反方向的一场风,它向后转了个身,风尾变风头,我们就不认识了。尤其刺骨的西风刮过去,回来是温暖的东风,我们更认为是两场风了。其实还是同一场风,来回刮过我们头顶。走到最远的人,会看到一场风转身,风在天地间排开的大阵势。在村里我们看不见,一场一场的风,就在虚土庄转身,像人在夜里,翻了个身,面朝西又做了一场梦。风在夜里悄然转身,往东飘的尘土,被一个声音喊住,停下,就地翻个跟头,又脸朝西飘飞了。它回来时飞得更高,曾经过的虚土庄黑黑的躺在荒野。

我还是担心头顶的天空。虽然我知道,天地间来来回回是同一场风。但在风上面,尘土飘不到的地方,有一村庄人的梦。

我扬起脖子看了好几年,把飞过村子的鸟都认熟了。不知那些鸟会不会记住一个仰头望天的人。我一抬眼就能认出,那年飘过村子的一朵云又飘回来了。那些云,只是让天空好看,不会落一滴雨。我们叫闲云。有闲云的天空下面,必然有几个闲人。闲人让地上变得好看,他们慢悠悠走路的样子,坐在土块上想事情的姿势,背着手,眼睛空空的朝远望的样子,都让过往的鸟羡慕。

忙人让地上变得乱糟糟,他们安静不下来,忙乱的脚步把地上的尘土踩起来,满天飞扬。那些尘土落在另外的人身上,也落在闲人身上。好在闲人不忙着拍打身上的尘土,闲人若连身上的尘土都去拍打，那就闲不住了。

这片大地上从来只有两件事情，一些人忙着四处奔波，踩起的尘土落在另一些人身上。另一些人忙着拍打，尘土又飞扬起来。一粒尘土就足够一村庄人忙活一百年。

那时村里人都喜欢围坐在一棵榆树下闲聊。我不一样，白天我坐在一朵云下胡思，晚上蹲在一颗星星下面乱想。

刘二爷说，我们一天的大部分时间，朝西看。因为我们从东边来的，要去西边。我们晚上睡着时，脸朝东，屁股和后脑勺对着西边。

要是没有黑夜，人就一直朝前走了。黑夜让人停下，星星和月亮把人往回领，每天早晨人醒来，看见自己还在老地方。

真的还在老地方吗，我们的房子，一寸寸地迁向另一年。我们已经迁到哪一年了。从我记事起，到忘掉所有事，我不知道村里谁在记我们的年月。我把时间过乱了。肯定有人没乱，他们沿着日月年，有条不紊地生活，我一直没回到那样的年月。我只是在另一种时间里，看见他们。看见在他们中间，悄无声息的我自己。我不知道那是不是我。我在村庄里的生活，被别人过掉了。我在远处过着谁的生活。那些在尘土上面，更加安静，也更加喧嚣的一村庄人的梦里，我又在做着什么。

拾陆

我当村长那些年

我当村长那些年

有一些年，比我更老的人全糊涂了，冯七、王五、韩拐子那一茬人，全老掉了，有的死了。另一些人在远处转晕了头，多少年不知道回来。更年轻的一茬人还不懂事。

突然地，我活到这样一个年龄。

我是怎么活到这个年龄的我忘记了。村庄莫名其妙归我管了。早些年我还梦想当几年村长，又担心被土块打坏头，我想了多年的事情在脑子里乱掉。管好脑子里的事情比管好一个村庄麻烦多了。现在我没被打坏头就当上了村长。村庄里的事都我说了算。刮过村庄的风都归我管。飘到天上的尘土也归我管。这些东西，多少年没人管。风把梁上的虚土吹光了，谁管过。我小时候，在村子里跟风和树叶玩，和飘起落下的尘土玩。那时村庄是别人的，他们大声说话，干大事情，我只有听和看的份。他们眼睛望着天上和远处，从不把脚下当回事，更不把没有他们裤裆高的我当回事。现在，就我一个人长大了，在风中追逐树叶和尘土的是另一些孩子。他们一个离一个，远远的，像风刮到天上的树叶。虚土庄是风的结束地，也是风开始的地方。从我们村刮出去的风，一路长大，在外面翻江倒海。它回来时又变成一个轻手轻脚的孩子。

在这个地方，只有很少的尘土和树叶，刮到别处。更多的尘土，踩起落下，路上的土原落在路上，院子里的土原落在院子。如果不走快一点，谁踩起的土肯定原落在谁头上。

我那时多孤单呀，村里就我一个长大的男人，好多女子到了生育期，我不能让地荒了，也不能让这一茬女人长荒凉了。

我在不到一年时间里，让好几个女人怀了孕。多少年后虚土庄全是我的子孙。我不敢把这件事说给别人，只有一个人在心里偷着乐。我成了最孤独的人，心中藏着一个不能说出来的快乐。我时常在没人处偷着笑，笑够了再回到村里。后来在人多处也忍不住笑出声。

只有占了大便宜的人，才会这样笑。这是王五爷的话。

王五爷精得很，他看出来我占了大便宜。

但他绝不知道我占了啥大便宜。我当村长那几年，他做顺风买卖贩皮子去了。牛皮换成羊皮，羊皮换成破皮袄。倒腾来倒腾去。我连一根烂木头都没拿回家。这个扔了都没人要的破村子，我能占去啥便宜。

我整天背着手在村子里转悠，走到谁家不想走了，就住下来。有好吃好喝好睡。他们在转世界，我在转一个村庄。从村南头走到北头，就是一年光景。遇到我喜爱的女人，我会多住些日子。村长嘛，按村里人说法，就是闲锤子。庄稼在地里长，村长在被窝里忙。他们在走遍远处村庄，我在走遍一个村庄的女人。我从村北转到村南边，就到冬天了。村南边比村北边，肯定暖和一些。整个冬天，我在村南边我喜欢的女人家里过冬。我这样过着日子时，经常怀疑自己是不是在梦里。

我把穿过村子的路移到戈壁上，在村中间的路上挖几个大坑。每家有一条小路通到院子。每条小路通到戈壁上的大路。这样外人便不知道从哪条路进村。撇开大路的每条小路只通到一户人家，而无法走进整个村庄。

从那时起，虚土庄果真像一个梦悬在土梁上。做顺风买卖回来的人，都无法走进村子。他们看见通向村子的大路被堵死，只有一条条小路通到村子，却不知道哪一条通到自己家。那些小路穿过密密的苞谷地、麦田和荒草伸进村子。跑买卖的人，捡一条小路往村子走。他以为每条路都通到村子，通到自己家，结果错走进别人家里。再返回戈壁上的大路，对着自家的房顶烟囱，进村子，又错走到别人的院子。

虚土庄在夕烟暮色里，渐渐黑下来。

许多人一次次地走进别人家，倒头睡着，过着自己不知道的另一种生活。跑远路的人带回无穷的瞌睡，好像他们在外乡从未闭过眼睛。他们回来只是找一个炕，倒头大睡，所有白天被睡完，醒来依然是黑夜。到处是睡着的人，路上、院子、草垛房顶，横七竖八睡着人。睡在路上的人最多，许多人走着走着，一歪身倒在路上睡着。夜行的马车，看见路上睡着人，远远绕开。如果有许多马车绕开，天亮后地上就出现一条新路。睡着人的那段路一夜间荒草丛生。每次醒来，谁都不敢保证自己只睡了一夜，这一觉醒来，是多少个白天黑夜之后，谁知道呢。梦中天亮过无数次又黑了。睡眠是多么地久天长的事情。总有人从别人家炕上醒来，揉揉眼睛又上路了。他找不到一个醒着的人，问：我怎么回不到自己家，一觉醒来总是在别人家炕上。

而在一片荒草、几棵树、半截篱笆墙外的自己家里，昏睡着一个陌生人。满院子是他的梦。屋顶上空是他如雷的鼾睡。

更多在黑暗中回家的车马，顺着我移到村外的大路，嘚嘚地绕过村子，越走越远。

他们不知道我改变了村子。我用各种办法把村庄隐藏在荒野。你想想，村里就我一个成年人，其他老的老，小的小，万一别人知道底细，来欺负我们村子，我怎么办。跑掉，把村子扔给别人。那么多女人孩子，我舍得吗。打，我一个人，怎么打过别人。没办法，我只有把村子隐藏起来，等小一茬人长大，村子有劲了，再说。

我往所有高过房顶的树梢上吊土块，不让树一直朝天上长。在路上泼水，让尘土不扬起来。听说最早，人们从远处看见一阵一阵朝天扬起的尘土，知道虚土梁上有一群生人落住脚。随后跑买卖的外人，也是望着尘土和炊烟找到这个村子。

我还想办法管住了影子。无论早晨黄昏，所有东西的影子不会爬到村外，不能让荒野那头的人，看见虚土庄人晃动的影子。我是怎么管住的呢？我在靠近村庄的四周种一圈麦子，麦子外种一圈棉花，棉花地外种一圈苞谷，苞谷地外种一圈高粱，高粱地外是更高的芦苇和蒿草，一圈比一圈高，村庄围在中间。人和牲口的影子，房屋的影子，被一层层的庄稼挡住。伸到远处的，只有纷乱的野草的影子。我成功地隐藏掉一村庄人和庄稼的影子。从此虚土庄在荒野上没有影子了。而早些时候，村里一只老鼠的影子，都能穿过整个大地。

我让村庄在荒野中隐藏了几年，我做这些事时，身体里有一个五岁的孩子。我一辈子的事都做给他的。

能人又成堆出来

另一段年月我独自老了。比我更老的人全过世。那一批年轻人长大了，掌管着村子。我再不问村里的事，整天背对村子，看落日。耳朵贴着逐渐移近的西边天幕，听那边人的说话。偶尔回头望一眼，他们又折腾出不少事。因为管事的人多，能人又成堆出来。像我五岁时看见的一样，村子重又变得躁动不宁。远近的路上尘土再起。一群一群的人走出村庄，像草一样树一样在远处摇曳。在他们中再不会有我这样一个人。

我最担心的是守夜人，这些人从上辈子开始为村庄守夜，已经不习惯在白天生活。我怕他们变成老鼠，把村里的粮食偷吃光，或一夜间把村庄倒卖干净。那些在月光下长大的人，说着一口黑话，这些话由夜行人传到村村寨寨的守夜人。语言极其复杂，因为所说的事物全隐在黑暗中，语言不但要指出，还要说明。也就是说，那些词句必须发光，才能照亮所说的事物。那是黑暗中创造的一种语言。所有词在描述黑，穿过黑。几代之后，守夜人的子孙已经不认识白天。太阳被想象成比黑夜还黑。万物在星光月光下生长。所有花朵夜晚开放，白天凋零。守夜人的房子没有窗户，一个小小的门洞，用厚毡蒙严实。黑夜像粮食储存在家里，即使白天醒来，也不会被阳光刺瞎眼睛。

有一年闹饥荒，人们没有粮食养活守夜人，守夜人也没跑到白天向村里要粮食，我担心他们饿死在夜里。白天我在守夜人家院子外转一圈，看见有个人也在转，耳朵贴着墙缝听。我想不起这个人的名字。觉得他像谁。是村里谁的儿子，也许是我的，刚长大。我叫不上名字。

已经有人开始操心村里的事了。后二十年里虚土庄可能落在这个刚长大的娃娃手里。

"听见啥了？"我问。

"啥声音都没有。刘二爷。连梦话都没有。"他说。

他叫我刘二爷,我愣了一下,很快就默认了。

原来我就是刘二爷。那些年我一直认为刘二爷是别人,村子里传着好多刘二爷做的事和说的话。虚土庄的许多话是刘二爷说出来的。这个刘二爷怎么会是我呢。我原以为,我长大以后可能活成冯七,我常看见自己赶一辆车,顺风穿过一座一座别人的村庄。也可能我守了一辈子夜,从没到过白天。可是,那些远路上的事情我又是怎么知道的,跑顺风买卖的人中,肯定还有一个我。我在他们中间,还没有被喊出来。没有被一个名字叫醒。

我仔细看了看这个刚长大的人,个子跟我一般高,只是肩膀窄一些,还扛不住多少东西。不过,虚土庄已经没有多少东西需要人扛在肩膀上。有一个会做梦的头就够了。这个人,头像葫芦一样悬在脖子上。他也盯住我的头看。我想不起他是哪个孩子长大的。他的童年就在我的眼皮底下,可我从没看见过。他还是毛孩子,跟我的腿一般高的时候,村里就我一个大人。他认识了我的下半身,鞋子、脚、脚印、腿和刮过腿中间的风。我的头和头脑里的想法,对他来说,就像高悬在天空的太阳,没法够着。现在,他的头终于和我平齐了。他以为追上我了。他不会这样认为吧?要有这种想法,那他就白长大了。一个老人的头,和一个年轻人的头,装着两个完全不同的世界,就像黑夜里隔得最远的两颗星星。

这个叫我刘二爷的年轻人，以后在村子肯定有名。他让一个人认出了他的名字。

村子的布局又一次变了。他们把我挪到村外的路移回村子。大地上许许多多的人和事，又接连不断经过村子，也有外人留在村里。虚土庄在变成一个大村子。尽管还有人不断地说着要走，但是，谁都清楚，没有一条路，能够通过这么大的村子。也没有一个地方，能容下这么大一个村子。况且村庄本身已经生了根。人们安顿下来的第五年，我就看出村庄在虚土梁上生根了。

那时人人叫嚷着要走，家家在准备走。整个村庄站在路边上，好像随时都能一脚踏上路走掉。人们停下来只是等一个人死，一个人出生。当出生的孩子长到五岁，要死的那个人没死掉，活的欢势来劲了。人们再没理由住下去，走似乎是迫在眉睫的事。

但我知道他们走不掉。他们说走的时候，屁股沉沉坐在地上，嘴朝着天空和远处。一个人说要走，其他人全说要走，走掉的只是那些话，一出口就飘得没影了。这是他们的习惯，坐下说的事情，从来不会站起来去实现。那些话是说给天上的云听的，被风刮到远处。我小时候，他们坐下和我站着一样高，我常常混在他们中间，听他们说着村里村外的大事。我的心思也跟着那些大事走远了。当他们说完，站起来，拍打屁股上的土，我以为他们要去干这些大事了，我在后面，看见他们一个个回家，回到那些天天要干的小事情里。他们从那些身边手边的小事情里走出来，要多少年时间啊。恐怕把我的头发都要等白了。

一脚踏空的大坑

村里剩下我一个老人。先我老掉那一茬人，走着走着不见了，前面再没人了。这时我听见最后面那些小孩子中，有叫王五的，有喊冯七、张三的，他们又回到童年，还是一块玩老的那一群，又重新开始了。

村子又回到多少年来的老样子。我从六十岁往七十岁走的时候，他们正从三十岁往四十岁走。当时我走过这个年岁时，他们都没长大，我掌管着村子，做梦一样做了许多美滋滋的好事情。我的脚印还留在那里，我撒尿结的碱壳子还留在芨芨草和红柳墩下面。我没走远的身影还在他们的视野。他们从不担心在荒野上迷向，而害怕在时间中找不到路，活着活着到了别处。我要是使坏，把他们往时间岔路上领，趁夜晚睡糊涂时，把他们领回到过去，或带到一个他们不认识的年月，他们也没办法。我的前面再没人了，往哪走不往哪走，我说了算。停下不走也是我说了算。有一年我不想动弹了，死活不往下一年走，他们也得受着，把吃过的粮食再吃一遍，种过的地再种一遍。他们可以掌管村庄，让地上长粮食、女人怀孕。但我掌管时光。我是村里最老的人，往时光深处走的路密布在我的额头和眼角。

我不能走得太快。我不知道自己的寿数，往前走到某个年月突然就没有我了。我可不能让他们走到一个没有我的年月。要是我不在了，年月还叫年月吗。

多少年后，我从村庄走失，所有的人停下来。年轻人、跟在我后面老掉的那一群人，全停下来，不知道往哪走。我走着走着一脚踏空。谁也看不清前面路上让人一脚踏空的大坑。这个大坑，就像那片耗掉过几茬牛劲的泥沼泽，现在它干涸了，还是有人和牲口走着走着一头栽进去。

他们跟着我，以为我能绕过去。我确实一次次绕过去，可是，这个坑越来越大，我看不见它的边时，就不想再绕了。我一脚踏空——可能进去了才知道，那是一道家门。但他们不知道。

那一刻他们全停住。我离开后时光再没有往前移，连庄稼的生长都停止了。鸟一动不动贴在天上。人和天地间的万物，在这一刻又陷入迷糊，我们跟着时间走是不是一个天大的错误。就在多少年前,人们在虚土庄落脚未稳的一个夜晚,全村人聚在那个大牛圈棚里,商议的就是这件事:我们跟时光走,还是不跟时光走。可能有些人,并没像我们一样日出而作,日落而息,我们在时光中顺流而下时,他们也许横渡了时光之河,在那边的高岸上歇息呢。也许顺着一条时光的支流,到达我们不清楚的另一片天地。谁知道呢,我一脚踏空的瞬间看见他们全停住了。往回落的尘土也停住。狗叫声也在半空停住。

这时,他们听见我远远的喊声,全回过头,看见我孤单一人站在童年。

拾柒

我独自过掉的两种生活

墙洞

我每天去那个洞口，我趴在地上，一边脸贴着地朝里面看，什么都看不见，有时洞里钻出一只猫，它像在那边吃饱了老鼠，嘴没舔干净，懒洋洋地出来。有时那只黑母鸡，在墙根走来走去，一眨眼钻进墙洞不见了，过一阵子，它又钻出来，跑到鸡窝旁咯咯地叫。我母亲说，黑母鸡又把蛋下哪去了？她说话时眼睛盯着我，好像心里清楚我知道鸡把蛋下哪了。我张着嘴，想说什么又没有声音。

整个白天院子里就我一个人。他们把院门朝外锁住，隔着木板门缝对我喊，好好待着，别乱跑。我母亲快中午时回来一趟，那时我已在一根木头旁睡着了。母亲轻轻喊我的名字。我知道自己醒了，却紧闭双眼，一声不吭。也有时我听见她回来，趴在门框上，满眼泪花看着她开门。家里出了许多事。有一个人翻进院子，把柴垛上一根木头扛走了。他把木头扛过来，搭在院墙上，抱着木头爬上去，把木头拿过墙，搭在另一边，又抱着溜下去。接着我看见那根木头的一端，在墙头晃了一下，不见了。

突然有一天，他们没有回来。我待到中午，趴在木头上睡一觉醒来，又是下午，或另一个早晨，院子里依旧没有人，我扒着木板门缝朝外看，路上空空的。

不时有人拍打院门，喊父亲的名字，又喊母亲的名字。一声比一声高。我躲在木头后面，不敢出来。家里不断出一些事情。还有一个人，双手扒在墙头，像只黑黑的鸟，窥视我们家院子。他的眼睛扫过家里每一样东西，从南边的羊圈、草垛，到门前的灶头、锅、立在墙根的铁锨，当他看见尘土中呆坐的我，突然张大嘴，瞪大眼睛，像喊叫什么，又茫然无声。

我在那时钻过墙洞，我跟在那只黑母鸡后面。它一低头，我也低着头，跟着钻进去。墙好像很厚。有一会儿，眼前黑黑的。突然又亮了。我看见一个荒废的大院子，芦苇艾蒿遍地。一堵土院墙歪扭地围拢过去。院子的最里边有一排低矮的破土房子，墙根芦苇丛生。一棵半枯的老柳树，斜遮住屋角。

从那时起前院的事仿佛跟我没关系了。我每天到后院里玩。我跟着那只黑母鸡走到它下蛋的草垛下，看见满满的一窝蛋。我没动它们。我早就知道它会有那么多蛋藏在这边。我还跟着那只猫走到它能到达的角角落落，我的父母从不知道，在我像一只猫、一只鸡那样大小的年纪，我常常钻过墙洞，在后面的院子里玩到很晚。直到有一天，我无法回来。

那一天我回来晚了，许多天我都回来晚了。太阳落到院墙后面，星星出来了，我钻过墙洞。院子里空空的，他们不在家。我趴在木板门框上，眼泪汪汪，听外面路上的脚步声，人说话的声音。它们全消失后我听见父亲的脚步声。他总是走在母亲前面，他们在路上从来不说一句话，黑黑地走路，常常是父亲在院门外停住了，才听见母亲的脚步声，一点点移过来。

那一天比所有时候都更晚。我穿过后院的每一间房子，走过一道又一道木框松动的门，在每一个角落翻找。全是破旧东西，落满了土，动一下就尘土飞扬。在一张歪斜木桌的抽屉里，我找到一张发黄的黑白照片。照片上是一个很像我父亲的清瘦老人，留着稀疏胡须，目光祥和地看着我。那时我还不知道他是我死去多年的爷爷。他就老死在后院这间房子里。在他老得不能动弹那几年，我的父母在前面盖起新房子、围起院墙，留一个小木门通到后院。他们给他送饭、生炉子、太阳天晾晒被褥。我不知道那时候的生活，可能就这样。爷爷死后这扇小木门再没有打开过。

后院里照着我不认识的昏黄阳光，暖暖的，却不明亮。墙和木头的影子静静躺在地上。我觉不出它的移动。我从一扇木门出来，又钻进一扇矮矮的几乎贴地的小窗户。那间房子堆满了旧衣服，发着霉味。我一一抱出来，摊在草地上晾晒。那些旧衣服从小到大，整整齐齐叠放着。（我有过多么细心的一个奶奶啊）我把它们铺开，从最小的一件棉夹袄，到最大的一条蓝布裤子，依次摆成一长溜。然后，我从最宽大的那条裤子钻进去，穿过中间的很多件衣服，到达那件小夹袄跟前，我的头再塞不进去。身子套不进去。然后再回过头，一件件钻过那些空洞的衣服。当我再一次从那件最大号的裤子探出头，我知道了从这些空裤腿、袖子、破旧领口脱身走掉的那个人可能是我父亲。

我是否在那一刻突然长大了。

在我还能回来的那些上午、下午，永远是夏天。我的母亲被一行行整齐的苞谷引向远处。地一下子没有尽头。她给一行苞谷间苗，或许锄草，当她间完前面的苗，起身返回时，后面的苞谷已经长老了。她突然想起家里的儿子。那时我父亲正沿一条横穿戈壁的长渠回来。他早晨引一渠水浇苞谷地。他扒开口子，跟着渠水走。有时水走得快，远远走在前头。有时水让一个坎挡住，像故意停下来等他。他赶过去，挖几锨。那渠水刚好淌到地头停住了。我的父亲不知道上游的水源已经干涸。他以为谁把水截走了。他扛着锨，急急地往上游走，身后大片的苞谷向他干裂着叶子。他在那片戈壁上碰见往回赶的母亲。他们都快认不出来彼此。

怎么了？

怎么回事？

他们相互询问。

我认为是过了许多天的那段日子，也许仅仅是一个下午。我不会有那样漫长的童年。我突然在墙那边长大。我再钻不过那个墙洞。我把头伸过去，头被卡住。腿伸过去，腿被卡住。天渐渐黑了，好像黑过几次又亮了。我听见他们在墙那边找我，一遍遍喊我的名字。我大张着嘴，发不出一丝声音。

我试着找别的门。这样的破宅院，一般墙上都有豁口，我沿墙根转了一圈又一圈，以前发现的几个小豁口都被谁封住了，墙也变得又高又陡。我不敢乱跑，趴在那个洞口旁朝外望。有时院子里静静的，他们或许出去找我了。有时听见脚步声，看见他们忙乱的脚，移过来移过去。

他们几乎找遍所有的地方，却从没有打开后院的门，进来找我。我想他们把房后的院子忘了，或许把后院门上的钥匙丢了。我在深夜故意制造一些响动，想引起他们注意。我使劲敲一只破铁桶，用砖头击打一截朽空的木头。响声惊动附近的狗，它们全跑过来，围着院墙狂吠。有一只狗，还跑进我们家前院，嘴对着这个墙洞咬。可是，没有一个人走过来。

许多天里我听见他们呼喊我的声音。我的母亲在每个路口喊我的乳名，她的嗓子叫哑了，拖着哭腔。我的父亲沿一条一条的路走向远处。我趴在墙洞那边，看见他的脚，一次次从这个院子启程。他有时赶车出去，我看见他去马棚下牵马，他的左脚鞋帮烂了，我看见那个破洞，朝外翻着毛，像一只眼睛。另一次，他骑马出去找我。马车的一个轮子在上一次外出时摔破了。我看见他给马备鞍，他弓身抱马鞍子时，我甚至看见他的半边脸。他左脚的鞋帮更加破烂了。我看不见他的上身，不知他的衣服和帽子，都旧成什么样子。我想喊一声，却说不出一点声音。

我从后院的破烂东西中，翻出一双旧布鞋，从墙洞塞出去。我先把鞋扔过墙洞，再用一根长木棍把它推到离洞口稍远一些。第二天，我看见父亲的脚上换了这双不算太破的旧鞋。我希望这双旧鞋能让他想起早先走过的路，记起早年后院里的生活，并因此打开那扇门，在他们荒弃多年的院子里找到我。可是没有。他又一次赶车出去时秋收已经结束。我听见母亲沙哑的声音对他说，就剩下北沙窝没找过了。你再走一趟吧，再找不见，怕就没有了。让狼吃了也会剩下骨头呀。

他们说话时，就站在离洞口一米远处，我在那边呆呆地看着他们的脚，一动不动。

这期间我的另一个弟弟来到家中。像我早已见过的一个人。我独自在家的那些日子，他从扣上的院门，从院墙的豁口，从房顶、草垛，无数次地走进院子。我跟他说话，带他追风中的树叶。突然地，看见他消失。

只是那时，他没有经过母亲那道门。他从不知道的门缝溜进来，早早地和我成了兄弟。多少年后，他正正经经来到家中，我已在墙的另一面，再无法回来。

我企望他有一天钻过墙洞，和我一起在后院玩。我用了好多办法引诱他。我拿一根木棍伸过墙洞，拨那边的草叶，还在木棍头上拴一片红布，使劲摇。可是，他永远看不见这个墙洞。有几次他从洞口边走过去。他只要蹲下身，拨开那丛贴墙生长的艾蒿草，就能看见我。母亲在屋里做饭时，他一个人在院子里玩。他很少被单独留在家里。母亲过一会出来喊一声。早些时候喊一个名字，后来喊两个名字。我的弟弟妹妹，跟我一样，从来不懂得答应。

我趴在洞口，看见我弟弟的脚步，移过墙根走到柴垛旁，一歪身钻进柴垛缝。母亲看不见他，在院子里大喊，像她早年喊我时一样。过一阵子，母亲到院门口喊叫时，我的弟弟从柴垛下钻出来。我从来没发现柴垛下面有一个洞。我的弟弟，有朝一日像我一样突然消失，他再钻不回来。我不知道柴垛下的洞通向哪里。有一天他像我一样回不来，在柴垛的另一面孤单地长大。他绕不进这个院子，绕不过一垛柴。直到我的母亲烧完这垛柴，发现已经长大成家的儿子，多少年，在一垛柴后面。

在这个院子，我的妹妹在一棵不开花的苹果树后面，孤单地长到出嫁。她在那儿用细软的树枝搭好家，用许多个秋天的叶子缝制嫁衣。我母亲有一年走向那棵树，它老不开花，不结果。母亲想砍了它，栽一棵桃树。她拨开密密的树枝发现自己的女儿时，她已到出嫁年龄。我在洞口看见她们，一前一后往屋子里走。我看不见她们的上半身。母亲一定紧拉着她们的手。

你们咋不答应一声，咋不答应一声。我的嗓子都喊哑了。

母亲说这句话时，她们的脚步正移过墙洞。

我们就这样过着自己不知道的日子，我父亲只清楚他有一个妻子，两三个儿女。当他赶车外出，或扛农具下地，他的妻子儿女在另一种光阴里，过着没有他的生活。而我母亲，一转眼就找不到自己的儿子。她只懂得哭，喊。到远处找。从来不知道低下头，看看一棵蒿草下面的小小墙洞。

我从后院出来时已是一个中年人。没有谁认识我。有一年最北边的一个墙角被风刮倒，我从那个豁口进进出出。我没绕到前院去看我的父亲母亲。在后院里我收拾出半间没全塌的矮土房子，娶妻生子。我的儿子两岁时，从那个墙洞爬到前院，我在洞口等他回来。他去了一天、又一天。或许只是一会儿工夫，我眼睛闭住又睁开。他一头灰土钻回来时，我向他打问那边的事。我的儿子跟我一样只会比画，什么都说不清。我让他拿几样东西回来。是我早年背着父母藏下的东西。我趴在洞口给他指：看，那截木头下面。土块缝里。

他什么都找不到，甚至没遇见一个人。在他印象里墙洞那边的院子永远空空的。我不敢让他时常过去，我想等他稍长大一些，就把这个墙洞堵住。我担心他在那边突然长大，再回不来。

就这样过了好些年。有一年父亲不在了，我听见院墙那边母亲和弟妹的哭喊声。有一年我的弟弟结婚，又一年妹妹出嫁，我依旧像那时一样，趴在这个小洞口，望着那些移来移去的脚。有时谁的东西掉到地上，他弯腰捡拾，我看见一只手，半个头。

仍不断有鸡钻过来,在麦草堆上下一个蛋,然后出去,在那边咯咯地叫。有猫跑到这边捉老鼠。我越来越看不清前院的事。我的腰已经弓不下去,脸也无法贴在地上。耳朵也有点背。一次我隐约听母亲说,后院那个烟囱经常冒烟。

母亲就站在洞口一米处,我看见她的脚尖,我手中有根木棍就能触到她的脚。

"是一户新来的,好像是谁家的亲戚。"父亲说。

父亲的脚离得稍远一些,我看见他的腿朝两边撇开。

"他住我们家的房子也不说一声。"

"他可能住了很多年了。多少年前,我就听见后院经常有动静。我以为是鬼,没敢告诉你。我父母全在那间房子老死的。死过人的房子常有响动。"

我隐隐听见母亲说,要打开后院的门进去看看。又说找不见钥匙了。或许有钥匙但锁孔早已锈死。

他们说话时,我多想从墙洞钻过去,站在他们面前,说出所有的事。

可是,当我走出后院的豁口,绕过院墙走到前院门口时,又径直地朝前走去。我不是从这个门出去的,我对那扇半掩的木板门异常陌生。我似乎从未从外面进入过。就像我在路上遇见牵牛走来的父亲。这个一次次在远路上找过我的父亲。我向他一步步地走近,我的心快跳出来。我想遇面的一瞬他会叫出我的名字。我会喊一声父亲。尽管我压根发不出一丝声音。可是，什么都不会发生。我们只是互望一眼，便相错而去。我们早已无法相识。我长得越来越不像他。

我只有从那个再不能钻过的墙洞回来，我才是他的儿子。我才能找到家，找到锅头，扣在案板上的碗和饭。找到我每个中午抱着睡着的那根木头，找到我母亲少有的一丝微笑，和父亲的沉默和寡言。

在另外的地方我没办法认识他们。即使我从院门进来，我的父母一样不会接受，一个推开院门回来的儿子。我不是从院门走失的。他们回来的那个傍晚院门紧锁，而我不见了。

有一天我硬要从这个墙洞钻过去，我先塞进头，接着使劲往里塞肩膀和身子。我的头都快出去了，身子却卡在墙中，进退不能。

我的妻子回来，见我不在家，就出去找。找一趟回来我还不在，她又出去，在村里每户人家问。在每个路口喊我的名字。像早年我母亲喊我一样。

一个下午，她找到前面的院子，问我母亲有没有看见她丈夫。我听她哭哑着嗓子说话，听见我母亲低声的回答。她一定从我妻子身上看见多年前的自己。那时她就这副失魂落魄的样子找我。

我妻子出去时，我的儿子一人留在院子。他哭喊一阵，趴在木头上睡着，醒来又接着哭喊。多少年前，我跟他一样在前院度过这样的日子。只是我不会喊。

天黑以后，我听见妻子回来的脚步声。那时，我的儿子已趴在地上睡着。她抱起他哭。她的哭腔在夜里拖得很长很长。我动不了头，也动不了身子。这期间一只黑母鸡每天走到洞口。第一次它的头都伸进来了，眼看碰到我的脸，赶紧缩回去，跑开几步。以后它每天来到洞口，偏着头看里面，看见我一样望着它的眼睛，它叫几声。有时它转过身，用爪子向洞口刨土。我不知道它的意图。我的头和脸都被土蒙住，眼睛也快睁不开。

一个早晨，我母亲起来收拾院子，她拿着一把芨芨扫帚，唰唰地扫地上的树叶和土，有一扫帚，就从墙洞口的草根下刷过去，我一惊，睁开眼睛。看见我们家的一个早晨。晨光将院子染得鲜红。我的母亲开始生炉做饭。我听见她折柴火的声音。听见炉中火焰的声音。听见铁勺和锅碗的轻碰擦摩。过了会儿，母亲端碗过来，坐在那根木头上，家里只剩下她一个人。父亲不在了。妹妹出嫁。弟弟也不知到哪去了。我看不见她手中的碗，看不见她拿筷子的手和一双不知在看着什么的眼睛。我只闻见饭的味道，像在很多年前的中午，我在那时候，永远地闭住眼睛。

我的儿子有一天来到墙根，他转了好几圈，没找到那个墙洞。一层一层的尘土和落叶，埋住我露在洞外的腿和脚。我的儿子站在又一个秋天的落叶上面，踮起脚尖，想看见前院。

他使劲跳蹦子。他的头一下一下地蹿过墙头又落下。他看见墙那边的果树,看见一个秋天的菜园子,旁边塌了一半的马圈棚。他没有看见我母亲。那时她已直不起腰,整日佝偻着身子,在院子里走动。有一天,她会走到那棵靠墙生长的艾蒿草跟前,拨开枝叶,看见那个小墙洞,她会好奇地把一边脸贴在地上,往里面望,或许什么都看不见。或许,她会看见我差一点就要伸出洞口的头顶。

老鼠

我整夜整夜睡不着。天空在落土。天一黑天空就开始落土。后来白天也落。我们以为人踩起的土在落。那时候人都慌张了,四处奔波,牲口也跟着奔波,被踩起的土一阵一阵朝天上落。夜晚地悄静下来时那些土又往回落。越落越多,永远都落不完。

我们没踩起这么多土呀。

赶人意识到天已经变成土天时,人倒不乱跑了。或许奔波乏了,都躲在屋里不愿露头。偶尔遇见一两个走路人,全身拉脑袋，不住地摇头，像干了多大的懊恼事。其实在抖头上的土。不断下落的尘土先把人的脊背压弯，再把头压垂，接着两只前肢落地。两米之外就分不清人畜。三五米外啥都看不见，全是黄昏昏的土。

我从那时起整夜睡不着。白天也睡不着。我躺在大土炕的最西边，一遍遍地想着事情。天空不断在落土，能听见屋顶的椽子微微下垂的声音。听见土墙一毫毫下折的声音。每到半夜，我父亲就会上房去扫土。我听见他开门出去，听见他趴立在东墙的梯子。然后听见他的脚落到房顶。椽子嘎叭叭响。听见扫帚唰唰的声音。父亲下房后我又听见房顶的椽子檩子，在一阵细微的响动中，复原自己。

夜夜有孩子在哭。狗拖着长腔朝天上叫。出生了不少孩子，那些年。有的没长大就死掉了。有的长大后死了。整个那一茬人，没几个活下来的。老鼠越来越多。地上到处是洞。那时落下的土，多少年后又飞扬起来，弥天漫地。那时埋掉的人，又一个个回到地面。只是，我没有坚持住自己。我变成了另一种动物，悄无声息生活在村子地下。我把我的口粮从家里的粮仓中，一粒粒转移到地下。把衣服脱在地上，鞋放在窗台。我的家人以为我被土埋掉了。

一群群的鸟经过村子，高声鸣叫，像在喊地上的人：走了，走了。人不敢朝天上看，簌簌下落的土一会就把人的眼睛糊住。鸟飞着飞着翅膀不动了，一头栽下来。一落地很快埋进土里找不见。牲口不断地挪动蹄子。树越长越矮，一棵变成好多棵。人不停地走，稍站一会儿就被土埋掉半截子。喊人救命。过来一个扛铁锨的，把他挖出来。

经常有人被土埋掉，坐在墙根打个盹人就不见了。走累了在地上躺一会人就不见了。剩下的人已经没力气挖土里人。

人人扛着铁锨。只有不断在院子里挖土，才能找到昨天放下的东西。铁锨本身也在被土埋没。根本没有路。以前的路早看不见了，新的路再不可能被踩出。人除了待在家，哪都不敢去。麦子长黄时，土已经涌到穗头，人贴着地皮收割麦穗，漏收的被土埋住，又生芽长叶。一茬接着一茬往上长。

我在那时候变成一只鸟了。我不敢飞。（或许我以前远飞过，翅膀越来越重，一头栽下来。）我在一只鸟落地那一瞬接住它的命。它活不成了，我替它活一阵子。我不住抖羽毛上的土，在越来越矮的房顶上走来走去。我的父亲过几个时辰出来一次，一抬腿跨上房顶。立在东墙上的梯子只露出一点头儿。这时我飞起来，听见父亲在底下唰唰地扫房顶的土。有一次我看见他拿一把锨挖东墙根的土，他大概想把那把梯子挖出来，从天窗伸进屋里。事实上不久以后他们便开始从天窗进出。门和窗子全埋入尘土。

我父亲干活时，我就站在他身后的树梢上。那棵树以前有十米高。我那时常坐在树下，看站在树梢上的鸟，飞走又落回来。我爬上树,却怎么也到不了那个最高的树枝。如今这棵树只剩下矮矮的树梢了。我"爸、爸"地对着父亲大叫。叫出的声音却是"啊、啊"。我父亲好像听烦了,转身一锨土扬过来,我险些被埋掉,扑扇着翅膀飞走了。他已经不认识这个鸟儿子了。我在不远处伤心地看着他的脊背被土压弯,他的头还没有耷拉下去。他还在坚持。我为什么就坚持不住呢。

土刚开始下落的那些夜晚,我还能睡着。尘土像棉被一样覆盖村子和田野。土不像雨点一样打人,也不冰凉,也没有声音。它不断落在身上时人的皮肤会变重,而整个身体会逐渐放松。人很快就会睡过去。树上的叶子,在不知觉中被土压垂,落下去。我经常在半夜醒来,听见叶子沉沉的坠落声。家里人全在睡梦中。我兀地坐起,穿衣出门,在昏黄的月色中走遍整个村子。我推开一家又一家院门,轻脚走进院子,耳朵贴着窗户细听。

在很多个夜里,我重复着这件事,却又不知自己为什么要这样。村子里空空静静,月光把漫天的尘土染成昏黄(白天尘土是灰白的)。树啪啪往下掉叶子,听上去像无数个小人从树上往下跳。我不敢靠近树走,巷子中间有一窄溜露着月光。我往前走时心里想着最好遇见一个人。他从那头走过来,我听见他的脚步声,看见他模糊的影子。也许真遇见了我会害怕得停下来,转身往回跑,以为自己遇见鬼了。

还在早些时候，我就对父亲说，我们走吧，这地方住不成了。庄稼长一寸就被土埋掉一寸。树越长越低。什么东西都落满了土，一开始人拿起啥东西都要嘴对着吹一吹土，无论吃的还是用的。后来土落厚了就用手拍打。再后来人就懒得动了。土落在头上脸上也不洗了。落在身上也不拍打了。仿佛人们认为人世间就是这般境地。连我父亲都已经认命。他说，儿子，我们往哪走啊，满世界都是土。我说不是的，父亲，我知道有些地方天是蓝的，空气跟我们以前看见的一样透明。在那里田野被绿草覆盖。土地潮湿。风中除了秋天的金黄叶子，没有一粒尘土。

我父亲默然地看着我。

我们该走掉一个人。我说。总不能全让土埋在这里。

我说这些话时，一只一只的鸟正在飞离村子。有的飞着飞着翅膀不动了，直直掉下来。地上已经没有路。

很久以后，我父亲都坚持认为我走掉了。尽管家里其他人认为我被土埋掉了。他们知道我不好动，爱坐在墙根发愣。爱躺在地上胡想事情。最先被土埋掉的，就是这种人。他们说。

我父亲却坚信自己的看法。他说我正生活在一片没有尘土的蓝天下。他说我在那里仍旧没有忘记养成的习惯，拿起什么都要对着嘴上噗噗地吹两下，再用手拍打两下。

我们家总算走出去一个人。即使我们全埋掉了，多少年后，还会有一个亲人，扛着铁锨回来，挖出我们。

我父亲这样说时，我就躲在家里的桌子底下，羞愧地低着头。

我常常躲在这儿听家里人说话。

又一年过去了。每年秋收结束后，我父亲总会说这一句话。那时天已经黑了，家里人全待在屋里。收回的粮食也堆在屋里。一家人黑黑坐着，像在等父亲再说些什么。有人等着等着一歪身睡着。有人下炕去喝水，听见碗碰到水缸。外面簌簌在落土。我在他们全睡熟时，爬上炕沿，看见我以前睡觉的地方，放着两麻袋粮食，安安静静，仿佛我还躺在那里，一夜夜地想着一些事。我试着咬开一只麻袋，一半是土一半是麦子。

有时我听他们商量着，如何灭掉家里这一窝老鼠。他们知道老鼠洞就在桌子底下。他们在睡觉前，听见桌子底下的动静，说着要灭老鼠的事。说着说着全睡着了。从来没有人动手去做。猫在刚开始落土时就逃走了。村里的狗也逃走了。剩下人和牲畜。牲畜因为被人拴住没有走掉。人为啥也没走掉呢。

我父亲依旧在半夜上房扫土。不是从东墙的梯子，而是从天窗直接爬到房顶。门和窗户都被土埋掉了。我父亲上房后，先扛一把锨，在昏黄的月光里走遍村子，像我数年前独自走在有一窄溜月光的村巷。村子已不似从前，所有房子都被土埋掉一大半。露出的房顶一跨脚就能上去。我父亲趴在一户人家的天窗口，侧耳听一会里面的动静，又起身走向另一家。

当回到自家的房顶唰唰地扫土时，依旧有一只鸟站在背后的矮树梢上，"啊、啊"地对他大叫。

那已是另一只鸟了。

我父亲永远不会知道，他的儿子已经变成老鼠。

我原想变成一只鸟飞走的。

还在早些时候，我就对父亲说，我们飞吧，再晚就来不及了。

那时道路还没有全部被沙子埋没。在人还可以走掉时，人人怀着侥幸，以为土落一阵会停。

不断有鸟飞过村子。有的飞着飞着翅膀不动了，一头栽下来。更多的鸟飞过村子，在远处一头栽下来。可能有个别的鸟飞走了。

我在那时变成了鸟。

一只一只鸟的命，从天上往下落。在它们未坠落之前，鸟的命是活的。鸟的惊叫直冲云霄。它们还在空中时，我能接住它们的命往下活。我那时已经在土里了。我的家人说得对，我确实被土埋掉了。我坐在墙根打了个盹，或许想了一会儿事情，我的身体就不见了。在土埋住我的眼睛前，我突然看见自己扇动翅膀。我看见自己翅膀的羽毛，黑白相间。很大的一双翅膀，悠然伸展开。我被它覆盖，温暖而幸福地闭上眼睛。

接下来出现的是我的翅膀上面，那双鸟眼睛看见的世界。我并没有飞掉。只是在那一刻展开了翅膀。

以后的日子多么漫长，一年一年的光景从眼前过去了。在一只鸟的眼睛里，村庄一层层被土埋掉。我的家人只知道，屋旁日渐低矮的树梢上多了一只鸟。他们拿土块打它，举起铁锨撵，它飞出几米又回来。见了家里的谁都"啊、啊"地叫。后来他们就不管它了。

他们在那个昏黄的下午，发现我不在了。那时他们刚从地里回来，在院子里拍打身上的土、头上的土。多少年后他们都不知道，这院房子一半被天上落下的土埋掉，一半被他们从身上抖下的土埋掉。村里有房子的地方都成了一座座沙土丘。他们抖完土进到屋里，很快就发现我不见了。不知从哪时开始，每天收工回来，家里人都要相互环视一遍，确认人都在了才开始吃饭。

他们又来到院子，大声喊我的名字。一人喊一声，七八个声音，此起彼伏。我在树枝上"啊、啊"地叫，一块土块飞过来，险些打着我的翅膀，我看见是我的弟弟扔的，我赶紧飞开。

过了一会儿我飞回来时，他们已不喊我的名字了。天也黑了一些。我的弟弟拿一把铁锨，说要到我常喜欢待的地方去挖挖，看能否在土里找见我。我父亲却坚信我走远了，让他们别再费劲，都快进屋去。他们说话时我就站在旁边的树枝上，圆睁着双眼，陌生地看着他们。

每天夜里我都跳到房顶，头探进天窗，看睡了一炕的家人。看从前我睡觉的那片炕。我父亲半夜出来扫土时，我又落到一旁的树枝，直直地看着他。他扛着锹在昏黄月光下的村子里，挨个地窥视那些天窗时，我就飞在他头顶，无声地扇动翅膀。

仿佛永远是暗夜。白天也昏昏沉沉。太阳在千重尘土之外，起起落落。我一会儿站在树枝上，一会儿又飞到房顶。他们很少出来了。地里的庄稼被土埋没。外面彻底没人做的事情了。我不住抖着翅膀上的土，不住从土中拔出双脚。从外面看过去，村庄已成一座连一座的沙土丘。天上除了土什么都没有。已经好几年，天上不往过飞鸟了。我有些寂寞，就试着下了一个蛋，一转眼就找不见了。我用爪子挖土，用翅膀扇，都没用，土太厚了。过了一个月，我都快淡忘这件事了。突然，从我丢蛋的深土中钻出一只老鼠，我吓了一跳，正要飞开，老鼠说话了：爸爸，你原谅我。我没办法才变成老鼠。你也变成老鼠吧。你变成鸟，想在被土埋掉前远远飞走。可是，满世界都是土。我们只有土里的日子了。

那以后我才知道，好多人变成老鼠了。我以前认识的那些人，张富贵、麻五、冯七、王秀兰、刘五德，全鼠头鼠脑在土里生活，而且一窝一窝地活下来。我父亲在一个又一个昏黄月夜，耳朵贴着那些天窗口听见的已不是人的呼噜和梦呓，而是唧唧的老鼠叫声。

这个村庄只剩下我们一家人了。

我父亲扛着铁锨爬进天窗，看见缩在墙角灰头土脸的一群儿女。他赶他们出去，吹吹风，晒晒太阳。再窝下去身上就长出毛了。

他们全眼睁睁看着父亲，一动不动。

最后的几麻袋苞谷码在我以前睡觉的炕边，在中间那只麻袋的底下，有一个小洞，那是我打的，每天晚上，我从麻袋里偷十二粒苞谷。我和我的五个儿女（我已经有五个儿女了），一个两粒，就吃饱了。

我估算着，我的家人要全变成老鼠，还可以活五年。那些苞谷足够一大窝老鼠吃五年。要接着做人，顶多熬五个月就没吃的了。到那时，我和我的儿女或许会活下去。老鼠总是比人有办法活下去。那些埋在沙土中的谷粒、草籽草根，都是食物。

我父亲肯定早想到了这些。他整夜在村子里转，一个人，一把铁锨。他的背早就驼了，头也耷拉下来。像我许多年前独自在村里转，那时我整夜想着怎样逃跑，不被土埋掉。他现在只想着怎样在土里活下去。他已经无处逃跑了。我不知道他还能坚持多久。迟早有一天，他从外面回来，看见一群儿女全变成老鼠，唧唧的乱窜。他会举锨拍死他们，还是，睁一眼闭一眼，任他们分食最后的粮食。

他迈着人的笨重脚步，在村子里走动时，我就跟在他身后，带着我的五个儿女。我看见的全是他的背影。他走到哪，我们跟到哪。我对我的儿女说，看，前面那个黑乎乎的影子，就是你们的爷爷。我的儿女们有点怕他,不敢离得太近。我也怕他肩上的铁锨,怕他一锨拍死我。我的父亲永远不知道,他在昏黄的月色中满村子走动时,身后跟着的那一群老鼠,就是他的儿孙。

我的儿女们不止一次地问我:我们为啥一夜一夜地跟着这个人在村子里转。我无法说清楚。遍地都是老鼠,我父亲是唯一一个走在外面的人了。尽管他看上去已不太像人,他的背脊被土压弯,头被土压垂,但他肩上的铁锨,直直地朝天戳着。

拾捌

谁都没有走掉

他们要扔下我

我看见他们脊背上的草叶和土,皱巴巴的衣服,头发蓬乱的后脑勺,看见他们走路的样子,开始脚踩在地上,脚印像树叶一片一片向远处飘。看不见身体。他们一路踩起尘土,掩埋行踪。我追上去时脚印全不见了。

我一直没有走到前面,看清他们的脸。早晨我跟在他们身后走出村子,不敢跟得太近,看见了会撵我回去,扔土块打我。他们好像要扔掉我,我不敢肯定。全是走的迹象。他们背着我说走的事,我蹲在下风处,听不清要去哪里,往哪走。虚土庄最早走远的是有关走的话,被风刮遍天下。其次是人出的气,放的屁,跟在这些话后面,接着人的脚步开始往远处移,再就是人的梦,从另一条路上走了,不知道他们在什么地方会合。黄昏时我从荒草中探出头,看他们迎着夕烟回家,他们走开后田野大片大片黑下来。整个夜晚落在我身上。我弓着腰,走几步,蹲下听一阵,确信田野上再没有人,然后,我趴在村口的大沙包上,看一户一户人家的灯点亮。我们家的灯也亮了,点在院子,沙枣树梢的叶子泛着红光。一直到半夜,所有窗户变黑,一点灯光从低矮的门缝渗出来,暗暗的。我在那时摸进村子,院门半开,院子空荡荡的,我蹑脚走过虚掩的窗户和屋门时,听见自己的脚步,碎碎的,从村外一直响过来。好像我已经睡在炕上,听见自己从村外回来。我不敢进门,爬到牛圈棚顶的草垛上,静悄悄地闭着眼睛。

每天,我都担心他们要走掉,夜里他们秘密商量好一个去处,一大早走出村子,偷偷摸摸,从不喊我。也不说去哪。每人走上一条路。我以为他们会回来,我在村子里等。我不长大,在五岁的早晨等。他们一次次回来。跑马车的人载着满车东西回来。扛锨出去的人背一脊梁沙土回来。每天黄昏,一村子的炊烟、锅碗瓢勺的响声、驴叫狗吠,让我觉得人都在村里。我老老实实待着,醒来睡着。突然地,一个早晨人全走光。烟囱里的炊烟冒光。

后来我每天跟他们出去,远远地跟出村子,他们全消失在荒野。到处是岔路。我在每个路口的草丛中守候。当他们从前面走来,我不敢肯定是不是早晨出来的那些人,觉得不认识他们。我从没看见过那些人的脸。我把头埋在草丛,听到他们的脚步,震动草根。当他们走远,留给我背影时,又觉得是他们。那些脊背上的沙土和草叶,还是昨天的,没顾上拍打。还有没顾上做的事情,让他们又回到村子。

我一天天一夜夜地被扔下。

他们商量着要走,却老不起身。起身走掉的人又回来。好像要等我长大了再走。我一直不长大,把他们拖住了。因为我没按时长大，本来该我干的活，都落在他们头上。该我老的时候，我没老，老也加到别人身上。死亡也分给别人了。一个人五岁时，一把铁锨插在十五岁的地头。一个女人坐在二十岁的炕头。我在五岁停住了，我一直没走过去扛起那把锨，抱起那个女人。我有了另外一种生活，该我过的生活被谁过掉了。

我父亲一次次从远处回来，看见我依旧矮矮的，歪着头。

这孩子咋不长呢。他犯着愁，又一次次赶车远去，梦想下次回来他的二儿子已经长大成人。我最终没让他看见我长大后的样子。也许我长大后混在和他一样的大人中，他认不出我，我不认识他。

夜夜有孩子的脚步，满村子走。一只小小的手指敲门，每扇门被敲过。每个窗口被倾听过。人们传言流产在路上的一个死孩子追来了，没有头，没有手和脚。好多年间，好多孩子在夜里走进村子，让空气中又多了一些人的呼吸。我不知道。我好像不认识其他孩子。我见过一个树上的孩子，我不敢肯定是否真的见过。我听到过那些孩子的喊叫，在白天，在黑夜，在村子的每个角落。我迎着喊叫跑过去，什么人都没有。我跑到东边，那些喊叫声飘移到西边。我在夜晚时，那些声音又隐隐约约，仿佛在另一个白天。我追不上，走不到他们中间。连影子都看不见。

有时我又觉得那些声音全是我的，我在白天，在黑夜，在村子每个角落喊叫。只有我听见。我在夜晚一次次走进村子，我前面是飘飞的树叶，碰响每一扇门。后面是尘土，黑黑的，落在每一家窗台和房顶。

他们好像知道我在跟踪,在下风听他们说话。村子里好些年没人聚在一起。那根坐过好多人的大木头,都闲得朽掉了。他们夜里散开,睡在各自的黑暗中。白天也散开,不让我跟踪,商量好要扔掉我,每人走一条路,在远处会合成一个村子,所有人所有牲畜都到齐,所有白天黑夜和满天的星星都到齐。一个不要我的村庄,是什么样子。我不知道。

可是,好像他们没走到一起,每个人都在路尽头等别人,等得草都黄了,没有一条路交会,没有一个人走来。后来他们一个个回来,重新商量走的事。我依旧在童年,和飘飞的树叶玩,和风玩,和他们带回来的尘土玩。我玩耍的时候,依旧在下风,耳朵朝着他们。

谁都没有走掉

整个冬天,雪封住远远近近的道路。粮食堆在仓里,劈好的烧柴码在墙根。只剩下睡觉一件事情。人在睡,牲畜也在睡。每个人，都可以睡到瞌睡尽头，谁也不喊谁。先醒的人看见其他人都睡着，一闭眼又睡过去。那时人会知道瞌睡尽头不一定是天亮，有时是另一个夜晚。

人们又聚在大牛圈里，商量什么时候走。因为走是每家每户的事。要全村一起走，不能剩下一户人，连一头牲口也不能剩下。每家都要说说自己啥时能动身。准备好的人也不能先走，得等那些没准备好的人，可能一等几年，谁知道呢。也不能睡着等、闲坐着等，该种地还要种地，该出去跑买卖的还要出去，等到被等的人家准备好了，等待他们的人家又有麻烦了，家里的一个人没有回来，或者女人又怀孕了，随便一件小事又把人留一年。能留人的事多着呢，你听他们说的话，好像都在说要走的事。

"等我们家黑牛娃子长大了就走。"杜才说。

"我们家房后那棵柳树长到能做椽子了就走，已经长到胳膊粗了，再有两年就成材，现在走了可惜了，走到哪都要盖房子，带上几根木头不会错的。谁能保证去的地方就一定有树。有树就一定正好能做椽子。"韩三说。

"等我们把房子住坏再走吧，墙还结实着呢，一个口子都没有。即使到了一个新地方，不知道我还能不能盖起这么结实的房子。你们都知道，盖房子要打土墙，打土墙要有劲。而我已经没多少劲了，我的儿子还没长大成人。"邱老二说。

"我不管他们了，这一年庄稼收了，我们就走。"胡木说。

走是虚土庄最大的事。每当决定要走的时候，满村子母亲喊孩子的声音，仿佛每家都有一个孩子没回来。

母亲呼喊的时候，远远的顺着风声，听见孩子的答应，小虫子的鸣叫一般，听见树叶一样细细的脚步声，朝村子走近。那时我蹲在墙头，看一场风刮进村子，远处的树叶一片片涌到墙根，落到窗台和门槛。每年每年，那些远处的树叶，学着孩子的脚步走进村子。当两片树叶，一起一落走在荒野，所有母亲竖起耳朵。

就像那时，人们停下来等一个孩子出生，现在，所有人停住手中的活，停住要走的想法，等好多孩子回家。

有几年，是父亲嚷嚷着要走，母亲说要等一等。她听见了孩子的脚步声，母亲知道自己有几个孩子，哪个来了，哪个还在路上。父亲等不及，就一次次赶马车出远门。他回来时家里果然多了一个孩子，两眼生生地望着他。家里每多一个孩子，父亲就多一个陌生人。

另几年村子突然忙起来，好多年的事情，堆到一起。连有五个儿子的父亲，都叹息人手不够。

"我们真应该再等些年呢。"当父亲的说这句话时，眼睛看着村外，仿佛他的另五个儿子，正在回家的路上。

有一年人们似乎准备好了，家家招呼着要走，仓里的粮食装进麻袋。长成橼子的树砍倒。绳子和筐派上用处。俗话说，跑三年，一根棍。守三年，背不动。人们不知道住了几年，或许已经很多年，早不是以前的那一茬人。早些年说着要走的那些人，可能早走掉了。我觉得人们的模样已有所不同。村子已经换了几茬人，我依旧没有长大，看不清他们的脸，我只能从鞋子和裤腿认识那些人。好多脚回到村子，好多鞋子没回来。

人们往车上装东西，往房子外搬东西。绳子不够用了，许多东西要捆起来运走，捆起来的东西好像也没法全运走，把一房子一院子的东西装到一辆车上，简直是件无法想象的事。于是，扔掉什么，带走什么，变得比走不走更重要了。

每家都有矛盾，往往为一个小东西的扔与不扔，妻子和丈夫，丈夫和儿子，儿子和母亲，爷爷和孙子都不能统一意见。

正当人们为此发愁，突然地，做顺风买卖的人从奇台那边带来消息，说有一个人正向虚土庄走来，他在奇台生病了，住了一个冬天。他向所有遇见的人打问虚土庄子人，村里每个人的名字他都问到了。现在他的病大概好了，那个人可能已经闻着这一年的麦香走来了。

因为不知道那个人的名字，长相也没说清，就都认为是自家的亲戚。

我们得等一下这个人。王五爷说。

好不容易准备好了，我们不能因为一个谁也说不清的人，把多少年的计划放弃了。冯七爷说。

我们可以在墙上写字，说明我们去的方向。让他随后跟来。刘五说。

这怎么行呢。王五爷说,那个人走到虚土庄,肯定像我们当时一样,累得没劲了。他会停下来过冬,这冬一过,就说不上了。俗话说,黄金屁股西风腿。意思是说,人的屁股比金子还沉,一坐下再想起来,不容易。尤其春天来了,他看到我们扔掉的这么多耕好的地,他怎么舍得呢。还有这么多没人住的房子。说不定他就一年年住下去了。拖住我们的东西一样会拖住他。那样他老死也走不出这个村子。也许他会回到老家,再喊一帮子人,到这个村庄来过日子。而我们一直想着有一个人在路上追赶我们,我们在哪落脚都会不安心。老是回头望。这样我们又会变成歪脖子。

等待的人没来。第二年夏天,路过虚土庄的买卖人说,那个人确实离开奇台向虚土庄方向来了,他走了大半年,应该早到了。会不会留在别的村庄,不来了。或者走过了头,半夜穿过村子,只要走过去,前面再不会有虚土庄,他就会没有尽头地走下去,像被野户地人报复的胡三一样。

倒是有几封信从甘肃老家寄来,说有好几个人已经动身来投奔我们。让我们一定在虚土庄子等。

那就再等两年。顶多等三年。王五爷说。

等十年也不会等齐他们。冯七爷说。

从甘肃老家到新疆省城,再过老沙湾到虚土庄,几千里路,数不清的岔路口,我们又不能在每个岔路口站一个人等他们。出来十个人，最后有没有一个人走到这里，谁也说不清。许多人会把路走岔，知道自己走错路时，已经没办法回去，也许走着走着人老掉了，没有重走一条路的时间和力气。

即使没走错路的人，也不一定能走这么远。人动身离家时都以为自己有目的，手里拿着一个遥远的地址。那里有亲人等着自己。可是一走到路上就是两回事了。尤其几千里的路，人走着走着发现自己像一个梦游者慢慢醒来，人在路上边走边想，有时会住在一个地方想一阵子再走，这一阵子有多长就没数了，短则几天数月，长则几年。人只要在中途停下，待几个月，想法就会变，好吃好喝好女人，都能留下人。一个好梦也能留下人。尤其碰见个好女人，怎么舍得离开，天下的好地方都在女人身上。人就会想，剩下的路算球了，不走了。

好多人留下了。人走着走着就忘掉目的，随便在一个村庄住下来，生儿育女。

在那些荒野中的村落里，到处住着这样的人，问他们从哪来的，都知道。问他们到哪去，都不知道。好像都住在路上，随时要离开的样子，随便盖几间房子，又矮又破。随便种一块地，不方不圆。从来不修条平顺路让自己走。都在凑合，十年二十年过去，五十年过去，却很少有人搬走。村子越来越破旧。上一代人埋在村外了，下一代人仍不安心，嚷着要走。

所有路都走遍了。每人都想把村子带到自己的路上。夜晚他们暗暗围在一起,讲自己找到的路,尤其跑顺风买卖的,跑遍这片荒野,知道的路比头发还多。可是,他们都对别人不屑一顾。当冯七说出一条通向柳户地的路时,韩三就会反驳,我跑遍了荒野,怎么从来没看见没听说这样一条路。而韩三说出走荒舍的一条路时,冯七又提出同样的质疑。

谁都看不见别人走过的路。围在油灯下的一村庄人,谁看谁都是黑的。一个村庄,不可能走上一条只有一个人知道的路。

无边无际的麦子

我也没走掉。我五岁时,看见自己混在那些四十岁上下的人中间,去了我不知道的遥远处。

也就是四十岁上下那些年,我走遍这片大地的远近村落,没有找到那个五岁的孩子,他穿过的长着紫草和铃铛刺的旷野、他遇见的一场一场大风,都不在那里。

那一年我又准备出门远行,我把车赶出院门,就要上路了,突然听见有人喊。

"哒。"

只一声。我一回头,看见他们全站在门口,望着我。我的妻子、儿子女儿、垒了一半的院墙、正在开花的沙枣树,我猛然间泪流满目。我真实的生活一下被我看见了。

好些年前,我父亲就是这样被我们喊住,被我们望他的目光留住。

我把马车吆进院子。

那时正是中午,我的影子回到脚底。

就是四十岁上下那几年,我在自己的岁数里,哪都没去,影子回到脚底。我开始操劳地里的事。我埋头干活的时候,突然看见自己的一对大脚,长满汗毛的腿,粗得像牛一样的腰和身板。我踏踏实实干了几年活,把几辈子的粮食都打够了。

每年七月,我的麦地从院墙根,一直金黄到天边。站在房顶喊一声,招招手,麦子排着长队回家来。种了多少年的麦子,早认识了家门,认识了粮仓和麻袋。那几年,好像就我一个人在操劳地上的事。已经没人关心收成。人人忙着梦中的事情,梦把人引向远处。村子一年年变空。他们走远后大片大片的土地留给我一个人。

拾玖

麦子熟了

麻绳

我等刘榆木醒来,说个事情。他靠在麦草堆上扯呼,说梦话。我不知道他还要睡多久。太阳移到麦草堆后面去了。谁家的麦场,麦子早打完拉入仓了,丢下一堆麦草,一群麻雀在四周飞叫。我闲逛过来,见睡着的刘榆木,突然想起,去年秋后,压冬麦的时候,刘榆木借了我们家一根麻绳,一直没还。可能都用成麻丝了。我得问问他,把麻绳要回来。去年的一个早晨,他敲我们家门,说要借一根绳子。他的车停在路上,车上装着麦种。要压冬麦了。我把一根绳子递给他。那时家里人都没醒来。或许家里人都走了,剩下我一个人。我自己做主把绳子借给刘榆木,然后我看着他吆车朝北边走,那以后我去了哪,是回到屋里接着睡觉,还是出门去了别处,我记不清了。后来他们回来发现家里少了一根绳子,四处找。要过冬了,他们在野滩砍了好多柴,回来拿绳子去背。绳子不见了。或许他们又出去找绳子。其间我回到家,冬天已经过去。也可能冬天没来。迎面到来的是另外一个夏天。我始终没遇见他们。也许他们回来我正在梦中。家里的开门声再不能唤醒我。因为我借给别人一根绳子,就好像把一个冬天都借出去了。以后的记忆不知到哪去了。直到我看见刘榆木,才突然想起那根绳子。他睡在别人家的麦草堆上。一群鸟在四周叫。鸟分不清人的睡和醒。夜里人睡着时鸟也睡觉了。人用稻草人都可以吓鸟。有些人也分不清自己的睡和醒。就像我弟弟。我分清了吗？多少年后我回想这件事，因为我看见睡着的刘榆木，我自然是醒的。我在刘榆木身边坐下，也靠在麦草堆上，听刘榆木说梦话。我希望听他说到一根绳子的事。有几年，我夜夜趴在别人家墙根，听人说梦话。白天我凑在大人堆里，听人们说胡话。这两种话，一个尘土一样朝天上扬，另一个空马车一样向远处飘。没有一句话落到村庄的一件事上。我没有听到过这个村庄的正经话。是他们没说过，还是我没听见？他们说正经话干正经事的时候，也许我睡着了。现在，我要等一个人醒来，说件正经事。一根绳子的事。我希望鸟吵醒他。

等着等着我睡着了。我睡着时，被谁唤去割了大半天麦子。我听见谁喊了一声，然后看见自己站在一片麦地中。四周黑黑的，麦地也黑压压，看不到边。也看不清在什么地方。我以为是自己家的麦子，别人家的麦子全割完了，我们家麦子剩在地里。人都到哪去了。我急急地收割着，把浑身的劲都用了。割着割着觉得不对劲，这不是我们家的麦地。

我醒来时，刘榆木不见了，他睡过的麦草上留下一个坑。四周也听不见鸟叫。我本来找刘榆木要我的麻绳，打了一会儿盹，就被谁使唤割了一大片麦子。这么多年，我在梦中干的活，做的事，比在白天多得多。尤其在梦中走的路，比醒来走得更远。我的腿都在梦中跑坏了，可我还待在村里。

我很小时，母亲教我怎么做梦。她说给我弟弟听的，那时他分不清梦和现实。我分清了，但我看不住梦里的东西，也不能安排我的梦。

在梦中你由不得自己。母亲说。梦中你变成啥就安心当啥，不要去想。别人追你就跑。跑着跑着会飞起来。跑不掉就跑不掉。死了也不要紧。不要扭着梦。在梦中我们看见自己在做什么，甚至看见自己的脊背，说明我们的眼睛在别处。而在现实中我们看见的都是别人。那时眼睛在自己头上。知道这一点，你就能准确判断自己在梦中，还是醒了。梦是给瞌睡安排的另一种生活。在那里，我们奔跑，不用腿。腿一动不动，看见了自己的奔跑。跑着跑着飞起来。飞起来就好了。一场梦里，只有一个人会飞。因为每一场梦，只配了一对翅膀，或者一个飞的愿望。你飞起来了，其他人就全留在地上。

我时常在梦中飞，像一只鸟，低低的，贴着屋顶树梢，贴着草尖沙梁，一圈一圈绕着村子飞。有时飞到远处，天空和戈壁一样荒芜。我只是无倦地飞。为哪只鸟在飞。飞到哪里算完。

我在那样的飞行中，遇到唯一亲切的东西就是风。遇到风我就回头，我手臂张开，衣服张开，腿张开，嘴张开，朝着虚土梁。我在远处遇到的风，全朝着回家的方向刮。一场风送一个人回家。风停住人到家。虚土梁是风的结束地，也是风开始的地方。它还是我的梦开始和结束的地方。

卖磨刀石的人

房子一年年变矮，半截子陷进虚土。人和牲口把梁上的虚土踩瓷，房子也把墙下的虚土压瓷。那些地，一阵子长苞谷，一阵子又长麦子。这阵子它开始长草了，从虚土庄到天边，都是草。草木把大地连起来。

七月，走远的人回来说，东边是大片的铃铛刺，一刮风铃铛的响声铺天盖地，所有种子被摇醒，一次次走上遥远的播种之路。红柳和碱蒿把西边的荒野封死，秋天火红的红柳花和天边的红云相连，又从天空涌卷回来，把村庄的房顶烟囱染红，把做饭的锅染红，晚归的人和牛也是红的。

只有几个孩子的梦飘过北边沙漠。更多人的梦，还在早年老家的土墙根，没走到这里。只有回到老家的路是通的，那条路，被无数的后来者走宽，走通顺。

刘二爷说，我们无法利用一场梦，把村庄搬到别处。即使每人梦见一辆大车，梦见一条畅通无阻的大路，可是，又有谁能把这些车和路梦到一起。梦中谁又会清醒地知道我们的去处。

七月，跑买卖的冯七闻着麦香回来，马脖子上的铃铛声在几里外传进村子。我们对他拉回来的东西没一点兴趣，只喜欢听他说外面的事，他跑的地方最多，走的路最远。那些夜晚，村里一半人围在冯七家院子。有人想打听自己家人在远路上的消息。有人想打问自己的消息。冯七从不带回来同村人的消息，仿佛他们在远处从没有相遇。仿佛每个人都去了不同的地方。

当冯七讲完他经过的所有村庄后，天还没亮，院子黑压压坐着人，有的睡着了，有的半睡半醒。这时就有人问，你每次回来时，看见了一个怎样的虚土庄。你见识了那么多人，回来看见的虚土庄人又是怎样一种人，我们在怎样的生活中过着一生。

冯七说，我从北边回来的那个下午，看见虚土庄子的背后，凌乱的柴垛，破土墙，粪堆，潦草圈棚。看见晚归人落满草叶尘土的脊背，蓬乱的后脑勺。我就想，我们一次次收工回去的是这样一座破烂村庄，一天天的劳忙后我们变成这样一群佝偻背影。

而我从南面回来的早晨,看见的却是另一番情景:整洁的院落,敞亮的门窗,刚洒过水、清扫干净的路。穿着一新准备出门的村人。南面是村庄的门面,向着太阳月亮。我们不欢迎从北边来的人,我们把北边来的人叫贼娃子。北边没有正经路,北边是我们长柴火、放羊、套兔子打狼的地方。南来的路到了虚土庄,又开两条腿,朝西朝东走了。

我还没有从天上到达过虚土庄,不知道一只鸟、那群飞旋的鹞鹰看见了一座怎样的村庄。它们呱呱地叫,因为我们的哪件事情。它们在天上议论我们村子,落到地上时说天上的事,叽叽喳喳,说三道四。听懂鸟语的人说,鸟天天在天上骂人,在树枝上骂人,人以为鸟给自己唱歌,高兴得不得了。柳户地村有个懂鸟语的,也会听猪马羊这些牲口的话,他只活了二十七岁,死掉了。说是气死的。所有动物都在骂人,诅咒人。那个听懂牲口话的人就被早早骂死了。

冯七讲述的远处村庄让人们彻底绝望。他把村里人的脑子讲乱了,弄不清到底有多少个村庄。当他讲述一个村庄时,在人们心中就会有三四个相同的村庄,出现在不同的远方。它们星星一样密布在远远近近的地方。

无论我们朝哪个方向走,最终都将融入前方的一个村庄,在那里安家落户,变成外来人,种别人种剩的地,听人家指使。

另一些跑买卖人带来的消息，证实了冯七的说法。这片荒野四周都已住满人，只剩下虚土庄周围的这片荒野。虚土庄人的远方早就消失了，人、牛马羊，都没有更远的去处。以前我们认为连鸟都飞不过去的北沙窝，到处是人走出的路，沙漠那头的人，已经把羊群赶过来，吃我们村边地头的草了。他们挖柴火的车，也已停到我们村边，挖我们地头墙根的梭梭红柳。老早我们砍柴火，砍一些梭梭红柳枝就够烧了。现在近处的梭梭红柳枝被砍光，我们只有挖它们的根。

刘二爷说，那些车户，一开始想找一条路，把整个村子带出去。后来走的地方多了，把别处的好东西一车车运回村子时，觉得没必要再去别处了。况且，他们找到的所有路都只适合一辆马车奔跑，而不适合一个村庄去走。他们到过的所有村庄都只能让一个人居住，而无法让一个村庄落脚。

七月，麦香把走远的人唤回村子。割麦子了。磨镰刀的声音把猪和羊吓坏了。卖磨刀石的人今年没来。大前年七月，那个背石头的人挨家挨户敲门。

卖磨刀石了。

南山的石头。

这个喊声在大前年七月的早晨，把人唤醒。突然地，人们想起该磨刀割麦子了。本来割麦子不算什么事，每年这个时节都割麦子。麦子黄了人就会下地。可是，这个人的喊声让人们觉得，割麦子成了一件事。人被突然唤醒似的，动作起来。

那时节人的瞌睡很轻，大人小孩，都对这片陌生地方不放心。夜晚至少有一半人清醒，一半人半睡半醒。一片树叶落地都会惊醒一个人。守夜人的两个儿子还没出生。另两个，小小的，白天睡觉，晚上孤单地坐在黑暗中，眼睛跟着父亲的眼睛，朝村庄的四个方向，转着看。守夜人在房顶上，抵挡黑暗的风声。风中的每一个声音都不放过。贴地刮来的两片树叶，一起一落，听着就像一个人的脚步，走进村子。风如果在夜里停住，满天空往下落东西。落下最多的是尘土、叶子，也有别的好东西，一块头巾，几团骆驼毛。

后来人的瞌睡一年年加重，就很难有一种声音能喊醒。狗都不怎么叫了。狗知道自己的叫声早在人耳朵里磨出厚茧。鸡只是公鸡叫母鸡。鸡叫声越来越远，梦里的一天亮了，人们穿衣出门。

一块磨刀石五年就磨凹了。再过两年，我才能听到那个背石头人的敲门声。他在路上喊。

卖磨刀石了。

南山的石头。

然后挨家敲门。敲到我们家院门时，我站在门后面，隔着门缝看见他脊背上的石头。他敲两下，停一阵再敲两下。我一声不吭。他转身走到路中间时，我突然举起手，在里面哐哐敲两下门，他回过头，疑惑地看一眼院门，想转身回来，又快步地朝前走了。过一阵我听见后面韩拐子家的门被敲响。

卖石头的人在南山采了石头,背着一路朝北,到达虚土庄再往西,路上风把石头的一面吹光。有时碰见跑顺风买卖的,搭一段路。但是很少。卖石头的人大多走侧风和顶风路,迎着麦香找到荒野中麦地拥围的村庄。

他再回到虚土庄时我已经长大走了。我是提一把镰刀走的,还是扛一把铁锨,或者赶一辆马车走的,我记不清。那时梦里的活开始磨损农具,磨刀石加倍地磨损,早就像鞋底一样薄了。一块磨刀石两年就磨坏了。可是卖磨刀石的人,来虚土庄的间隔,却越来越长,七八年来一次。他背着石头在荒野上发现越来越多的村庄,卖石头的路也越走越远,加上他的脚步,一年比一年慢,后来多少年间,听不到他的叫卖声了。

那块麦地是谁的

我走到荒舍时遍地的麦子熟了,却看不到割麦子的人。我想,我不能这样穿过秋天,我得干点事情。

这个村庄怪怪的，我只听见它的鸡鸣狗吠，感觉村子就在大片荒草麦田中间，却看不见房子。它好像被自己的声音包裹着。

每年这时候，从东到西，几千里的荒野上，麦子长黄，和青草分开。山南的农人提镰刀过来，闻着麦香走向村庄和麦地。那些人满脸胡须，右肩搭一个褡裢，右手提镰刀，整个身子向右斜，他们好像从不知道往左肩上放些东西，让身体平衡。只用半个身子，对付生活。

山南的麦子在六月就割完，已经吃得差不多了。漠北的牧羊人这时也把羊群赶到地边等着，人收割头遍后，羊会收割二遍。鸟和老鼠早就下嘴了，人抢收时，老鼠在地下清扫粮仓。老鼠不着急，它清楚不管地里的还是收回粮仓的，都是它的食物。人也知道躲不过老鼠，人种地时认真，收割时就马虎，不能收得太干净，给老鼠留下些，老鼠在地里吃饱了，就不会进村子。

那时候，仿佛比的是谁有多少种子。地无边际地闲置着，平坦肥沃。只要撒上种子，会有成群的人帮你收割。

如果我帮一户人家割完麦子，我问，要不要压冬麦的人手，那样我就会留到九月。甚至可以在人家过冬，然后春种春播，一年年待下去，一辈子就过去了。

我把一片黄熟的麦子割了，捆起来，躺在麦子上等主人来给我付工钱。

地在沙包后面，离村子不远。在地里干活时，我听到村子的人声和鸡鸣狗叫，声音翻过沙包传过来，仿佛村子在半空里。

麦子一块一块陷在荒野中，村子也陷在荒野。看上去麦地比村庄陷得深远。尤其麦子割倒后，麦地整个塌下去。

我把自己陷在麦地了。

别人是先找到地的主人，要一片活去干。我不想进村子找活，太麻烦。我看不清那个村子。我先找到这片麦子，我想活干完总会有人来付钱。

我在麦地等了一天，没人来给我付工钱。

我自己找到村里。

"沙包后面那块麦子是谁的？"我挨家挨户问。

家家锁着门。这时节人都在地里。我叫出来一群狗，追着我咬。我敲谁家的门，它们追到谁家门口。也不下嘴，只是围着叫。

我坐在路边休息，狗也围着我蹲下。

太阳一下子跃过房顶，落到西边墙后面了。地里的人踩着塘土回来，我在路口截住一个人问。

"沙包后面那块麦子是谁的？"

我抬手指去时，村子北边全是沙包。我也辨不清自己割了哪个沙包后面的麦子。我被一群狗追糊涂了。

"哪个沙包后面？"

那个人等我指清楚。我的手却茫然了。

我又问了一个人。"沙包后面的麦地是谁的？有两亩地。"我没用手指，把头向北边扬了扬。

"可能是另一个村庄的。"那个人从北边走来的。他头都没回，丢下一句话。

我又追上去，挡在他前面。

"不可能是别的村庄的地。"我大声说，"路从地边一直伸到你们村子。要是别的村庄的地，路会把我带到那里。"

那个人站住了，打量了我几眼。

"那你看路通到谁家房子，找谁去。"

"我是顺着路找来的。快进村时所有路会成一条大路了。"

天一下黑了。我一个人晾在路中间，没人理我。我给他们指，没人愿意过去看看那块地。

"我给谁家干活了，没钱给一碗饭吃。给一口水喝。给半片破毡让我躺一夜。行不行。"

我喊着喊着睡着了。我的腿早瞌睡了，腰和胳膊也瞌睡了。只有嘴还醒着，说了那么多，吐沫都说光了，没人理。我喊最后一句时，整个身体像一座桥塌下去。

醒来时我躺在村外的荒野上。不知道几天过去了。我被人用一辆牛车拉出村子，扔在荒野上。我的身边有牛蹄印和车辘辘印。还有一堆牛粪。

我一下生气了。

这个村庄怎么这样对待人。我要报复。就像野户地人报复胡三一样，我要报复这个村子。怎么报复我一时没想清楚。我狠狠地用眼睛瞪了村子两眼，跺了三下脚，屁股撅起来对着村子放了一个屁，还想啐一口吐沫，口干舌燥，连一滴吐沫星子都没有。我想这已经够狠了，一个被人仇恨地用眼睛瞪过的村子，肯定不会有好下场。一块被人狠狠地用脚跺过的土地，也不会再长出好庄稼的。而我对着村子放的那个屁，已经把这个村子搞臭了。多少年间，它的麦香是臭的，一日三餐是臭的，男人闻女人是臭的，女人闻男人是臭的，小孩闻大人是臭的，肯定会这样，因为这个村庄的名字臭掉了。

至于以后，我对这个村庄又干了些什么，走着看吧。路远着呢，哪年我又绕到这个村子，我也说不清。

我回到沙包后面，把我割倒的麦子打了，反正我没处去，我总得吃点粮食。我在地头挖了一个地窝子，门朝那个被声音包裹的村子。总会有人到这块地里来吧。我天天朝村子那边望，我好像就这样待了一个秋天和一个冬天，没过来一个人，也没人声传出来，只有鸡鸣狗吠，和马嘶。

贰拾

车户

经常外出的人有好几个名字。尤其车户，十个车户九个贼，一个不偷也拿过几回。他们做贼时用一个名字，做买卖时用一个名字，找女人又用另外的名字。那些人，真名真姓放在家，一个名字的声誉坏了，换上另一个名字。不知底细的人会以为，路上过去了多少人，多少名字留在路上，其实就那几个人，几辆车，来回地跑。

多数名字用一次就扔了。可是，人用过的名字是有生命的，像草籽一样落地生根。在那些少有人去的荒村野店，过往的每个人都被牢牢记住，多年不忘。那里的人老实，木讷，活干完蹲在路边，朝空空的路上望，盼着一年中有几辆车经过村庄，最好在村里住几晚上，听车户天南海北胡诌。车户嘴里没实话，十句话里九句假。一句不假也是胡话。那些孤远村落的人，通过车户的胡吹乱诌，知道他们从未去过的外面世界。他们对车户的话深信不疑，记住车户的名字和讲的每一句话，日积月累，他们对车户的记忆像草一样长满脑子。

冯七早已忘了在这条路上用过多少名字，信口胡说过多少事。多少年后，再次经过只有几户人的荒远村落时，他的名字叫王五，或李六子，那里的人望着他说，几年前有一个叫王多的人，长得和你很像，他卖掉一车皮子，买了一车麦子走了。他路过三道坡时，那里的人又说，几年前有一个叫刘八的人，长得和你一模一样，在村里过了一夜，他显得比你年轻，就是他告诉我们，天从南边可以上去。

在柳户地，有人望着他惊异地说，前年秋天，也是这个时候，有个长得像你的人，在我们家要了一碗水喝，他叫胡木。经过我们村子的人，都会让他留下名字。他再次经过时，我们会用这个名字喊住他。刚才，我喊你胡木，你不答应。你说你叫黄四。这就怪了。

冯七对这样的遭遇并不在意，那也许是以前的自己，叫了别的名字，就被人当成另一个人。可是，相同的遭遇一再地出现在前面的村庄时，冯七渐渐地感到了恐怖，总觉得有一个和自己一模一样的人，已经卖掉一车皮子，买走一车麦子，他永远在他前面，他追上的只是关于他的消息。在这条路上走得越远，和自己一样的人便越多。有许多个名字的自己，在前面干着他正干的事。开始冯七只想尽快做完这趟买卖，回到村里。走着走着车上的东西变轻，买卖不重要了。冯七像追赶自己的影子一样，不停地朝前赶。他觉得要追上那个和自己一模一样的人，看看他到底是谁。他可能就在前面的村庄，他在路上看见他的马车印，甚至听到前面的马蹄声。在柳户地，他听说那个长得和他一样的人前年秋天经过村子时，他觉得那个人已经不远了，只隔了两年。两年时光，也就是麦子黄两茬，树落两次叶子。房后的红柳，朝上长一拃。其实并不远，只要那个人在前面，被事耽搁些日子，他保管能追上。

什么事能把他耽搁一两年呢。

想想。路上的一个坑，把车辕木颠断。他得停下换一条辕木吧。不会有现成的。先找一棵榆树，粗细、形状和没断的那根相配。要些日子去找吧。即使运气好找到了，也不能马上用，把树砍倒，皮剥掉，放到阴凉处阴干。必须要阴干，不能扔在太阳地暴晒，那样木头会裂，不结实了。阴干要时间，一般几个月。几个月呢。就算四个月吧。不过，做马车的行家从不用当年的木头做辕木。树砍倒后，头一年还没死彻底。也许树干不知道自己被砍倒了，它的体内还有旺盛的生长力。它还发芽，长枝，那些枝能长到一尺高，长着长着，枝就蔫了，叶子跟着死掉了。有的树，砍倒后的第二年，还发芽，长叶子。好像不相信自己死了。这样的木头，匠人都不敢轻易用，尤其不能派大用。比如当房梁，做辕木。它没死干净。一部分已经是木头了，变干，裂口子。一部分还是树，活的，时刻会走形。一棵树被砍倒，彻底变成木头，至少要两年。放两年的木头，匠人就敢放心用了，那时它是弯的就再直不了。是直的也不会轻易变弯。

那个人会不会为一根木头，在一个地方等两年？也许他会凑合着换根辕木，继续赶路。但凑合的东西很快又会坏。他不在这个地方被耽搁，就会在另一个地方被耽搁。一旦一根辕木断了，要么老老实实等两年，换根可靠的，一用许多年。要么凑合换一根，跑一段路，在前面的什么地方坏掉，再停下折腾。不论怎样，都会耽搁一两年，那样他就会追上那个人。

即使路上没坑。有坑他绕过去了。仍然有许多的事会发生。随便碰上一件小事，一两年就耽搁掉了。比如一场雨，几百里的路上都是泥泞。人马停在一个地方，等雨停。等风把路吹干。这耽搁不了几天。关键是几场雨后就是夏天。遍野的庄稼和草疯长起来，路上也是草，墙缝房顶也是草，人会被一个季节挡住。所有生命都往上长，麦子未黄，牛羊缺膘，跑买卖的人也瘦骨伶仃，需要停在一个地方，和草木牛羊一起长。人停下来会看到生长。走在路上看见的全是消亡。看到生长人的心就变了。

时间凹下去的地方，就是坑。

那些常有车过的村庄，路上布满大坑小坑，人守在坑旁，等载满货物的马车颠簸摇晃着走过，车上的东西掉下来。都是有用的好东西，摇晃下一点点就不算白等一年。

那些路上的坑，在夜晚被月光铺平，不会颠簸梦中的车，但会颠醒车上做梦的人。那样的漫长路途，车户一次次睡着，马自个朝前走，遇到岔路口站住，等车户发令，"噢"还是"吁"。等半天没声音，马自选一条路走了。

有时候，马走着走着也睡着了，马蹄声一点点变轻，车马停在荒野中。车上是一场人的梦。车辕里是一场马的梦。马站着做梦。太阳迅速地移过头顶,黑夜从四面八方围过来。

还有时候,人一觉醒来发现车停在院子。马在人睡着时掉转车头,踏上回家的路。但更多时候,马把车拉到一个陌生地方,停住。接下来的时光,人四处打听回家的路。荒野上大多是新建的村庄,村庄的名字还没有传到远处,打听一个村庄就像打听一只鸟一样没有着落。车户一旦迷向,唯一的办法是顺着自己的车辙印往回走。或者,干脆睡着,车交给马,马会认路。可是马也常常睡着,醒来不知身在何处。好多车户就这样走丢了,在一个不认识的村庄住下,随便叫个名字,车马卖掉,置一块地,娶妻生子,过着另一种生活。

冯七走到最远的荒舍时,早已换上自己的真名字:冯富贵。这是他的大名,几十年没用了,把它说给别人时,就像掏出一块变馊的馍馍。

荒舍被自己的声音封锁在黄沙深处,冯七在一声马嘶里走进村子,那里的人见了他说,大概十几年前,一个有点像你的人,来过我们村子,他叫刘五,在村里住了两天,又掉头回去了,什么都没买,也没卖给我们什么,白吃了几顿饭,睡了两场觉,就走了。他进村时车空空的,我们以为他会买一大车东西。已经好多年没人来我们村买东西,十几年前的余粮,还存在仓里。我们年年吃陈粮,把新收的麦子稻米存进仓里放旧。粮仓早盛不下,炕上地下,房顶,牲口棚,到处是粮食,那些旧粮食的味道把我们带到陈年往事里。我们害怕新一年到来，害怕春耕秋收。每当温暖春风刮起时，我们就乞求上天，让我们休歇一阵吧，把这个春天给别人，给别的村庄，我们不要了。可是，每年每年，上天把春种秋收硬塞给我们。扔都扔不掉。

再这样下去，我们就被自己种出来的粮食吃掉了。

就在这时，一辆空马车赶进村子，我们高兴坏了。这下可以卖掉些东西了。不光粮食，牛羊也一茬茬长老，没人来买。

我们好吃好喝招待他。就是那个长得像你的人，他空车走掉了。

那个人走后，我们开始怀疑自己的村子，我们派人出去，假装成外人，四处打问荒舍的事。没人知道荒舍，这个村庄传到外面的只是狗叫和马嘶。

后来终于打问到，好多年前，有个叫刘二的人在我们村外割了几亩麦子，没要到工钱。我们让人家又饥又渴，睡在路上，还趁人睡着时，拉到荒野上扔了。

这个人醒来后气极了，屁股撅起对我们村子放了个屁，还恶狠狠瞪了几眼。从此村庄的粮食变臭，肉变苦。可是，我们自己并不知道。

那以后我们全村人出动，找这个被我们得罪的人，给他赔罪，付双倍工钱，让他把那个屁收回去。我们找遍了这片荒野，最后找到虚土庄，问一个叫刘二的人，问遍了村子，都说好像有这样一个人，一直没长大。后来听说长大走了，却没和他们走在一起。

"这个人多少年前就不和我们在一起了。"一个叫王五的老人说,"有时感觉他在我们前面的某个地方,或某一年,我们隐约听着他的声音,踩着他的脚印往前走。有时又觉得他在后面,我们过掉的年月里。他被我们扔在那里。"

我们找到他的家,院子空空的,门被风刮开又关上。一棵巨大的沙枣树,多少年的果子结在上面,枝都压弯了。

冯七听他们说到虚土庄时,突然心跳了一下,这是他在外面第一次听人说自己的村子。但对他们说的事却没多少兴趣,他只关心空车回去的那个像自己的人。十几年前。这说明我往前赶追他的时候,他已经掉头往回走,路上我和那个人肯定相遇过。他的马车从我马车旁过去,他肯定注意到我,想,这个人怎么和我长得一样,只是老一些。怎么会有这种事呢,是否有一个人已经把我前面的日子过掉了。这样想时,他就会急急往回走。现在他早已到家。

许多年后,冯七再不出远门。他的马老死,车辕朽掉。早年跑过的路重新荒芜。那时他在村里,走东家串西家,一遍遍地转,走到谁家天黑了,就住下。村里人已经很少了,有的人家房子空空的,门窗被风刮开又关上。有的人家剩下一半人,炕一半空着,被褥空着,粮食余出来。几乎所有人家都愿意留宿冯七,他有一肚子讲不完的故事,全是远路上的事,他讲的时候,屋外刮着一场风,一盏油灯摇摇晃晃挂在柱子上。

炕上地下，蹲满了人，黑乎乎的，好像那些走掉的人也蹲在地上，多年不见的人也悄然回来。他们静静倾听。冯七讲完了人们还在听。冯七睡着了人们还在听。

可能冯七并不知道，人们只想从他嘴里，听到自己和有关家人的哪怕一点点消息。可是，他讲述的所有远处的故事中，没有虚土庄的一个人。也没有冯七自己。只有一座座梦一样悬浮在荒野的村庄，一个叫着不同名字的人，来回地穿越其间。

贰拾壹

虚土庄的
最后一件事（上）

我们都在等你回来

我们都在等你回来,就差你一个人了。

还是好多年前的一件事。你是证人,我们想弄清楚。我们在这件事上卡住了。

你走的时候,没有把看见的东西全留下,它是我们村的,你不该带到别处去。

我们还以为你死到外面了。

村子已经不像样子,到处秃秃的。梁上的虚土早被人踩瓷。房顶墙角都被风刮光,连草垛都光秃秃的。剩下两棵大榆树,离得不远。我在的时候有好多棵,树的枝干伸过墙头和马路,遍地阴凉。牲畜和人,树底下蹲一阵,又太阳底下站一阵。仿佛一天就这么些事情。不记得他们耕过地、撒过种。在我的印象中粮食自己长出来,一片一片的,围着村子。很少有人去管。该熟的时候它们自然就熟了。好像谁喊了声口令,地齐刷刷变黄。这时候拉捆子的牛车就会一辆一辆出现在马路上,车装得跟房顶一样高。很少看见人,那些牛和车自己把丰收的庄稼往家里运。

东边那棵树下站着一群男人,西边那棵树下坐着一堆女人。我在村头犹豫了一阵,还是走进那群男人堆里。

很早以前我喜欢往女人堆里凑。我觉得听男人在一起说话没意思,他们净说些没边际的大话。其实听女人说话也没多大意思,但她们吸引我,不揪我也不用脚踢我。

那时候也是这棵树下站着些男人,那棵树下坐着女人。我像一粒小尘土,不声不响落到她们脚边或屁股后面。她们好像看不见我。谁一跺脚一拍巴掌我就飘起来。我的肚子里空空的没有一点东西。我母亲说,留在地上的人都是肚子里装满了粮食,没东西吃的人尘土一样虚飘在半空。确实这样,有一小块馍馍就能让我落到实处。

她们偶尔给我一小块馍馍,有时一把抓住我,按到腿上,在我肩膀上缝两针,屁股上打一把,我边玩地上的土边听她们说三道四。她们觉得我没长大,啥话都不避讳我,我知道一旦她们认为我长大懂事了,我就再没机会听到这些话了。

我们把许多事情弄清楚了,你丢掉的这些年(他们以为我丢掉了)。

我们总共列了三百五十七件大事,从你出生,也就是我们到虚土梁落脚那时起,到我们全走掉为止。

他们全站在树荫里,七嘴八舌,每人说一句,却一点不乱。我一个人站在太阳底下,身上直冒汗,我想挤进去,还没挪腿，他们说话了。

你就干晒一阵太阳吧，等大中午一过，树影子拉长，你就有地方阴凉了。

你一走丢我们马上砍掉了一个树丫杈。

死一个人我们也会砍掉一个树丫杈。

我们让树的阴凉不多不少刚够我们用。

外面来的人，不管是谁，都得像你一样站到太阳地里。

我们就留了两棵大榆树，还有一棵胡杨树，留给那些车户赌树叶子，其他的树或者砍掉或者全赶到村外去了。

树长在村里碍眼，让我们看不见天上远处的东西。

树根也会在地下坏事情。

他们挤成一团，好像是一个东西，长着一个脑袋，树荫把他们粘连在一起。看上去每个人我都认识，粘连成一团又觉得那么陌生。我走的时候人是一个一个都散扔在村子里，有时碰到一起，也是三三两两的，那时村里有好多棵树，大中午每棵树下围着一小堆人，都能望见，站远了看就像一堆一堆的黑牛粪。

弄清村里的事

我们从好多年前开始弄这些事情。

是个夏天,上面来了一个人,说要搞啥调查,找到村长,问村里有多少棵树。我们用土块选出来的村长,整天歪着脖子看天,只知道天上飘过多少云。对地上的树从不关心。那个人没办法,只有挨家挨户问。

当时谁也说不清。大概五百棵吧。我们估算说。

可不能大概。上面来的人说上面的人还要来检查,一棵都不能错,数字对不上要负责任的。还说这次是全面调查,要是每个村子都大概,都差错几棵,那总到一起不就差错得太大了。

上面管我们村里有多少棵树干啥?我们问上面来问那个人。他就是不说。

后来我们自己弄清楚了。

因为不久又来了几个人调查人口数,也说是一个不能错。

上面真贼啊,查人口前先把树查清,好像知道我们村的人白天都蹲在树底下,找到树就找到人了。

上面要我们村的人口数又要干啥?

这次我们有了警惕,故意少报了十五个人。让这些人藏在牛圈里,暂时当几天牲口,调查的人走了再出来。

我们开始害怕上面，它想摸清我们村庄的底，我们住得这么远它都不放过。我们刚落住脚，它就派人追到虚土梁上，登记了村庄的名字，让我们选一个村长。还挨家登记人口，每出生一个人都要村长报上去。

我们能说实话吗？

要是上面真是好意，按人头给我们分东西，我们顶多少拿十五份。

如果有一天上面要对付我们，它会按我们村的人数派相应的部队来，那时隐瞒的十五个人就会出其不意，打败它。

上次来人调查树时，我们就想隐瞒一些。

可是那人太认真。我们说你就写上五百棵吧，过后我们自己数一下，没五百棵我们栽一些补够，要多了我们把余出来的砍掉，保证上面来人查时不多不少刚好五百棵。

那人非要我们马上数，他住在村里等确切数字。

我们全村人出洞，数了两天，数字出来了，一千五百二十一棵，为了避免数重，每棵树上都用刀子刻了编号。你进村前一定看到了，那些记号都长在树干上长进树心里了。

不过现在，村里有多少棵树仍然只有我们知道。

我们整掉了许多。

那些女人们蹲的大树比这棵大，有几坨阴凉地空着。我不住扭头朝那边望。我的头顶已经晒烫了，感觉太阳直接照在脑子上，满脑子的想法都在出汗。

你别想着往女人堆里钻。你已经钻不进去了。

那几坨阴凉不是留给你的,有几个孩子要出生。

我就凉一会儿,我说,我快不行了,耳朵里一直冒热气,说明脑子开锅了。你们的话一丢进去就像面条一样煮成了糊糊。

看你还这么没出息。离开虚土庄你好像再没长似的。

好多人一离开虚土庄就再不长了,出去时候多长,回来还是多长。

你以为在外面溜达一圈就能长过我们。

你在外面长的那些岁数我们不认。

你没过我们村里的日子。

你在外面长的这层膘我们也不认。

太阳会将它晒化,蒸发到天上,然后一阵风吹走。

看你在别处喝饱水,跑到我们村里来出汗,我们就不说你了。

汗是带碱的,会把一块好地变成盐碱滩。

你就咬牙忍一忍吧。

说不定树看你回来了,发出个小树桠,你就有阴凉了。

我们等你等了多少年,半村庄人都等老了。当然,我们不等你也会老的。

这个村庄长着
二百零七只眼睛

那个上面来的人走了以后,村里开了个会。

我们村里的事得自己搞清楚,不能一问三不知。我们住得这么偏远,外面发生了啥事全不知道。但村里的事我们得全知道。

这次上面来人要树的数字,下次要是来统计树上有多少片叶子,我们也要一口说出来,绝不能大概。

我们想隐瞒多少是自己的事,但必须知道个准确数字。

弄不好想胡编却一口说准了,聪明反被聪明误。

还要一棵树一棵树爬上去数吗?我问。

不用。等秋天树叶落光,全村的叶子扫到一起一点就清楚了。

羊吃掉的,风刮走的我们都能看见。

刮风时村里专门有几只眼睛盯着天。

羊吃掉多少叶子放羊人心里有数。

即使吃进去时没看见拉出来时也能看见。一个放了两年羊的人,只要数一下羊粪蛋子就知道羊吃了多少片叶子。

当然最准确是在树发芽时数树上的芽子。

树每年发多少芽都不一样,那取决于树的情况。但一个村庄每年长多少片树叶大致差不多。就像一村庄人每年说的话大致差不多一样。你今年多说了几句，别人少说了几句，总共还是说了一样多。

树发芽也是地在说话。地闷得很，它要把底下的事情说出来。

那些叶子全是地的话。每一片都有意思呢。地不说废话。

我们好像觉得树每年都在重复那些叶子。好像它再没别的。

其实它再重复一千遍一万遍，我们仍旧听不懂记不住。那是地底下的事情。

人要是像树根一样在土里埋几十年出来，就知道地底下的事了。

可是人一埋下去就再出不来了。就像刘扁，挖一个洞朝地下跑掉了。我们不知道他看见了啥。他儿子每天从洞口往下看，侧着耳朵听，从洞口冒出来的只有一阵阵的凉气。

有几年我们停住没走，就是在等一个叫刘扁的人从地下出来。有几年好像在等一个孩子从树上下来，后来他不见了。另外的年月我们都在等你，等你从一场一场的梦中回来。

我还是不住扭头望，有一些话语从那边飘过来，凉飕飕的，钻进耳朵里。

那些话语一直悬浮在空气中，只是刚才，这伙男人的话把我的耳朵塞满了，它们一句紧接一句涌进耳朵时，我的耳孔被撑大了许多。现在他们停顿了一下，好像觉得话说远了，得往回扯。女人们的声音趁机钻进耳朵。

我的一根针掉到土里了，谁帮我找找。我的眼睛坏掉了，看啥都模糊。

你先在掉针的地方画个圈号住。

我画了，好像没画圆。

喂，过来，喊你呢。在这个圈圈里给我找一根针。

我拨开一层土，又拨开一层，接着往下挖，挖出一个扁扁的洞，一拃多深。

让你找针你却挖个洞。

这娃小小的就知道在地上挖洞洞。

你小的时候也一样，就喜欢用手堆土桩桩。看上去傻傻的，啥也不懂，却好像不用人教早早地啥都懂了。

男孩在地下挖许多洞洞，有圆的有扁的，有深的有浅的，最后他会找到一个洞洞是自己的。

女孩在地下垒许多土桩桩，有粗的有细的，有长的也有短的，最后她会认定一个自己喜欢的。

全是些过去的声音，我听出来了，那些话在空气中放凉了，不像刚说出口的话，带着热气。它们像一阵爽风刮进耳朵里，挺舒服的。

这个村庄长着二百零七只眼睛。

这么说你会认为村庄是个怪物。

它就是个怪物。你贴着地皮看过去村庄有三千七百五十一条腿。有人的腿，牛羊的腿，鸡猫狗和驴的腿，它们永远匆匆忙忙朝不同方向移动，所以走了多少年村庄还在原地。

村庄有它自己的道路。

村庄比我们每个人走得都远。

我们留住它的唯一办法是住在村庄里。

我们给它看着天上地下的路。我们知道它每时每刻都顺着这条路逐渐地离我们而去。

我们的眼睛全是村庄的。

在它没让我们闭上眼之前看见的一切都是它的。

如果村庄突然凝固，用土把村庄埋掉，再用泥巴糊住，只留出人的眼睛，一只眼睛一个洞，你会看见村庄是一个朝外开着许多小窟窿的泥土堆，没有哪个方向是这堆泥土看不见的，也没有哪个角度是盲区。

你的眼睛就是其中的一对窟窿。

我们一直都把你的眼睛算上。虽然你很多年不在村庄，但你在时看见了一些事情。我们知道你看见过一个早晨。

你走掉这些年我们用二百零五只眼睛看事情。

少一双眼睛不要紧。睁一只眼闭一只眼也不要紧。

有一两个瞎子也不要紧，顶多少看见几件事。但是，要有一只眼睛把看见的藏起来带走了，那就可怕了。

这个道理不知你懂不懂。懂了就好。

你要知道村庄看见的，永远比你多得多，全面得多。

梦就像一座一座的
高大坟墓

我听见人吆牛的声音，牛蹄声，过了一阵，一个人赶一头牛从地里钻出来，走到榆树跟前。

又过了一阵，一条灰狗从地里钻出来，汪汪汪对我咬了几句，好像认出我是个熟人，又一扭身钻进地里。

你可能觉得奇怪，我们现在走的路，全在两米深处。

我们把路下面的脚印全挖出来了。顺着路一层层往下挖，挖到两米深时再找不到人的脚印了，只剩下土和沙子。

这个地方经常落土，你是知道的，发生过的事全埋在土里。从我们落脚到虚土梁起，每一天的事都埋在土里，想找一个人，无论他生活在什么年代，死了还是走了，只要翻到那个年代的土层，找到他的一只脚印，他就跑不掉了。顺着脚印一直找下去，找到找不到为止。

埋在梦里的事比这更多，梦就像一座一座的高大坟墓，堆在夜晚的天空。我们没法挖开它。

我们所做的一切，都从一个早晨开始。

我们一直想找到那个早晨一村庄人的脚印。

我们把所有的土层挖遍了。那个早晨好像是虚的，没有一个人留下脚印。走在路上的人，站在门口路边的人，好像脚都没落在地上。

后来我们想到，人活在空气中，只有两片脚底挨着地，人留在空气中的痕迹肯定比在地上的多。可是这地方经常刮风，人放个屁，一转眼就跑出几十里，你要想闻它，骑上比风还快的马，顺着风追，还说不定能追上。

好在一刮风就落土，落下来的土把脚印保护住，一层一层的脚印像一页页的书，整整齐齐码在土地里。只是，那个早晨的脚印被谁抹掉了。

一个一百年的村庄，可以在三米深的土里找到人的脚印。

也能在一千米高空闻到人放的屁。

还可以在村庄上面任何一颗星星上，看到烟熏火燎的油痕。

对着你家烟囱的那颗星星上，已经满是黑乎乎的油垢。越往后，光线就越不如从前，房顶院子里的东西，会越来越深地埋进夜里。

在你完全看不见之前，就得牢牢记住它们。

你看，我们把这个村庄全搞清楚了。

就差你带走的那个早晨。

地早让我们种熟透，它知道该怎样少长草多长粮食，牛马全调乖顺，懂得自己拉车干活。

我们再没啥事情了。

天我们上不去，只能对着天想。地却可以钻进去。地下已经有我们村里的人，他来回走动时我们在地上都能感应。

你带走的那件事，就成了村里唯一的一件事情了。

你先不要忙着说出来，你想仔细了再说。我们的话还没说完呢，你先竖直耳朵听听。

虚土庄有五万一千八百七十二只老鼠，一百多万只蚊子。

我们报给上面的数字，比这多十倍还要多。

上面没让报这些数字，但我们知道它迟早会让我们报这些数字。

我们感觉到上面也在一项一项地想搞清楚它自己。它可能从来不清楚自己是什么样子，有多大。

我们多报是要让上面知道我们的用处。

我们全村一百多口人，在这个地方养几万只老鼠，喂上百万只蚊子。

没有我们这些老鼠就会窜到别处，一下吃掉几个县的粮食。这些蚊子就会飞往人多处，吸光好多万人的血。这样上面就受不了了。

上面的血和粮食都是有限的。

而我们的蚊子和老鼠是无限的。我们说多少它就有多少。

就为了拖住这几万只老鼠，百万只蚊子，上面也会让我们在这地方好好地活下去。

我们总是有办法让自己好好地活下去。

你知道吗，为了查清我们村的蚊子数，全村男女老少在一个晚上全脱光衣服站在外面让蚊子咬，天亮后数身上的红疙瘩。

一只蚊子叮一个疙瘩，一般不会错。

臭虫和蝎子咬的一眼能看出来，疙瘩颜色大小不一样，牙印也不同。蚊子用一根小吸管插进皮肤，吸足了血拔出来。红疙瘩上几乎看不见叮痕。其他虫子却是用嘴咬破皮肤直接吃血。

数老鼠我们用了另外一种办法。

我们知道老鼠无法数清，它钻在地里，我们把老鼠全整死，洞里的灌水淹死，跑到外面的用棍敲死，只留两只活的，一公一母，让它们重新繁殖。

我们观察了七八年，每年生多少老鼠死多少老鼠有个数率，我们全掌握了，往后一百年二百年，我们都不用操老鼠的心，坐在家里就能算出田野上有多少只老鼠。

上面一直在想方设法搞清楚我们村子。

隔几年就会下来几个人把我们的地量一遍。

我们故意把地块整得方不方圆不圆，让他们量不准确。

他们量得非常仔细，把不规则的地块划分成好多个方块，算出来的亩数准得很，跟我们算的差不了几分几厘。

他们带着几百米长的皮尺，一下就能把我们的地量到头。

这个地方经常刮风，皮尺拉长了就会被风吹成弧形。我们想光是风就会让他们失去准度。

可是他们带着计算机器，根据风吹弯的皮尺长度，一下就算出了直线距离。

他们有一个公式，套进去一算就出来结果，比我们套牛车还简单。

有一年，上面又来了两个人量我们的地。晚上我们请他们喝了顿酒。酒是用点灯用的酒精兑的，两三杯就把那两个人灌翻了。

我们把他们的皮尺翻出来，放到开水锅里煮了两个时辰。皮尺用烫水一煮就缩短了，那些厘米和毫米全不准了。

那一次，这两个人冒着夏天的大日头，在我们的地里汗流浃背忙活了十几天，带着一大堆错数字回去了。

他们测定了地，接着又来测亩产。

庄稼青青时他们就来了，一块地里选几片，说是抽样调查。还数一棵麦穗上有多少麦粒，一根棒子上有多少颗苞谷籽。他们抽测完就把我们村一年的亩产总产数字全拿走了。

他们手里拿着我们看不见的一把镰刀，从高处先收走了粮食的数字。该我们收获时只剩下些仅能填肚子的籽粒和喂牲口的禾秆了。

他们从不把抽测的亩产总产告诉我们。背着我们写在一个本子上，装进黑皮包里。走停都提着，生怕我们知道了。

到秋天他们反让我们上报产了多少粮。

我们感到上面在考验我们是不是诚实。它对我们越来越不放心。

不过我们有办法向上面表达我们的诚实。

那些抽测员临走前，我们照样会请一顿酒，顶多破费点酒精，少亮会灯。当他们醉翻后我们打开黑皮包，把他们本子上的数字全抄到我们的本子上。

这些数字本来就是我们村的。

到秋后我们会照着这些错数字，非常诚实准确地把亩产总产报给上面。

我们报给上面的数字，还有每年村里刮几场风，每场风中树摆晃几下，树每摇一下落几片叶子，全村人每年放多少个屁，说多少句话，掏多少次鼻孔……

我们把能想到的全做了调查，制成表报给上面，免得他们以后再下来向我们要数据，我们村太僻远，上面下来人也不方便，再说，下来了还得我们拿水兑酒精招待他们。

你别担心，即使我们把调查的真实数字全报给他们，也仅仅是些数字，我们并没把这些东西给他们。那些东西依旧在我们村里，它们从不知道自己有数。

我们给上面报的数字越多，上面对我们村越无知。

没想到那些数字报上去两个月后，上面又来了一群人，全穿白衣服，神秘兮兮的样子，嘴全用白布蒙着，一句话不跟我们说。把我们全集中在以前的牛圈大墙圈里，一个挨一个扳着我们的头看过来看过去，还用一种铁东西夹在我们头上，冰凉凉的，我们害怕极了，以为这次他们要调查我们头上有多少根头发。据说头上有多少根头发，头里就有多少个想法。上面想知道我们脑子里的想法，想知道我们的梦，多可怕。

我又听到那群女人说话

这棵树的影子怪怪的,觉得像个什么东西,又一时想不出。这会儿工夫它朝东移了几尺,我站在树西边,阴凉离我更远了。

你家男人鞋底通了,也不修修,五个指头露在外在,看脚印好像熊进村了。

还说呢,你们家男人帽子上常年落着鸟屎,也不脱下来打打。

唉,那些男人,一年四季围在一起,也不知道忙些啥。

我们家后墙上的裂缝,都能钻进一条狗了。早几年刚裂个小缝的时候,就催他爸用泥巴糊糊,就是不干,一年推一年,今年又推过去了。

你看我们家房顶,都快坠到炕上了。十几年前我就让他爹立个柱子把大梁顶住。那时梁还弯得不厉害,人也年轻力壮,出口气都能把房顶撑住。都不在乎,整天不知在忙啥大事。从不把房子里的事当回事。

原想他们忙活几年,外面的大事忙完了,就会回到家做点小事。

一个男人不干点大事一辈子都觉得没出息。

一村庄男人要不干出点大事来,他们觉得丢村庄人呢。

你看他们把村庄折腾成了啥样子。

好像还没折腾够，都多少年了，他们那点子事，没完没了了。说走吧，又走不掉。不走吧，又不在村里好好过生活。

我又听到那群女人说话。这是我最后听到她们的声音，温温暖暖的，带着舌头上的热气，我回过头望着她们。

我快看不清楚了。

贰拾贰

一个早晨人全走光

我从外面回来

突然地，我从外面回来。

我站在村头的牛粪堆上，噢噢大喊，希望出来一个村人，看见我，然后告诉我母亲，她的一个儿子回来了。可是，天都黑了，没看见一个人。

我偷偷溜进村子，不敢进家门。我出去了这么久，不知道家里还有谁。也许已经住进另一家人。我钻进路对面韩三家的破房子。他家人早走光了，房子空空的，我收拾出靠路的一间住下。那间房子有一个朝路的小窗户，对着我们家，院门被风刮开时，我看见院子里的木头，一驾破马车，靠墙角的锅头，看不见屋门和窗户，我知道它们一样被风刮开又关住。

我想母亲已经老掉了，花白头发。父亲该回家了吧。那驾送走我爷爷的马车，多少年停在院子，再没动过。

这样想时，我不知道自己多大了。我天天趴在小窗口望。我仿佛睁着一个五岁孩子的眼睛。我这样看了好多年，进出我们家院门的只有风。

早些年，韩三家有人时，我经常站在院门后，透过木板门缝，看他们家院子进进出出的人，我没数清他们家几口人，只是盯着看，一直看，太阳从我们家柴垛后面，移到他们家柴垛后面。夜晚我也盯着看。一个早晨他们家院门被风刮开，院子空空的，鸡没叫，炊烟也没升起来。

在他家还有人时，我从不知道开门出去，问问韩三，他每天从这个小窗户看见了我们家的什么。他可能每晚趴在这个窗口看我们家院门在黑暗中一开一合，看进进出出的人。他都看见了什么，我们家都有过谁，谁在从这个院门进出。可能从来没有一个人。我没有母亲，没有兄弟姊妹，没有一个我从不认识的父亲。这个院子，从来就没有过以往的生活。只有风推开院门又关上。

留在去年

他们把房子搬到又一年，回来的人就找不见了。隔着年月，我听见有人仓促短暂的，一两声叫喊。

每年都有一两个人留在去年，因为这样那样的一些事情。在黄昏或深夜，地悄静下来时，听见有人在不远处说话和劳作。

"那是冯大在吆牲口，嗓子哑哑的，声音像从门缝挤出来的，他被留在去年了。"

去年他的麦子晚熟了几个月。人们收完苞谷，快清场过冬了，看见他还在那片麦地里，扎麦捆子。

"我们等不及这个人了。"冯七说。

开始有人往窖里入冬菜。有人爬上房顶，边收拾晒干的粮食，边看着村东边那片孤零零的金黄麦地。

冯大装上车的麦子停在地里，隐约听见他吆喝牲口，听见车轮的咯吱声。可是，那车隔年月的麦子再不会运进村子。

"又有声音了。好像是王二爷的。"

他们窃窃私语，像另一些我们在那边说话。还是去年的那些活，拖累着他们。

这会儿是冯二奶的声音，她在那边喊孩子，声音细细长长的，像在喊我们中的一个人。又像我早已过世的奶奶的声音。有人啊啊地答应，低声喊叫着自己亲人的名字。

这边一喊，那边就没声音了。

刘二爷说，我们干活时，那边的人正在睡觉。他们得熬过一个长夜，才能接着追赶我们。因为我们的梦、夜事，我们穿过的夜晚将变得更黑。我们留在夜里的梦一直在扰乱他们。那些梦把我们引到白天后，自己留在那边的夜里。

刘二爷说，在老家时，村子四周睡满了先人。他们在夜里起来说话，弄出各种响动，常常走进人的梦里，一起过着月光中的生活。在那样的生活中，不知道谁死了谁活着。活着的人不知道自己是否真的活着。死了的人也不知道自己已经死了。那些狗还在过往年月里叫，那些故去的人还暗暗说话，黄土埋不掉他们。

他们说那边的人，我不知道在说什么。那边是哪边。早晨我看见人们都在上午这边，影子朝西倒。傍晚又移到下午那边，影子往东倒。后来，我渐渐地知道了一些，那些人又追到虚土庄了。他们原以为，几千里的路，已经把他们甩掉了。那里的黄土已经把死亡盖住。多少年前，他们静悄悄地离开老家的村子，房门不锁，窗户不关，家具一动不动，只牵走牲口，带走粮食和钱。他们以为已经把先人们哄睡着。所有房子留下，所有地留下，所有荒坡野滩都留下。可是，那些人又追来了，先追到人梦里，后来，村子四周的荒野中，有他们说话的声音。

先是韩三，腿轧断后，经常说他看见死去的父亲，就在村子边上转，让他进村，说不进了，在村外等，进去了还得出来。

再就是冯二奶，在一个有月光的夜晚被喊走，多少年后，她的儿女子孙，一样听见她的喊声，他们一个个踏上月光下洁白的回返之途。

刘二爷说，我们在虚土梁上等亲人，等待后人的时候，祖先也在那边等候我们。我们跑多远都会回去。祖先会把我们全部等齐。在那条路旁也站着一个张望、清数回来的人，谁都不会漏下。

我们因为害怕便一直往前跑。

"跑到一个死亡追不上的地方。"

"一个看不到坟墓的地方。"

老家那个被坟墓包围的老村子，抬头低头，看见的都是死人。在那里，每个人都看见了自己的死亡。每棵树都看见自己的死亡。

饥荒让人有了出逃的念头。

有些年人们已经逃脱死亡。所有人活得好好的，我也活得好好的。路和风把人的命无限拉长，死亡就像一个远得根本走不到的地方。这一村庄人，本来没机会看见死亡了。我听说，人们被一个死孩子追上。村里谁家的孩子，死在路上，小小的，没有眼睛，没有手和脚。他用树叶走路，用尘土敲门，顺着风儿找到虚土梁上的村子。从那时起，每个早晨黄昏，村里都有母亲喊孩子的声音。夜晚好多人梦见有人喊自己。听见喊声人就往回走，不由自主，脚离地，身体飘起来，仿佛顺着一场更大的风，却安安静静，看见一间连一间的房子，一直连到天边，又从天边连到天上。看见那个村庄的早晨，一动不动，所有的人都在那里。

一个人的影子长成黑夜

还是在很久以前,我就看出这个虚土梁上的村庄是空的,人们并没有住下来,只是盖了一片破房子。想着随便住几年就走,没有一堵墙是用心垒的,没有一根椽子是直的,所有房顶坑坑洼洼,歪斜的门窗只被风不停地推开关上。

王五爷说,我们在一场短暂的梦中,都不会盖这么简陋的房子。

人们在虚土梁上比一场梦还短暂的居住,被我在一个早晨看见。我五岁的时候,人全走光了。他们说我也长大走了,我不知道。我一个人在村里,追逐飘飞的树叶,和扬起落下的尘土玩。那时梁上的虚土还没有被人踩瓷,许多东西是虚的,我不能确定。

早晨他们下地干活,顺土路朝前走,走着走着人就分开了,一些人朝着太阳向前走,一些人回到过去的阴凉里。没有几个人在过今天的日子。黄昏时他们收工回来,许多人只剩下影子。

王五爷说,早在来新疆的路上时,就有人掉头回去了,沿着那条漫漫长路,一直回到老家,重新过起以往的熟悉日子。在那里,一仓仓的粮食都没吃完,花掉的钱还在手里。死掉的人也全躺在身边,像睡着了一样。走到虚土梁的这些人又是谁?看上去他跟我们一起走路干活,他的脚印落在早年的脚印上,他收割的是早年那茬粮食。那些粮食在回忆中被反复收割。

黄昏时我看见一个人的影子长大成黑夜。一只鸡的影子也长大成黑夜。每个人都在自己的影子里孤单地过夜。守夜人看守的只是他自己的影子。他不知道自己有影子,他从没到过白天。在他自己不知道的悠长影子里,虚土庄恍恍惚惚,所有人去了远处,车马农具丢在院子。

一块地里干活,一个桌子上吃饭,一张炕上睡觉的家人,也已经离得很远,一个望不见一个了。父亲整日在往事中,顾不上眼前的孩子。他的小儿子,坐在几十年后一个秋天的麦垛上,二郎腿朝天。那时父亲不在人世,家业落在他手里。

从那时起,多少年间人们越走越深,留下的身影在日渐平整的田间劳动,在尘土飞扬的路上奔波。那些牲畜也在回味与幻想中劳作,前蹄踩在来年,两个后蹄却在前年的泥土中,拔不出来。只有中间的肚子装着今年夏天的青草。今年夏天的青草呢,一半被多年前的草埋没,一半开着没睡醒的花儿。鸟的前一声唤醒后一声,后一声又被更后一声追赶。没人说出今天的一丝阳光。月亮照进半村人梦中。头顶的太阳被遗忘了。过去多少年后,才会有人缓缓走到今天午后的阳光里,坐在那根晒热的木头上。木头不会变凉，那些人也不老。王五、冯七、刘二都在木头上坐着以前的样子。不断有人沿这条路回到往昔。不断有人走向多年以后。村子越来越深。

刘二爷说，只有木头脑子的人，才在今天的地里下苦力。聪明人早走远了。在我们面朝黄土辛勤春耕的时候，早有人潜入到夏天，挥舞镰刀，把一个又一个七月的麦子割光，剩下空空的麦茬地，等别人走去。还有人蹲在过去的好日子里，享清福。谁愿意站在今天的大太阳底下出汗呢。

虚土庄的生活一天天荒掉。留在今天的太阳底下说话的人，恐怕就我一个人了。我全部的往事在我母亲那里，她想等我长大，像给一份遗产一样，把它交给我。可我一直没长大，我的生活被别人过掉了，我没找到过掉我一生的那个人。我五岁的早晨，看见人们朝两个方向走了，我站在他们离开后的空旷中，孤单地张望。

贰拾叁

虚土庄的
最后一件事（下）

我听到了七阵哭喊声

又过了几年,是个春天,我们正在播种,看见南边荒野上有几个人在栽木头杆子,从很远处一根一根朝这边栽过来。

最后一根栽到了我们村中间。

杆子头上扯着两根铁丝,我们以为那些人要在荒野上晾衣服。后来知道那是两根喇叭线。上面在我们村里安了一只大喇叭。

上面人说喇叭里全是上面的声音,要我们好好听,上面咋说,你们就咋做。

开始我们觉得新鲜,喇叭里有时也唱个歌,放段乐曲,我们的狗也侧着耳朵听一会儿,又对着喇叭猛咬一阵,好像听出啥名堂了。

后来我们就烦了,喇叭整天半夜呜呜啦啦响个不停,噪得驴都睡不好觉。况且,里面说的全是大话空话,跟我们没一点关系,还不如听自己村的驴叫顺耳。

我们不想听,又不敢把喇叭捣下来碰掉。

那是上面的东西,我们动不得。

也想过些办法,让两个年轻娃娃爬上杆子,用泥巴把喇叭口糊住。可是声音还是传出来,闷声闷气的,像牛叫一样,更烦人。泥巴一干,裂好多小口子,声音从那些干泥巴缝里传出来，就像死人从土里发出的声音一样。

为这个喇叭村里又开了个会。

有人建议我们搬走算了，我们不是一直嚷着要走吗？趁这个借口，搬得远远的，让这个喇叭对着破墙圈没日没夜地叫喊去。

我们斗不过还躲不过吗。

这个建议倒把大家提醒了。为啥我们搬走呢？我们把喇叭搬走不行吗？连木头杆子带喇叭，移到几十里外的荒野上，让它对着荒天野地喊叫去。反正我们住得偏远，上面也不常来人。

现在，这个喇叭就在那片荒野上干叫呢，我们怕噪着野物，把喇叭口朝天，可是那滩草还是让噪死了，野兔吓跑了，地上的尘沙噪得落不稳，到处飞。

已经吓死了两个人，全是跑买卖的车户，半夜经过那片荒野时被喇叭里的说话声吓死的。

那些话说得正儿八经，好像真的一样，但一听比假话更假，假到不像人说的话。

云低的时候朝天的喇叭声碰到云上又反响回来，带毛刺的铁碴子一样碰落地上。

没云时那声音就往太空深处传，再回不来。

太阳已经不太熟，树的影子像一条路，宽宽地向东边铺过去。他们站得松散了一些,说话的声音却一样紧密,一人抢一句,竟把一件事情说清了。我趁机前迈几步,站到阴凉里。他们后退几步,和我保持着距离。

这个村庄总共死了七个人。我终于抢上话头。

我听到了七阵哭喊声。我说。

只有死了人,人才会围成一窝子哭。那哭声一个裹挟着一个向远处飞,就像一群鸟一个爬在一个脊背上朝远处飞一样。

那些声音中的悲哀成分像尘土一样,在飞的过程中抖落了,传到我耳朵时只剩下单纯的哭喊。

那些声音都没有飞过沙沟那边的村子。

它们飞来时正好都是早晨,满天空是那个村子的鸡鸣狗吠声,树林一样稠密。企图穿过村子朝远处传递的声音,被一声声直戳天上的狗叫和驴鸣击落下来,死掉了。

本来一个弱小声音可以附在大声音上传向远方。

可是那村子的狗叫驴鸣不携带你们村的声音。它们不认识。碰到一块不是我活就是你死。

你们叫喊了那么多年,说了那么多话,哭了那么多笑了那么多,可是,没有一句传过沙沟那边的村子。

我就住在那个村子里。它叫黄沙梁。都多少年了。我听你们的声音,听了多少年了。

我本来出去找我弟弟,他两岁时被人抱走,我记住了这个方向,我去找他,回来时我没走进虚土庄。突然地,一个早晨我醒来，发现自己住在一个叫黄沙梁的村庄。那个村庄就在沙沟那边的荒野中，每当刮西风时我就侧耳听虚土庄的动静。我想听见我们家的声音，听到我父亲吆马车的声音，听到我母亲喊我的声音，听到风吹响我们家沙枣树的声音。

天亮了又亮了

你父亲早就不在了。你还不懂事的时候他就不在了。

你记不清他的样子了，是不是。

我们帮你记着呢。

当时你没长大，不要紧，我们长大了，村里有大人呢。

我们不会让你吃亏、做傻事。

不管什么时候，村庄总会有几个脑袋是生的，几个是傻的，几个半生不熟，但总会有几个熟透了。这就行了。

有这几个脑袋村庄就不会做出傻事。

你父亲死的时候，你还不知道死亡是什么。我们知道。

我们帮你父亲上了路。

你父亲是个瘦高男人，背有点驼。不过他扛锨的时候，就看不出来。他的胡子眉毛都重，嘴埋在胡子里，眼睛埋在眉毛里。

你母亲一直瞒着你，说你父亲跑顺风买卖去了。

村里谁家的人不在了，都说跑顺风买卖去了。虚土庄没有埋过一个人。

我们把死亡打发到远处。

死掉的人，都被放在一辆马车上，顺风远去，穿过荒野和一座又一座别人的村子。一路上没有人阻拦这辆马车，所有村庄敞开路，让这辆马车嘚嘚地跑过去，一直跑到马老死，车辕朽掉。

你说，你一直在沙沟那边的村庄里。

只要离开虚土庄，你在哪都一样，我们不管。

我们想你也跑不远。

我们让你放开腿跑，给你三十年，你也跑不了多远。到时候我们放出一条狗，就能把你撵回来。

你攥在我们手心里呢。那时我们想，你就是让狼吃了也有骨头在。我们找过你的骨头，对着每个路口喊你的名字，你肯定都听到了，却不答应。

你躲在那边偷听我们村里的事。

听见我们哭喊你高兴得很是不是。

我们相信你身体的大半截子生活在远处，不会对我们村子的事感兴趣。

但你身体最底下那一截是我们村的。

就像一堵墙,你在我们村打好基础,往上垒了几层,用的全是我们村庄的土,尽管没垒多高多厚实。

我们要把底下那一截子抽掉,你就会全垮下来。

只要是我们村出去的人,哪怕一生下就出去,我们也不用担心他会变成别处的人。

现在,你想好了就开始说吧。我们已经算好时间,你把那件事说完,天刚好黑。

我们就剩这一件事了,太早做完了,剩余下一截子时光,闲闲的,我们不知道咋办。

若太晚了,天黑下来,人站在暗处,一个看不清一个,说的全是黑话。

那个早晨,你看见的那个早晨,村里好多人赶车出门,到处是开门声,你是唯一一个看见自己走远的人,那个早晨你看见我们去了哪里。

后来的一个下午我们回来,仿佛从没出去过,但跑坏的马车和磨损的年龄告诉我们,确实有过一次漫长的奔波。以后我们再没看见早晨。它被不住长大的梦侵占了。我们醒来时总是中午。我们的早晨被别人过掉了。

我们不知道在过着谁的生活。天亮了又亮了,没有早晨。出去的人,不知道自己去了哪里,留在村里的人也不知道自己是否在村里。一个黄昏外出的人陆续回来，好像又回到一起，又走到一条路上，坐在一根木头上。我们都在的时候，村庄是一个活物，我们说话、干事情，我们是他身上的肉，是他的鼻子、眼睛和嘴，是他的手臂和腿。我们不在时村庄又是什么呢。

听说我们不在的时候，你在村里干了好多事情，还当了几年村长。

我们走的时候村里就你一个孩子。多少年后，村里只有你一个大人，这是我们想到的。

当时，那个早晨，有人看见你坐在马车上，脸朝后，看着村子。

你别问谁看见的。那个早晨，村里一半眼睛在打盹。另一半中有五成盯着碗里，三成盯着锅里。其余两成眼睛没回来。

谁都会被看见，你看我们时另一个人正在看你，看你的那个人又被另一个人看见。

如果把这串目光一截一截连起来，你最终看见的其实是你自己。

村庄用这么多眼睛看自己。几乎没有什么不被看见。

在村庄上面一千米高处有鹰的眼睛，五百米处有云雀的眼睛。十米到一百米高处，各种鸟的眼睛都有。

在三米深的地下，蝎子的眼睛盯着一百年前那些人走过的路。一米深处蛇和老鼠的眼睛注意着密密麻麻的根须间发生的每一件事。

挨近地面的浅土中有蚂蚁和蚯蚓的眼睛,地表处有仔细的羊的眼睛,每棵草叶每朵花瓣都被看见。头顶上还有马和骆驼的眼睛。

它们都是村庄的眼睛。

人的眼睛交融在天地之间。没有什么不被人看见。我们这么多眼睛,看了这么多年。谁也不敢轻视我们看见的。

就像我们不敢轻视你看见的。

你是我们村走丢掉的一只眼睛。

现在你回来了。

家里早就没人了

我在村里四处游荡。他们说我早长大了,可我还没有羊高。我头对着墙划了一个道道,天天对着比,过了多少年了,我还没长过那个道道。

我在一件事情上停住了。哪件事情让我停住不长了。我每天追着尘土和树叶玩,夜晚走遍村子的角角落落,在每个窗口每个门缝侧耳细听。我这样游走的时候,听不见自己的一丝脚步声。仿佛我不在村里。仿佛我在另外的地方,在飘过村庄的一粒尘土上,孤单地睁开眼睛,看见很久前的自己。看见梦一样孤悬在虚土梁上的村庄。

从那时起我再不能走到白天,我醒来总是夜晚。村子空荡荡的,刮着风。我挨家挨户地听,想找到一个人。我走遍村子回到家,依旧没有一个人。

突然地,一个晚上我想,我该去找我的弟弟了。这样想的时候,我已经到了村外。

你母亲后来改嫁给一个跑顺风买卖的外地车户,她带着你最小的弟弟妹妹走了。你大哥没去。你们兄弟姊妹中,就你大哥长大了。他在你母亲走后,跟着一个石匠背石头去了,再没有回过村子。

你母亲走的时候四处喊你。她好像临上车走了,才突然想起来,还有一个没长大的儿子。她站在房顶喊,在每个路口喊。她吩咐我们不要动你们家房子,她什么都没带走,院门虚掩着,房门虚掩着,她相信你会回来。

我们也相信你会回来,本来我们已经走掉了,又回来。我们不想让你回来时,看见一个空荡荡的村子,我们把这个空荡荡的家,交给你。

你们家早就没人了,那些门窗多少年只被风推开又关上。

你以为我们在做顺风买卖,我们只是顺着风,看看从虚土庄一棵树上飘走的叶子，最终会落到哪里。我们吃饱了没事，在荒野上溜趟子。我们一次次地走远，把充足的空气留给你吸，把宽敞的大路留给你走，把高远的天空留给你长个子。我们在你身上看见村庄一动不动。从树身上我们看见缓慢地朝上走的路，太慢了，谁都不指望一棵树把自己送到天上。从鸡的鸣叫中我们听见过无数个黎明，一个比一个遥远。你让我们看见了停住。你让我们多少年的奔波像一场扬起又落下的尘土。

本来有几年，我们就想扔掉你，你老不长大，老在夜里鬼魂似的走，我们害怕你了。可是，我们走到远处时突然觉得，是你把我们扔掉了。你一个人在童年，一动不动。我们被你扔到中年，又扔到老年。越扔越远。我们就往回赶，急急地要赶到你身边。可是，我们回来时你总是不在。你们家院子空空的。

我们把这些都告诉你，我们知道你看见了一个早晨。我们不断地回到村庄，回到一件事情上。可是，没有哪件事情能告诉我们，它真的发生了。一年和一年多么相似。自从梦里的活开始磨损农具，梦中的路开始走坏鞋子，村庄的现实变轻。我们认不清自己的生活了。我们想回到一个早晨，被你看见的早晨。我们虚土一样的生活，是怎样从那个早晨开始的。

我们想你不会轻易说出那件事，我们拿你们家的事跟你做交换。你经常不在家，不知道家里发生了什么。但我们知道，我们全知道。你说出你那时看见的，我们告诉你所不知道的，这样就扯平了。

我看他们有些模糊，那些脸和脸在空气里失去界限，像是变成一个人，一种东西。这是我最害怕的，村庄又变成一个活物，我不知道他的头脑在哪，我们是他的腿、眼睛和汗毛。

刚才，太阳照在我屁股上时，我把腿叉开了一下。一条狗从我腿中间蹿过去，我吓了一跳，以为自己的那东西没夹紧跑掉了。

我们知道你爱往裤裆里看。

你的啥东西我们不知道呢。你光屁股满地跑的时候我们就知道你，后来你长大了些，穿了裤子衣服。那是我们看够了，不想看了，让你把它收起来，才给了你裤子衣服。

谁爱干啥，爱吃啥，爱往哪看我们都清清楚楚。

过上多少年一切都变成了自然。谁负责看东边，谁负责看西边，谁负责看天，谁负责看地，分工明确仔细，仿佛是人为分配的，其实，谁也没安排谁去干什么，每个人都找对自己的位置。

一个萝卜一个坑。

喜欢看天的人过一会儿不朝天上望一下就会脖子疼。

爱看地的人走路做梦都低着头。

一件事只要我们知道在哪发生的，就马上知道被谁看见了，这你躲不过去。

我想给他们说说
晚上的事

天突然黑了。他们站在树下，黑压压的，我站在一颗星星下面，额头上有一点亮光。仿佛我从树叶上睁开眼睛，看见自己额头的一点亮光。我感觉他们和树融为一体，变成树枝和叶子，刚才的话，像哗哗的树叶声飘远了。我渐渐清醒过来，天一黑我就变得清醒了。我睁了睁眼睛，他们在树下蠕动，打哈欠，还有呼噜声。从头到尾，我一直听他们说话，他们的话太多，直接把天说黑了。

我看算球了吧，明天再听你说那件事。

明天我们还能看见这个人吗？

这是我最后听见他们的声音。

我和他们面对面站着。我想，他们要听，我就开始讲了。我来精神了。我想给他们说说晚上的事，他们都在遥远梦中的那些晚上，我一个人醒来。

我静静地望着他们。站了好一阵，那边再没话传过来。可能他们在等我的话。这样呆站了很久。直到天彻底黑透，我再看不见那些人，他们也看不见我。

他们说我离开村庄很久了。说我带走了他们的一个早晨。这是真的吗？那个早晨以后，村里全是他们的生活。我到哪去了？

我记得我独自过掉的一种生活，我小时候，每天从一个小墙洞钻过去，在那边的院子里玩。有一天我在墙那边突然长大，再钻不回来。另一种生活中我变成老鼠，全是土里的日子，我依旧闲不住，在每个夜晚走遍月光中的村子。我在村里和他们一同度过的，可能只有一个早晨。他们让我交出来，还给村子。

可是我不认识白天。我看见的白天全是别人的。我在太阳底下出过汗，追过自己的影子。以后全是黑夜，他们做梦的时候我醒来。我用他们的镰刀割麦子，穿他们脱在炕头的鞋，在村里村外的路上，来回地走，留下他们的脚印。

起先夜里有守夜人，有不愿离开的夜行者。我看见黑暗中的粮食，看见星光下的播种和收割。看见尘土，在黑夜中的飘起沉落，看见镰刀暗暗的磨损。后来守夜人走了，他们都不在了，整个夜晚剩下我一个人。我试图从一个又一个黑夜走到白天。走着走着我睡着了。醒来依旧是黑夜。我看见的全是他们的梦，像一座一座的坟墓，孤悬在夜空。每个人都埋在自己的梦里。

而在整个白天，村庄上空孤零零的，悬着我一个人的梦。

突然地，我走到虚土庄的一个中午，被他们拦住，听他们说村子里的事,我不知道村庄发生了这么多事。我被他们说出的事情挡住了。他们干这些事情的时候,我在哪里。我是他们中间的谁。他们干出一堆一堆的大事。以前我认为,他们只做了一场一场的梦。

贰拾肆

终于轮到我说话了

终于轮到我说话了

又过了多少年，村子里安静下来，仿佛几代人的话都已经说完。人们回到各自的角落，悄无声息过着日子。曾经聚集着许多人的场地上，如今游逛着几条瘦狗，每个下午都坐满了人的那根木头上，现在只拴着一头老牛。除了偶尔的一两声狗吠驴鸣，很难再听到谁的声音。

人们等待一个出来说话的人。好多人的话都说完了，王五，冯七，韩拐子，都没有话说了。尽管没话说的这些年，地里的庄稼依旧青了黄，黄了青，榆树依旧在春天长出叶子，牛羊依旧在发情季节怀上羔。但人的耳朵里空荡荡的。又发生了许多事，经历了许多东西，却没有人说出来。一件事若不被人说出来，就像没发生似的。粮仓满了，肚子吃饱喝胀了，人的耳朵饥饿地端拿着，灌进去的只有一阵阵风声和一年中次数不多的几点雨声。人们渴望听到谁的声音。那些说完了话还想再说的人，尽管不时大张着嘴，出来的却只有废气，他们的嘴里空掉了。

终于轮到我说话了。我一直没听见我说话，好像我没有嘴，没有声音。我只睁开耳朵，听见风声，和随风飘来的各种声音，那些声音中有一两句可能是我的，我认不出来。我可能说过些什么，最后全变成了风声。

这个村庄，有什么可说的呢。我听多了那些男人女人的话，即使从一棵草一只鸡说起，也会没完没了讲下去。把一只鸡或一棵草的事讲完，村子的事也就讲完了。甚至从一粒土说起，也能把一个村子的事说完。当然，要从一个人说起，也行，说到最后也还是到一粒土为止。

不过，不同的人会说出完全不一样的村子。过去多少年后，人们回忆起这个村子，其差别简直天上地下。因为每个人在心中独自经历的事情，比大家一块经历的要多得多。这个村庄的人根本没有共同记忆。过了一辈子的夫妻间没有相同记忆，兄弟姊妹间也没有。每个人记住的，全是不被别人看见的梦。

多少年后土地再盛不下人的梦。就像那时在老家，土地盛不下人的死亡，每挖一锨土都惊动亡人。现在，人们每干一件事情都要惊醒别人的梦。醒着的人，不得不移开睡着的人，土地狭小得不能让人安稳地躺下做梦。再没有地久天长的睡眠，让人把一个梦做好多年。

而那时候，到处是睡着的人，太阳和月亮底下，都有人的梦。路上、房顶、田埂、草叶下面，都是人做梦的地方。睡着的人，不知道醒着的人干了什么。醒着的人，一样不知道睡着的人梦见了什么。

童年过去，我在自己的梦里。

青年过去了我在自己的梦里。

老年过去我在自己的梦里。

我哪都没去，在自己的梦里转了一些年月。我真实的生活在哪我不知道。过掉我一生的人都不说话。我又做完了谁的梦。

我醒来。他们说该我说话了。

也该我说两句话了。

我当了多少年的旁观者。那时村子里一片喧哗，人们的争吵声夹杂着牲畜的鸣叫，经年不息。我有许多想说的话但我插不上嘴，我的个头不高，嗓门也不大，只有站在一边，一次次把涌到嘴边的话咽到心里。那时候我想，如果我能坐在那根木头上说几句话多好，我会把所有知道的说出来。我会先说出风，说出风中的尘土和树叶，说出经过我耳朵的所有声音，说出一个早晨的气味和响动，说出我在远处的生活，我可能一直没有走进村子，我在一个夜晚，听到自己的脚步声，听到一个小小的手指敲门，我不能肯定是我进村了。后来的一个早晨我醒来，我想说出，我看见自己走远的那个早晨，可能是另一个梦，但我什么都说不出，我想了多少年的那些话，不知到哪去了，也许它找到了另一张嘴，在另一个村庄，被另一个人全部的说出来。多少年后，它们顺风传回村子，灌进我的耳朵。

在虚土庄的好多年里，有一个人始终没有说话。他们觉察到了。他们的话全说完，嘴都说得没牙了，这时他们突然发现我没有张口。

我背着手，在村里走了一圈，没遇见一个人。路都快荒掉了，不像那些年，村子里整日尘土翻天，到处是匆忙奔走的人，有的在村里村外转，有的往远处跑，村庄周围的荒野上踩出一条一条的路。在那些梦中飞到村庄上头的人眼里，虚土庄就像一只向四面八方伸出触角的黑蜘蛛。而在飞过村庄的一群鹞鹰的印象中，这个村庄被一条条长绳拴在荒野中。

它哪都去不了了。连动一下都不可能。

多少年来只有那群鹞鹰看清了虚土庄子。无论跑顺风买卖的冯七，还是守夜人，都没从天上到达过这个村子。也许早年爬到树梢上再没下来的那个孩子，真的看见了什么。现在，通向远处的路全荒芜，在外奔波的人早已回来。可能还有没回来的，每天一早一晚，站在村头清点人数的张望，多少年前就已望瞎眼。他只有耳朵贴在地上，倾听远路上的动静。

又有一个人回来了。他自言自语。

他能听出村里每个人的脚步，每头牲口的脚步。

那些回到家里的人，再不愿迈出家门半步。有的在院子里低头干活，有人靠着土墙仰头望天。没人朝路上看。走在路上似乎是一件很丢人的事。

而那些年，待在家里的人被小看。有本事的人全在路上。

他们把一百年的路都跑完了，我什么事都没干，什么话都没说。一个村庄就这么多话，全被人说完了。他们以为我还有话，他们在等。他们等了多少年，我仿佛长大了，坐在他们中间，和他们一样过着日子，又好像一直没长大，长大的全是别人，他们把所有的事做完，话说完，所有的路走完，然后回来，看见我什么事都没做，个子都没长一点。

我坐在哪儿，他们围到哪儿，我咳嗽一声，马上引来好多人，以为我要说话了。我放个屁都有人注意。他们认为，虚土庄应该还有许多事没说出来。这些事肯定在没说话的人嘴里。

虚土庄又回到一个早晨，不向中午移动的早晨。所有曾说出的话，尘土一样落下，说狗的话原落到狗身上，说人的话落到人头上，说草木的话落到荒野草木上。那些言不及物的空话，没地方落，附在云朵上，孤独地睁开眼睛。村庄回到多年前的早晨，炊烟从潮湿的烟囱冒出来，怯生生地朝上飘。

一天黄昏，我正在房子里想事情，有人在外面喊我的名字。喊了三声，一声比一声大。全村人都听见了，可我没答应。我想他喊第四声我就出去。他再没喊,留下一串走远的脚步声。这个人是周天易。我知道他找我有啥事。我不想理他。

前天我在村子转的时候遇见过他。

我远远看见村子那头的路上蹲着一个人,走近时他站了起来。

"我等你很长时间了。"他说。

"我知道你会露面。该我们出来说话了。这个村庄的多少年里,有两个人始终没说话,一个是你,一个是我。我不知道你为啥没说话。我看你整天恍恍惚惚的,好像心不在这个村子。现在,该我们出来说话了。我们得整些事情。"

从来没有人这样跟我说话,他把我当大人,他可能看到我身体中独自长大的那部分。这个人也刚刚长大,他不知道村里已经没有可整的事,所有事被那些先长大的人干完,他白长大了。

这个人最后赶一辆马车,跑顺风买卖去了。他赶车出村的时候,所有马车早已回到村子,早就没人干这件事情了,连风都不刮了,树叶和尘土都不往远处飘了。村里剩下我一个没说话的人。我好像趁机当了几年村长。依旧没说几句话。比我大的人全糊涂了,更年轻的还不懂事。我说的有数的一些话,都说给风听了。虚土庄的人没听见我说几句话。我也没听见我说过什么话。虚土庄的事情都是谁说出来的。也许谁都没有说出来,它只是一棵树一样长出来,每一年、每个枝叶、每块树皮、每条根须都被我们看见。我们看见它的时候，有一只眼睛，在云朵上，孤单地看见我们。

我在远方哭我听不见

还是很久以前，我以为自己赶一辆马车做顺风买卖去了，我在虚土庄等他回来。如果做得好，我的后半生，就会有几年富裕日子。做赔了，连车带马都赔光，没脸回来。在一个僻远村子窝下，不和人打交道，不和人说话。谁都不知道我在想些啥。其实谁都知道，这个人静悄悄地往回走了。前面没好日子了，人就会往回走，开始一个人走，走着走着和好多人会合。在走向过去的路上，人挤人，头碰头。

另一年我在野户地，遇见一个老牧羊人，坐在空荡荡的破羊圈门口，看着我走近。他仿佛一直在那里等我去认出他。我记得早年的一天，我吆着一群羊走在野滩，那群羊一半黑一半白，我不知道后来我赶着那群羊去了哪里，也许一群羊放成两群，白的一群朝天黑走了，黑的一群留在白天。也许最后剩下一只，活到老，黑毛变白。

我在老人身边坐下来，什么都没说，看着放一群羊老掉的自己，已经没有名字。我几乎就要承认这个夹一根羊鞭，跟着羊群后面早出晚归，最后一只羊也没落下的老年了，又漠然地离开。原来我哪都没去，放了一辈子羊。我还以为我干了多大的事情。

我五岁时，看见四十岁的自己，在远处有着无边的土地，一个连一个的村庄。我时常穿过无边金黄的麦田，我不去收割，它们熟落在我的土地上，年复一年，我的麦子自播自种，催熟它们的夏季热风，刮到我的额头时已经变凉。我的眼睛是装得下一百个秋天的无边粮仓。当我远望时，目光金黄，从村庄，到另一个村庄，我目光喂养的远方，原来只是一个梦想。我只是在荒野上放了一辈子羊。我可能看见过一百只羊眼中的春天，也看见悬在一百只羊头顶的刀子和皮鞭。但我看不清那个放羊老人，我不想看清。

还有一年，我在去老奇台的路上，经过一大片坟地，我在东倒西歪的墓碑中，竟然发现有一块上刻着我的名字和生卒日期。我又查看了其他墓碑，村里人的名字都在上面，全是大名。

原来我们早就死掉了，我们不知道。已经死掉的人，还在外面逃避死亡。死亡都不能让他们回来。

我想赶快回去把这个消息告诉村里人，快停下来吧，种地的人，赶车跑顺风买卖的人，正在吃饭喝水的人，抱着媳妇睡觉的人，我们早就死掉了，地里生长的全是过去的粮食，那些买卖早已结束，早就没有了盈利和亏本，没有起早贪黑。我们的嘴和肠胃，多少年前就腐朽成土，一日三餐，只剩下袅袅炊烟。只剩下一个不会醒来的梦。它不知道我们已经死了。

只剩下风。

连风都不刮了。

我急急往村子赶，却怎么也回不到村里，所有的路都不对，远远看着它通向村子，走着走着村子不见了。有一次，我眼看进村了，突然地，大渠上的桥断了，水黑黑朝西流，我被挡住。天已经黑了，眼前的村子亮起灯光。其实我应该清楚，连回去的路也早已荒芜。路上的脚印和车辙早被风拾走，桥断掉，被水冲走。

后来我是怎么回去的我忘记了。当我回到村里时，已经是早晨，鸡叫了，满村庄的开门声，太阳露出一小瓣，地上爬满长长的人影。他们开始吃早饭了。我看见母亲，从菜园摘来带露水的青菜，父亲的马车停在院子，他总是在我不在的时候回到家。我看见开门出来的我，五岁的样子，满眼是没做醒的梦。

原来那些坟墓全是空的。墓碑上的名字和生卒日期是虚的。荒野从没埋掉一个人。人全走掉了。一些人在远去的路上，一些人在回来的路上。在死亡到来前，所有的人都已逃生。

而我在哪里。

我五岁以后的年月里，活着另外一个人，他娶妻生子，过着我不知道的生活，一年年地把身体熬老。也许等我认出他时，都已经老糊涂了。我五岁时，一个七十岁的老人来到家里。很早，在我出生时他就在家里了，我不知道他是多年以后的我。我叫他爷爷。他看着我笑。我也笑。他早早把我的老年送到眼前，我却不认识。他走了又回来，把一个老人的全部动静和气息留给我。

很早前的中午，我跑到村头寻找父亲，看见一条一条分岔的路，我就意识到，我有可能活成村里任何一个人，也可能活成我无法认识的一个外乡人。

我五岁的早晨，看见许许多多个我走出村子，四面八方的尘土被我踩起来，我在每一条路上听到我的脚步声，每一阵风中闻到我的呼吸，在每一朵花瓣上，看见我的微笑。

我在那里等他们回来。

我等了多少年。人们一个个长大走了。马和牛也长大走了。连小蚂蚁都长大走了。

后来我出去找他们。

我走的时候，不知道自己依旧是个孩子。我以为童年早已过去。青年和老年都早已过去。我也许早就不在了。我看见的只是自己的影子，被撕碎，散落风中。

从那时候，到现在，一个又一个我在远方死去，我不知道。白骨落成山的远方，在埋葬我。狼在荒野上撕咬我的尸体。我在远方哭我听不见，我流血我觉不出痛。我的死亡我看不见。我远处的好日子被谁过掉了。我有一千双眼睛，也早望瞎了，我有一万条腿，也跑不过命。我只有一颗小小心灵，它哪都没去，藏在那个五岁孩子的身体。

一场一场的风把村子扫得干干净净。没有树叶从远处飘来。没有尘土。所有的叶子多少年前就飘过村子。那些被赵香九和车户下过赌注的叶子，被一声声鸟叫惊飞的叶子，变成尘土刮回村子，落进眼睛也认不出。没有回来的人，多年后变成尘土飘回来，被我们当空气呼进呼出。风一阵一阵吹向村子。风把飘远的东西全刮回来。远方又变得安静，远处的路上和树叶下面，再没有我们村里的人。

而那些年，太阳落下升起的地方，都有我们的人咳嗽和说话。天边的那些星星下面，也有我们的人打盹和抽烟。从各个方向刮来的风中，都有我们村的人踩起的尘土。

一群一群的大人漂泊在远处，无家可归。他们从二十岁往三十岁走的时候，像小马驹一样撒着欢子，小毛驴一样尥着蹶子。路上的土一阵阵飞扬起来。他们从四十岁往五十岁走时，就像负重的老牛了。现在那一茬子人，奔走在六十岁的路上，有些人已看不见自己的七十岁，路快让他们走完。他们慢了下来，往哪走路都快到头了。马老了，人的腿也坏了，时光让他们慢下来，时光在怜惜时光。

这时候，他们听见我在童年的呼唤。

不断有老掉的人从远处回来。我站在村头等他们。好像一个秋季到了，那一茬人树叶子一样纷纷往回落。我不知道回来的哪个人是我。满村子的开门声。一些门被人推开，更多的门被风推开。我等老掉的自己从远处回来。只要远处路上扬起尘土，我就站在村头等。

拉半车疙疙瘩瘩的东西进村的是冯七。他的马车后面跟着一场风。他把一场一场风领进村子，又带到荒野。

骑着一匹瘸马回来的人好像是韩四，他的车可能跑坏丢在远路上。

那个挥一根空鞭杆走回来的人又是谁？好像是胡三，多少年前，他不是拉一马车苞谷从村西边走的吗，怎么从村东边回来了？我记得他曾经几次马不停蹄穿过村子。他每次回来时我都骑在路边的破墙头，小小的个子，一点没长。可惜他一次都没朝我望。如果他看我一眼，会知道一切都没改变。那个孩子还停留在童年。他在外奔波的多少年，可能只是一天。

我感到过掉我一生的人就要出现了。那个替我在世间活命的人，他究竟是谁，把我的漫长一生活成了什么样子。他该回来向我交差了。

可是,回来的只是别人。冯七、韩三、刘榆木,在秋天的下午赶车回来。满天空飘着树叶,漫长的西风刮起来了,他们过完远处的日子,开始往回走。他们回来的时候,看见我依旧是个孩子,瘦瘦小小的,歪着头。那个过掉我一生的人,也许就走在他们中间。我认不出他。他叫了别的名字,活成我不认识的一个大人。而我又在活着谁的童年呢。

结尾

我看见一百年的岁月开花

我一个人站在空空荡荡的童年，看着自己渐渐长大的身影走远，混入远处的人群，再认不出来。那时他们像树一样草一样在天边摇曳，像黑夜的风一样，我是他们中的一个。他们又是谁？我只是在五岁的早晨，看见他们赶车出村，看见混在他们中间的我自己，坐在一辆马车上，脸朝后，望着渐渐远去的村子。我没扭头朝前看，不知道赶车的人是谁。也许没有赶车人，只是马自己在走，车被一场风吹着在动。以后的事我再记不清，不知道我去了哪里。也许哪都没去，那个早晨走远的全是别人。我在他们中间，看见一个是我的人。我一直看着他走远。然后我什么都不知道。在远处他们每人走一条路，那些路从不交叉，他们从不相遇。每个人的经历都无人证实，像飘过天空的叶子，没有被另外的叶子看见。见证他们的是一场一场的风。那些风真的刮过荒野吗？一场一场的风在村里停住。或许根本没有风。在虚土庄某一天的睡梦中，一百年的岁月开花了。我闻到远处的芬芳。看见自己的人群，一千一万个我在荒野上走动。我在虚土梁上的小村庄里，静静地看见他们。

二〇〇五年八月完稿
二〇二〇年一月修订

后 记

我的村庄
有一场风那么大

刘亮程

译林社出版的"刘亮程作品"七卷本,除新长篇《本巴》,其余都是修订再版。借此修订,我也有机会通读旧作。自己的书多年不看,有些陌生了,像是另一个我写的。可能过去的每一段岁月里,都活着另一个我。生命走散在一生中。若不是这些文字,真的不知道那时候的我会这样想象世界。当时若不写,这些文字或再不被写出来,我也便无缘成为自己的读者了。

再版修改了一些内容。

《一个人的村庄》中删去了个别写性的文字,因为越来越多的孩子喜欢读这本书。我也喜欢写这本书时的自己,能对花微笑,能听懂风声虫语,看懂白天黑夜。那时我静悄悄地听万物的灵说话,后来我说话时,感到万物在听。

《虚土》删了一万字,结构也做了微调。这是我写得最困难也最入情的一本书,几乎不能完成。我在梦与醒间自由穿行的语言,使我到达自己的高远处。就像书中所写,"梦把天空顶高,将大地变得更加辽阔"。

《在新疆》没什么可改的。

《捎话》也不需要修改。我写它时改得太多，一次次地经历那些场景。它被删掉的部分跟留下的一样多。有评论家说《捎话》是神作，其实是鬼作吧，写了太多鬼魂。鬼是死亡尽头的创生，带着人世的余温，向活着的人捎话。作家是能跟鬼说话的人，每塑造成一个人物，都如复活一个灵魂。对我来说，这样的小说，写一部就地老天荒了，不可能再有第二部。

《凿空》改动较大。增强了故事流动性。其实，我是想写一个一动不动的故事：两个挖洞人在地下没有影子的岁月，和一村庄人徒劳忙碌永远在等待的生活。后来妥协了，把小说中那些停下来的文字删除，让它们做了散文，整部小说缓慢悠长地流动起来。

《一个人的村庄》也是想写一个静止的村庄，起初照着小说写的，写一半嫌小说麻烦，小说要忙忙碌碌地讲故事，而我写的所有的事，都已经发生过，停住在那里。我希望我的文字，像早年踩起的一脚尘土，从极高极远处往回落。一个字一个句子地回落。散文满足了我的悠闲，和对一个村庄寂静无边的冥想。它是我的元气之作。我在这本书里早早地过掉了一辈子。

如今我像《虚土》中那个孩子，所有人往老年走，他独自回头去过自己的童年。童年是我们的陌生人。新小说《本巴》中写了一个活在童年不愿长大的孩子，一个不愿出生、被迫出生后还要返回母腹的孩子，还有一个在母腹掌控国家的孩子。世界在他们手中，游戏般玩转起来。《本巴》是关于时间的童话史诗。我让自己成为说梦者齐，在万物中，睁开眼睛。

读自己的文字时脑子里时时响着风声，那是自我童年时刮起的一场风。它吹透一个人。我写了许多的风。风成了经过村庄的最大事物，铺天盖地。风吹屋檐的声音高过那个时代的嘈杂。每个人，每个微小生命，每一粒尘土，每一根木头，都有属于自己的一场风，都有独自的黑夜和黎明。

风是最伟大的叙述者。它一遍遍描述过的山川大地，被我从刮过头顶的风声中辨认出来。我在风中听见遥远大地的声音。我希望像风一样讲述。在我所有的文字中，风声是最不一样的声音。

我早年生活的村庄，在戈壁沙漠中的西风带上。

那个村庄有一场风那么大。有一粒尘土到一颗星辰那么高远。有一年四季和一村庄人的一生那样久长。

我从那个村庄走出时，身后跟着一场风。它一直没停。

2021.9.25